A salvo en casa

RANDY ALCORN

Editorial UNILIT

Publicado por
Editorial Unilit
Miami, Fl. 33172
Derechos reservados

© 2003 Editorial Unilit (Spanish translation)
Primera edición 2003

© 2001 by Randy Alcorn.
All rights reserved.
© 2001 por Randy Alcorn
Todos los derechos reservados.
Originalmente publicado en inglés con el título: *Safely Home* por
Tyndale House Publishers, Inc.
Wheaton, Illinois.
Traducido al español con permiso de Tyndale House Publishers.
(Translated into Spanish by permission of Tyndale House Publishers.)

Traducido al español por: Rafael Cruz

Ilustración de la cubierta y del interior:
© 1998 Ron DiCianni. Todos los derechos reservados.

Diseño por: Jenny Swanson

Citas bíblicas tomadas de la Santa Biblia, Nueva Versión Internacional
© 1999 por la Sociedad Bíblica Internacional.
Usada con permiso.
(En algunas citas el autor parafraseó el versículo bíblico.)

Producto 495290
ISBN 0-7899-1095-0
Impreso en Colombia
Printed in Colombia

DEDICATORIA

A GRAHAM STAINES,
que dejó su hogar en Australia para servir a
los leprosos en India por treinta y cuatro años.

A PHILIP STAINES (de diez años de edad) y
TIMOTHY STAINES (de seis años de edad) que a
las doce y treinta de la noche el 23 de enero de 1999,
mientras su padre tenía sus brazos alrededor de ellos,
fueron quemados vivos por una turba en India;
asesinados a causa de Aquel que ellos conocían y servían.

A GLADIS STAINES,
que continúa ministrando a los leprosos y
que le dijo a toda la India: «Yo no estoy amargada
o enojada. Yo tengo un gran deseo: que cada
ciudadano de este país establezca una relación personal
con Jesucristo, que dio su vida por sus pecados».

A ESTHER STAINES,
la hija de Graham y Gladis (entonces
de trece años de edad) que dijo:
«Yo alabo al Señor que encontró
a mi padre digno de morir por Él».

A LOS CIENTOS DE HOMBRES, MUJERES,
Y NIÑOS MATADOS A CAUSA DE CRISTO CADA DÍA,
desconocidos por el mundo pero observados por los ojos del
cielo; aquellos de los cuales el mundo no es merecedor.

RECONOCIMIENTOS

NO PUEDO nombrar a algunas de las personas que han ayudado más en las investigaciones y en escribir este libro. Si lo hiciera, pudiera poner en peligro su seguridad o su oportunidad de ministrar.

Un agradecimiento especial a Sau-Wing Lam, CH, CCH, JM, MJ, PE, JG, y SEP por su consejo experto acerca de la cultura, la geografía y el idioma chino. Fue un proceso largo y laborioso tratar de estandarizar la ortografía china en sus formas Pinyin apropiadas. Esto involucró proceder con dificultad a través de varias formas de deletrear palabras chinas en mandarín, en cantonés, en el idioma de Hong Kong y de Taiwán, y variaciones estadounidenses. Algo para lo que realmente mi propia experiencia de siete días en China no me capacitaba en lo absoluto.

Aun los expertos algunas veces no estaban de acuerdo en los deletreos. Finalmente tuve que decidir sobre la base de la mejor información que podía adquirir. Mis más sinceras gracias a Sau-Wing (que incluso me envió grabaciones para que yo pudiera pronunciar las palabras apropiadamente, al menos en mi cabeza) y a MJ por sus respuestas rápidas y rigurosas a mis interminables preguntas por correo electrónico. Ellos reciben el mérito por las veces que lo entendí correctamente, y yo tomo total responsabilidad por el resto.

Gracias a Doreen Button por sus sugerencias en el manuscrito inicial. Por hacerme llegar material pertinente o darme consejos técnicos, doy gracias a Tom Dresner, Ted Walker, Barry Arnold, Bob Maddox, Diane Meyer, Jim y Erin Seymour, Doug Gabbert, y Diane Vavra. Gracias a Bonnie Hiestand y

Penny Dorsey de *Eternal Perspective Ministries* [Ministerios Perspectiva Eterna]. Gracias a Kathy Norquist por revisar cada palabra del manuscrito final y darme sugerencias valiosas. Y gracias a Janet Albers por su excelente lectura de pruebas.

Gracias a mi esposa, Nanci, mi mejor amiga, que trae tanto gozo a mi vida y me soportó pacientemente cuando yo estaba inmerso en este proyecto. También mi más profundo aprecio por mis hijas, Karina y Angie, que me ayudan en todo lo que hago. Estoy agradecido a Dan Franklin y Dan Stump, que pronto serán mis yernos, dos hombres devotos que Dios ha escogido por parejas para dos mujeres devotas. Que ustedes honren al Rey mientras aman y guían a nuestras preciosas hijas. También, quiero reconocer a Melissa Allen, que pidió que ella pudiera ser nombrada en uno de mis libros.

Gracias a mi amigo Ron DiCianni por su cuadro *Safely Home* [A salvo en casa] y a Steve Green por su canción «Safely Home» [A salvo en casa], ambos de los cuales se enfocan en un mártir yendo a su hogar en el cielo. En cierto sentido, este libro, *A salvo en casa,* es la tercera parte de una trilogía artística. Aprecio profundamente el corazón de Ron DiCianni por los perseguidos y su entusiasmo en unirse a mí para dedicar las regalías del libro para apoyarles. Mientras estaba escribiendo, escuché con frecuencia no solo «A salvo en casa» de Steve Green sino también su canción «The Faithful», con su expresión evocadora y triunfante de las palabras de Tertuliano habladas en el segundo siglo: «La sangre de los mártires es la semilla de la iglesia».

Estoy en deuda con *The Discovery of Genesis: How the Truths of Genesis Were Found Hidden in the Chinese Language* de C. H. Kang y Ethel Nelson. He extraído información de *Understanding China* y de varios libros de escritores chinos, incluyendo *Thirty Years in a Red House: A Memoir of Childhood and Youth in Communist China* por Xiao Di Zhu.

Extraje información de historias de acontecimientos reales documentados en *By Their Blood; China: The Hidden Miracle; The Coming Influence of China; Their Blood Cries Out;* y varias biografías de Hudson Taylor, al igual que la revista *Christian History.* También he extraído información de las publicaciones de *Voice of the Martyrs* [La Voz de los Mártires], *The Bible League* [La Liga Bíblica], *Overseas Missionary Fellowship* [Compañerismo Misionero Internacional], e *Intercessors for China* [Intercesores para China], al igual que de noticias en muchos periódicos y revistas, incluyendo la revista *World* [Mundo] y *BreakPoint* [Punto de ruptura] de Chuck Colson.

Mientras estaba haciendo investigaciones sobre China, tuve la «ocasión» (en la providencia de Dios) de leer las pruebas de la excelente novela *The Great Divide* de mi amigo Davis Bunn, la cual me alentó a hacer una investigación más profunda acerca del Laogai. Esta investigación contribuyó a mis descripciones de las cárceles chinas.

Sin lugar a dudas, hay innumerables sensibilidades religiosas y políticas que este libro toca. Para cualquiera que sin saber he ofendido, ofrezco mis disculpas y también mi petición por comprensión y quizás por su disposición a considerar otro punto de vista.

Gracias a muchos de Tyndale House Publishers [Editorial Tyndale House], que apoyaron maravillosamente la visión de este libro. Estos incluyen mi editor, Curtis Lundgren, que estudió el manuscrito y ofreció algunos consejos excelentes. También a Jan Stob, Becky Nesbitt, Danielle Crilly, Mavis Sanders, Sue Lerdal, Mary Keeley, Travis Thrasher, Julie Huber, Dan Balow, y muchos otros que han trabajado en varios asuntos relacionados con el libro. Gracias a Ken Petersen, que ofreció comentarios valiosos acerca de la idea de la historia antes que yo comenzara a escribir.

Mi mayor gratitud es para Ron Beers, editor de Tyndale House. Su entusiasmo por este libro, a cada paso, me alentó al igual que me asombró. Mi más sincera gratitud a Ron y a Tyndale House por su pasión por Cristo, visión por su reino y entusiasmo para apoyar *A salvo en casa.*

Estoy en deuda a los fieles guerreros de oración que me apoyaron en oración mientras escribía y revisaba *A salvo en casa.* Si a través de este libro vidas son moldeadas para la eternidad, sus oraciones habrán representado un papel fundamental.

Finalmente, reconozco a mi compañero constante a través de las largas y algunas veces solitarias horas invertidas en este libro. Él es perseguido cuando cualquiera de sus seguidores es perseguido. Él toma personalmente cada acto de deshonra al igual que cada acto de amabilidad hecho a sus discípulos. Gracias, Rey Jesús, por tu lealtad hacia nosotros y hacia cada uno de nuestros hermanos y hermanas que sufren. Gracias por prometernos un reino donde la justicia reinará y el regocijo estará en el aire que respiramos. Que venga ese reino pronto; y hasta que venga, que nos encuentre siendo fieles.

NOTA DEL AUTOR

LA CIUDAD que he llamado Pushan es ficticia. Por lo que yo
sé, no hay ninguna Pushan en el área que he descrito. Si la hay,
nunca he estado ahí y no conozco de ella. Aunque muchas cosas
en este libro han ocurrido realmente de una manera u otra, yo
inventé la historia. Sin embargo, traté de mantenerla auténtica y
apegada a la realidad en tantos detalles como ha sido posible.
Casi todos mis personajes son ficticios. Algunos son compues-
tos de varias personas verdaderas. Cuando pensaba en alguien
en particular, cambiaba su nombre y los detalles de su vida para
que fuera imposible identificarlo.

Si usted, el lector, no lo ha hecho ya, sugiero que remueva la
cubierta exterior de este libro y vea el cuadro de Ron DiCianni
Safely Home [A salvo en casa]. Esta bella obra de arte ha servido
como una inspiración para esta historia.

1

TRES HOMBRES observaban atentamente mientras ocurrían acontecimientos peculiares, unos detrás de otros, en lados opuestos del planeta.

—¿Qué está sucediendo? —preguntó el primero, alto y de piel oscura.

—No sé —respondió el hombre con cabello largo negro—. Pero los engranajes se están moviendo, ¿no es así?

—Está emergiendo un patrón —dijo el tercer hombre, fornido y de anchos hombros—. Algo grande parece que está a punto de ocurrir. Algo más acecha entre las sombras.

—Están convergiendo dos destinos. Pero ninguno lo sospecha.

El hombre alto señaló hacia un gran palacio en la distancia.

—Él busca para encontrar el hombre apropiado para la hora apropiada. ¿Es esta la hora? ¿Es este el hombre? Y si es así, ¿cuál hombre?

—La tierra se aró y las semillas se sembraron hace veinte años —dijo el hombre de anchos hombros—. No. Hace al menos cien años. Ahora veremos qué fruto produce la vid, o si se marchitará y se morirá.

—No están en juego tan solo dos hombres —dijo el hombre de cabello largo—, sino dos familias, quizá dos países.

—En realidad, dos mundos.

El hombre alto extendió una mano hacia los otros dos, que la agarraron firmemente, los músculos de sus antebrazos tensos. Ellos parecían guerreros.

—Lo que está en juego es grande.

—Mayor de lo que ellos se pueden imaginar. Mayor de lo que jamás soñamos cuando andábamos en ese mundo.

———————

—Alguien tiene que tomar las decisiones difíciles —murmuró Ben Fielding—. Y no veo a nadie más de voluntario.

Levantó el teléfono de su enorme escritorio de caoba al fondo de su oficina con ventanas, situada en el piso treinta y nueve de la Torre de U.S. Bancorp. Era una mañana soleada de septiembre, y Oregón era el mejor lugar en el mundo para vivir en el otoño, pero él tenía cosas más importantes que hacer que admirar el paisaje.

—¿Doug? Necesitamos hablar.

—Seguro —dijo Doug Roberts desde su escritorio en el departamento de ventas—. ¿Qué sucede?

—Tengo una reunión del equipo administrativo ahora mismo. Pudiera tomar una hora. Te llamaré cuando termine. Asegúrate de estar disponible. Tengo una conferencia telefónica antes de almorzar, y no tendré mucho tiempo.

—Muy bien, Ben. ¿Pero sobre qué deseas hablar?

—Te llamaré cuando esté listo.

Ben aún apretaba el teléfono tres segundos después de haber terminado de hablar. Finalmente lo puso en su lugar.

Doug era su primo, el hijo de la hermana de su mamá. Crecieron en la costa este, a unos pocos cientos de kilómetros el uno del otro. Estuvieron juntos en la mayoría de los días festivos, luchando en la nieve o explorando en la playa o jugando parchís frente a la chimenea.

Ahora ambos trabajaban en Portland, Oregón para Getz Internacional, una corporación multinacional a la vanguardia. Como jefe de un departamento hace quince años, Ben le había ofrecido un empleo en ventas a Doug, y él aprovechó la oportunidad.

Doug tenía tanto potencial. ¿Por qué había forzado su decisión? En un tiempo él fue una persona valiosa para Ben. Ahora se había convertido en un riesgo.

El hecho de que Doug era un familiar lo hacía complicado. Ben quizá tendría que dejar de asistir a las reuniones festivas este año.

—Martin está en el salón de conferencias.

La voz de su secretaria por el intercomunicador lo trajo de nuevo a la realidad.

—Están listos para usted.

—Voy en camino.

En la puerta del salón de conferencias, Ben respiró profundamente, planeando su entrada. Entró con paso enérgico pero no muy deprisa. Se mantuvo firme y sonrió con amabilidad sin hacerlo abiertamente. Vestido en un traje negro de Armani con un corte italiano, Ben Fielding era una imagen de estilo, elegancia y capacidad por sus propios esfuerzos. Había ocho hombres en el salón, y todos los ojos estaban enfocados en él.

—Ben —dijo Martín—, estábamos hablando de ese sueño que nos explicaste en detalle hace diez años: ¡venderle una cosa de todo lo que tenemos a un país de mil doscientos millones de habitantes! —de repente la amplia sonrisa de Martin se evaporó—. Travis ha expresado algunas preocupaciones.

Ben levantó las cejas.

—La situación no es estable —dijo Travis—. No le tengo confianza a ese gobierno.

—China no será intimidada por nadie —dijo Ben—. Lo diré de nuevo. Si una nación dicta el futuro de todo el mundo, no será Estados Unidos. Será China. Mientras más rápido todo el mundo asimile esto, mejor podremos posicionarnos.

—Una cosa es segura —dijo Martín—, no hay otra compañía de semiconductores o microchip con nuestro acceso a Beijing o Shanghai. Entre Ben y Jeffrey, hemos establecido una gran cabeza de puente.

A salvo en casa

Martin Getz, mostrando dientes blancos y bien formados en una sonrisa tan grande que los atrajo a todos, era el director general de Getz Internacional. Su padre había comenzado la compañía en 1979, justo antes que la revolución de computación cambió el mundo.

—Bien, bien, señores. ¿Cuál es el informe de la fábrica en Shanghai?

—Todos los indicadores son positivos —dijo Jeffrey—. La producción todavía está subiendo. Con el socialismo perdiendo su control y los obreros recibiendo más por su trabajo, hay una nueva ética de trabajo china. Sin todas esas regulaciones paranoicas de seguridad y contra la contaminación, ellos hacen en una semana lo que nos toma a nosotros un mes.

—No quiero escuchar esto —dijo Johnny, juguetonamente cubriendo sus oídos—. Hay ciertas cosas que los abogados no deben saber.

—No podemos imponer normas estadounidenses sobre ellos —dijo Ben. Era una frase que él había repetido en muchas reuniones del equipo—. Y aun si pudiéramos, no tenemos el derecho. Pero podemos insistir en las más altas normas de calidad de productos. Y estamos obteniendo excelentes resultados. Esas personas son listas, inteligentes, ansiosas de trabajar. No conocen de sindicatos; solo están agradecidos de ganarse la vida y poder comprarse un refrigerador, un televisor, quizá una computadora.

La voz confiada de Ben demandaba atención. Su presencia impresiona. Martin era el jefe, pero Ben era el cerebro y la energía. Todo el mundo lo sabía.

—¿Es China aún nuestro mercado que crece más rápido? —preguntó Martin.

—En unos pocos años más serán nuestros mayores clientes, sin lugar a duda —dijo Ben.

—Desearía compartir tu confianza —dijo Travis—. Me parece que estamos entrando a un campo minado. Es una economía

14

inestable. Problemas de derechos humanos, demasiada construcción en Shanghai… sin mencionar la capacidad de Beijing de cancelar a cualquiera por cualquier razón.

—Son los capitalistas y los comunistas ayudándose unos a otros —dijo Ben—. Desde luego, ellos tienen problemas, pero están aprendiendo rápidamente. Lo he estado diciendo desde mi primer viaje a Beijing: China es nuestro futuro, señores. Nos ofrece las alianzas más rentables en el planeta. Y es un mercado de sueño hecho realidad.

Martin miró a Ben con manifiesta admiración.

—Hace diez años cuando nos dijiste que podías generar millones de dólares si estudiabas mandarín en el tiempo de trabajo, pensé que te habías vuelto loco. Pero dio resultados. ¡Hombre, sí que dio resultados! Ellos confían en nosotros, especialmente en ti y en Jeffrey. Tú hablas su idioma, conoces su cultura. Esa es nuestra ventaja —Martin se puso de pie—. Y yo quiero aumentar esa ventaja. He estado pensando en algo desde que asistí a esa reunión de un grupo de expertos gerentes generales de compañías Fortune 500 en Chicago hace un par de meses.

Martin miró alrededor del salón como siempre lo hacía antes de anunciar una idea de la cual estaba singularmente orgulloso.

—Desearía enviar a Ben a pasarse quizá seis semanas viviendo entre ciudadanos chinos comunes y hablando con ellos, la clase de personas que pudieran trabajar en nuestras fábricas y comprar nuestros productos. Ben, ¿qué hay acerca de ese antiguo compañero de cuarto universitario tuyo? Él vive en China, ¿cierto? Es un profesor, ¿no es así?

Ben asintió con la cabeza. El rostro juvenil de Li Quan invadió su mente y la llenó de recuerdos agridulces. Era típico de Martin soltarle esta sorpresa con todo el mundo observando.

—Conocer la mente del consumidor típico ayudaría nuestra estrategia de ventas. Y serían excelentes relaciones públicas en ambos lados del océano. Nosotros seríamos la compañía que envió a un vicepresidente que habla mandarín a vivir con ciudadanos chinos, para ver cómo son, y descubrir lo que necesitan. Es el enfoque de que "nos interesa el hombre común". Algo que aumentaría la imagen de Getz grandemente.

Los otros miembros del equipo administrativo se miraron unos a otros, y después a Ben. Él titubeó. Pero cuando Martin se sentía prepotente acerca de una idea, casi siempre ocurría. Lo mejor que se puede hacer es estar de acuerdo con él y parecer brillante y leal.

—De todos modos, hablaremos más de eso después —dijo Martín—. Sigamos el orden del día. Nuestras ganancias del tercer trimestre van a asombrarlos. Cuando esto llegue a la Bolsa de Valores va a causar sensación.

Una hora más tarde Ben salió del salón de conferencias estrechando las manos de sus socios. Al salir por la puerta vio a Doug Roberts de pie junto a una máquina copiadora. Su estómago se revolvió. Miró su reloj.

Llamada de conferencia en seis minutos.

—Doug —le llamó—, la reunión tendrá que esperar hasta el lunes en la mañana. En mi oficina a las 7:30.

—Seguro. Pero de qué vamos a…

—Siete y media, el lunes. En mi oficina. Tengo una llamada de conferencia.

Ben pasó rápidamente frente a su secretaria, Jen, y entró a su oficina. Cerró la puerta detrás de él y se hundió en el cómodo sofá de visitas.

Hasta que sus vidas habían tomado direcciones diferentes, Doug había sido no solo un familiar, sino un buen amigo. Ben sabía que no podía permitirse pensar más de esa forma sobre él. Y si Doug aún consideraba a Ben un amigo, bueno… no lo haría por mucho más tiempo.

2

¿Es ESTE *el día en que muero?*

Li Quan se hacía la conocida pregunta mientras se frotaba los ojos de sueño. ¿Por qué no podía él ser valiente como su padre y su abuelo?

Encendió una vela y observó a Chan Minghua durmiendo, pequeña y vulnerable. *Minghua* significaba «flor radiante». Ella era eso y más para Li Quan.

Levantándose de la delgada almohadilla que utilizaba como cama, Quan caminó descalzo en el helado piso de concreto al catre a metro y medio de distancia. Se arrodilló junto a Li Shen, de ocho años de edad, descansando su frente en la parte superior de la cabeza de su único hijo. Alcanzó las manos regordetas del niño, y las llevó hasta sus labios para darle un beso. ¿Cómo podía este niño grueso y redondo haber venido de Ming que era como un pajarito?

¿Es este el día en que muero?

Él se había hecho la pregunta cada día desde que tenía la edad de Shen. La respuesta siempre había sido no. Pero su padre le había enseñado: «Un día la respuesta será sí, y en ese día debes estar preparado».

Fue un domingo cuando su bisabuelo Li Manchu fue decapitado. Y fue también un domingo que su padre Li Tong, yaciendo todo golpeado, falleció en prisión. Aquí en este frío amanecer en las afueras de Pushan, era otro domingo.

—¿Es hora? —susurró Minghua, su voz como una pluma cayendo sobre seda. La llama de la vela danzando en sus ojos castaños, ella lucía igual que diez años atrás, en su boda en Shanghai.

Quan besó su delicada frente, avergonzado de que él, un hombre pobre y humilde, era tan indigno de ella. En esta corta noche había soñado de nuevo que sostenía su cuerpo herido; la vida de Ming corría roja a través de sus dedos en la oscura lluvia.

Se movieron rápidamente, en silencio. Ming despertó a Li Shen y le dio un pequeño cuenco de arroz, sosteniendo su cabeza mientras este bostezaba.

Quan envolvió una manta gris alrededor de su cuello, después se puso su chaquetón verde oscuro. Puso 140 yuanes en el bolsillo de su pantalón, salió afuera y ató con nudos dobles un bulto a la parte trasera de sus bicicletas. Ming y el soñoliento Shen lo siguieron, sus abrigos abultados como cojines rellenos.

Quan puso a Shen delante de él. El niño colocó sus manos en el manubrio y cerró los ojos. Ming pedaleaba junto a él, una sombra silenciosa. Quan observaba la luna que proyectaba sombras en los durmientes campos de arroz. Él deseaba que no hubiera luna; su luz hacía el viaje más fácil, pero más peligroso.

Aun aquí, diez kilómetros en las afueras de Pushan, el olor a quemado de las fábricas lo agredía.

Quan rebotaba sobre duros baches, apretándose fuertemente contra Li Shen. Viendo sombras adelante, instintivamente comenzó a ensayar. «Nuestro hijo está enfermo. Lo estamos llevando con un amigo porque necesitamos medicina».

Las sombras eran postes de una cerca. Li Quan bajó la cabeza, deseando que él fuera un hombre valiente que no susurraba mentiras al viento.

Después de cuatro kilómetros aparecieron nubes oscuras. Tendrían que enfrentarse a un chubasco de regreso a casa, pensó Quan. Eso pudiera ser mejor. Las tormentas mantenían los ojos curiosos dentro de las casas.

—Despacio —le dijo Quan a Ming, mientras serpenteaban hacia delante a ciegas, los baches juntándolos, el cielo tan bajo ahora que les acariciaba el rostro.

A los siete kilómetros, él vio volutas de humo blanco elevándose de una chimenea. Se bajaron de sus bicicletas y las llevaron rápidamente detrás de la casa de Ho Lin, sin hacer ruido. Las recostaron contra el lado oscuro, escondidas entre las sombras. Quan contó las otras bicicletas. Catorce.

La puerta trasera se abrió.

—*Ni hao* —dijo Quan—. ¿Cómo está usted?

—*Ping an*: paz a ustedes —el anciano Lin Ho contestó, con una sonrisa infantil estirando su piel tirante, sin brillo a la luz de la vela.

Señaló dos grandes cazuelas de té, atendidas por su esposa, tía Mei, a quien la madre de Quan siempre había llamado «la quinta hermana». Mei sonrió con dulzura, e inclinó la cabeza. Quan deseaba el té, pero como él y su familia parecían ser los últimos en llegar, hizo a Ming y Shen pasar adelante.

Quan hizo un gesto con la cabeza y les regresó una sonrisa a los otros. Lamentaba que sus sonrisas eran forzadas y nerviosas. La familia Li se sentó en un banco sin respaldo, con sus abrigos puestos, recostándose unos con otros para mantenerse calientes.

La escasa iluminación proyectaba un matiz misterioso sobre la sencilla casa de una habitación, casi vacía, excepto por un banco, algunas sillas y una cama. Cuando la iglesia era más pequeña, se sentaban en un círculo, pero ahora tenían cuatro pequeñas hileras, la última en el borde de la cama.

Zhou Jin se puso de pie, sus párpados soñolientos pero sus ojos agudos. Sus dientes superiores sobresalían en una sonrisa amarilla. La corriente de aire era un viento sobre el cabello mechudo de Zhou Jin, un viento que revolvía la habitación y después salía de los labios del anciano.

—Señor, te damos gracias por tu bendición abundante.

—*Xiexie*, gracias —alguien murmuró.

—Xiexie —dijo Ming. Susurros de gracias brotaron alrededor de la habitación.

Yin Chun, la esposa de Jin, le entregó con cuidado un tesoro envuelto en lino. Él lo desenvolvió con delicadeza. Pasó las páginas con un toque ligero, entonces leyó:

> Por la fe Abraham, cuando fue llamado para ir a un lugar que más tarde recibiría como herencia, obedeció y salió sin saber a dónde iba. Por la fe se radicó como extranjero en la tierra prometida, y habitó en tiendas de campaña con Isaac y Jacob, herederos también de la misma promesa, porque esperaba la ciudad de cimientos sólidos, de la cual Dios es arquitecto y constructor.

Este era uno de los pasajes favoritos del padre de Quan, Li Tong. Él recordó la mirada de nostalgia en los ojos del anciano mientras recitaba los versículos. Quan también recordaba lo avergonzado que él había estado de que sus padres fueran tan ignorantes, tan incultos. Se retorció en su asiento, el regocijo de las palabras ensombrecido por el recuerdo de sus transgresiones.

> Todos ellos vivieron por la fe, y murieron sin haber recibido las cosas prometidas; más bien, las reconocieron a lo lejos y confesaron que eran extranjeros y peregrinos en la tierra. Al expresarse así, claramente dieron a entender que andaban en busca de una patria. Si hubieran estado pensando en aquella patria de donde había emigrado, habrían tenido oportunidad de regresar a ella. Antes bien, anhelaban una patria mejor, es decir, la celestial. Por lo tanto, Dios no se avergonzó de ser llamado su Dios, y les preparó una ciudad.

Escuchar las antiguas palabras de *Shengjing* llenó el corazón de Quan con dulzura y tristeza.

«Este mundo no es nuestro hogar», susurró Zhou Jin a su congregación.

Cuando Jin terminó la lectura, le entregó la Biblia a su esposa. Ella la cubrió con la tela de lino, como si estuviera envolviendo un tesoro para ponerlo a salvo.

Era audaz tener a Shengjing aquí, pensó Quan, y audaz que él y tres personas más habían traído sus Biblias también. Él había estado en iglesias caseras donde la gente escribía porciones de las Escrituras para las reuniones; entonces el pastor recogía las copias escritas a mano y las unía para leer el texto completo. De esa forma, si la policía interrumpía la reunión, no se perdería ninguna Biblia.

El pastor Zhou Jin miró a la congregación, sus hijos. «Recordar dónde está nuestro hogar verdadero nos ayudará hoy en día cuando hablamos de problemas ligeros y temporales, los cuales nos dan un peso eterno de gloria».

Mientras decía la palabra gloria, resplandeció un relámpago en el cielo oriental. Momentos más tarde la voz de Dios estremeció la tierra, entonces sus lágrimas cayeron del cielo. El bisabuelo de Quan fue asesinado cuando era un pastor joven. El abuelo de Quan, de ocho años de edad en aquel entonces, de la edad de Shen, había presenciado la ejecución. Una imagen vívida de su decapitación había atormentado los sueños de Quan toda su vida. El padre de Quan, Li Tong, también pastor, fue sentenciado a prisión durante la revolución cultural. Un día, después de una paliza, no se levantó. La sonriente madre de Quan se convirtió en la sollozante viuda de un pastor, y el tímido y estudioso Quan se volvió objeto de crueles insultos.

La voz del pastor lo regresó al presente. «Yesu dijo que él fue odiado por ser quien era, y sus siervos también lo serán. Él dijo:

"Si el grano de trigo no cae en tierra y muere, se queda solo. Pero si muere, produce mucho fruto"».

Espectros de las vacilantes velas pasaban sobre la frente anciana de Zhou Jin. Él decía cada palabra con la dulce obstinación de una prolongada obediencia «"Quien quiera servirme, debe seguirme. … A quien me sirva, mi padre lo honrará"».

Quan nunca podía ver a Zhou Jin sin pensar en su padre. El anciano levantó los brazos, mostrando muñecas rojas y callosas. El espectáculo hirió a Quan. Los maestros y los estudiantes en la escuela comunista lo habían ridiculizado porque la fe de su padre lo había hecho un «enemigo público» y un contrarrevolucionario. Quan recordaba vívidamente las pancartas puestas en la puerta de su casa. Una decía: «Amante de extranjeros», otra «¡Reeduquen a estas serpientes venenosas!»

Cuando era joven, Quan trató de no creer en Dios, y trató de abrazar los ideales del partido. Incluso se unió a los Guardias Rojos para esquivar la vergüenza del obstinado rechazo de sus padres a cumplir con las demandas de la nueva China. Mientras que los padres de los otros niños los llevaban a pescar, el padre de Quan estaba en prisión. Su padre le había dicho muchas veces: «Un día te llevaré a la Gran Muralla». No lo hizo. Él murió. Li Quan nunca pudo superar la desilusión de la promesa incumplida de su padre.

Quan trató duro de no ser cristiano. Lo logró también, hasta que fue a la universidad en Estados Unidos. Un día su compañero de cuarto estadounidense, Ben Fielding, lo invitó a una reunión cristiana en el recinto universitario de Harvard. Sus preguntas, dudas y resentimientos desaparecieron a la luz de la verdad. La fe de su padre y de su madre se volvió, por primera vez, la suya propia, muy lejos en esa tierra extranjera donde estudió para ser profesor universitario. Aunque habían perdido contacto por largo tiempo, Quan pensaba en Ben a menudo y oraba por él diariamente.

«Zhu Yesu dice: "Nadie que mire atrás después de poner la mano en el arado es apto para el reino de Dios"».

Todavía estaba negro como el carbón afuera, tres y media de la madrugada, Quan frotó su oreja y la áspera cicatriz de doce centímetros en su cuello. La iglesia tenía que terminar antes de los ojos curiosos del amanecer.

«*¡Bie dong!*»

Li Quan se paralizó ante la orden gritada de no moverse. La voz detrás de él sonaba con la autoridad del Gong An Ju, el Buró de Seguridad Pública.

Quan pasó su mano izquierda sobre Shen, acercándolo a él y a Ming.

Con rapidez les dijo a ambos: «Miren hacia abajo. Estén quietos». Quan aprendió el procedimiento mucho antes, escondiéndose bajo la falda de su madre en una iglesia casera. Echando un vistazo a su izquierda con los ojos entreabiertos, vio dos uniformes verdes. A su derecha, otros dos.

—No se muevan —ordenó una voz severa de barítono detrás de él. Enfrente a la derecha un policía joven empuñaba una pistola tipo 54.

De repente, la culata pesada de un rifle de asalto le pegó en el codo derecho a Quan.

La cabeza de Quan se mantuvo inclinada, pero echó una ojeada para poder ver al capitán del BSP, de estrecha cintura y hombros de remero, de pie un metro delante de él, mirando fijamente con los ojos fruncidos a los creyentes, haciendo una fría evaluación. Una cicatriz de ocho centímetros se notaba sobre su ceja derecha. Quan no lo reconoció; demasiados policías eran transferidos de un lado a otro.

Cejacortada agarró a Zhou Jin por el hombro y lo empujó hacia Quan. Se paró frente a la silenciosa congregación. Sus ojos color humo barrieron la habitación.

—¡Esta es una *jiaotan* ilegal!

Su acento le recordó a Quan los pueblos al otro lado de las montañas.

—Esta reunión no está registrada con el Buró de Asuntos Religiosos. ¡Ustedes no son parte del Movimiento Patriótico de Triple Autonomía! Ustedes se reúnen en la noche como los criminales que son.

Cruzó a grandes zancadas el frente de la habitación.

—Ustedes han estado distribuyendo propaganda extranjera ilegal.

Con un ademán dramático, agitó un delgado objeto marrón. Quan sabía lo que era: un estuche que contenía un disco compacto. La película acerca de Jesús. El mes anterior él y Ming habían reunido a dieciocho vecinos en su casa para verla. Cinco se convirtieron en cristianos. Tres de ellos estaban aquí esta mañana. Quan los había visto atrás.

—Ustedes son una secta, son taimados e inmorales, no mejor que el Falun Gong —dijo Cejacortada—. ¡Si deben adorar a dioses extranjeros, hay una iglesia registrada!

La iglesia registrada más cercana estaba a catorce kilómetros de distancia. Solo la familia Li tenía bicicletas. Pero aunque pudieran llegar allá, encontrarían infiltrados, personas que vigilaban a todo el mundo y lo reportaban todo. Hasta algunas de las iglesias caseras los tenían.

—¡Criminales!

Quan miraba hacia abajo calladamente a sus zapatos de veinte años atrás. Sus pensamientos regresaron a la persona que se los había regalado, Ben Fielding, su compañero de cuarto en la universidad. En una ocasión, Ben había escuchado a otro chino llamarle *Dabizi*. A Ben le gustó el nombre e insistió en que Quan lo llamara así. Quan era demasiado cortés para decirle lo que significaba: «Nariz grande», el apodo para los occidentales. Cuando finalmente se enteró, Ben se rió y le dijo a Quan que quería ese nombre como su apodo permanente. Así que Ben se volvió Dabizi, y él siempre llamaba a Quan «Profesor». Quan oraba por Ben mientras miraba sus zapatos. Habían prometido orar el uno por el otro diariamente. Él esperaba que Ben estuviera orando por él ahora.

Cejacortada agitó su rifle.

—Debemos tomar duras medidas contra todas las actividades ilegales para proteger la estabilidad social.

El rostro gordinflón de Shen se torció. Comenzó a llorar. Quan miró a Shen, clamando en silencio por él.

Nunca debimos regresar a China. Yo era el mejor en mi clase. Me pidieron que enseñara en Harvard. Pudimos emigrar. ¿Por qué regresé a esto? ¿Por qué puse a Ming a riesgo? Y ahora... a mi hijo. ¿Qué clase de padre pone en peligro a su único hijo?

A Li Quan le asaltaban las dudas, como a menudo ocurría.

—Las iglesias ilegales son enemigas del estado. Debemos matar al bebé cuando todavía está en el pesebre. ¡Ustedes no merecen vivir!

Señaló a Li Shen que temblaba bajo su mirada.

—¡Es ilegal enseñar religión a niños menores de dieciocho años! ¿Cómo se atreve a desafiar la ley? —levantó la mano, deteniéndola en el aire a medio metro del rostro de Li Quan.

El padre endureció su mandíbula preparándose para el impacto, agradecido que sería él quien recibiera el golpe y no su único hijo.

3

EL LUNES 17 de septiembre, Ben Fielding estaba sentado en su condominio en West Hills, con vista al río Willamette, admirando el impresionante paisaje del monte Hood. El sol estaba saliendo sobre su pico.

Ben tomó un sorbo de su café bien fuerte y vio el listado de sus metas profesionales. Cada lunes en la mañana, desde que las estableció hacía seis años en un seminario administrativo en Seattle, revisaba sus metas. El orador del seminario les enseñó a recitar sus metas en voz alta y visualizarlas antes de cada semana de trabajo.

Las leyó en voz alta:

«1. Desarrollar la presencia de Getz dentro de la infraestructura de negocio en China, estableciendo alianzas fuertes que llevarán a GI a la cima».

Hasta ahora vamos bien.

«2. Llegar a ser presidente de Getz Internacional a la edad de cuarenta y ocho años».

Faltaban solo tres años para eso, el año que Martin Getz se retiraría. Martin no tenía hijos ni un heredero obvio. Todo el mundo sabía que Ben iba en camino a ser el director general. Mientras se mantuviera limpio, no hubiera ninguna controversia ni decisión desastrosa que se le atribuyera a él, estaría sentado en la silla principal justo a tiempo.

> «3. Acumular suficientes riquezas para ir a cualquier lugar y hacer cualquier cosa que yo desee».

Entre su sueldo, sus opciones de comprar acciones y sus fondos de jubilación, ya tenía acumulado varios millones de dólares. Había perdido la cuenta. Casi no tenía tiempo de disfrutar lo que ya había acumulado. ¿Qué haría con más? No estaba seguro. Pero tenía toda la intención de averiguarlo.

Con la hoja de metas aún en su mano, fue al baño y se tomó su pastilla para el colesterol y su medicamento para la presión arterial.

Las metas frente a él habían sido cambiadas un poco de las originales que decían: «Invierte sabiamente. Acumula suficientes riquezas para que nosotros podamos ir a donde queramos y hacer lo que queramos». Ese «nosotros» se refería a él y Pam. Pero hace un año reemplazó «nosotros» por «yo» e imprimió una nueva hoja. Buscar las primeras dos metas resultó en la necesidad de hacer este pequeño cambio a la tercera. Era solo el cambio de un pronombre, de primera persona plural a primera persona singular. Era solo un divorcio. Los nombres de Melissa y Kim tampoco estaban en la hoja. Su rutina de visualización no las incluía a ellas. ¿Qué pudiera él visualizar, a sus hijas abrazándolo y diciendo: «Estamos orgullosas de ti, papá»? Enfréntese a la realidad. La vida no funciona así. Además, era demasiado tarde. Él no estuvo disponible para ellas, como Pam le había recordado a menudo. Kimmy siempre fue dulce, pero él estaba seguro de que ella siempre recordaría que él no asistió a su graduación del octavo grado por jugar golf con unos clientes en Pebble Beach. ¿Y Melissa? Él le dio todo, incluyendo un Mustang clásico para cuando cumplió dieciséis años. Sin embargo, ella aún estaba resentida con él. Pam trató de explicárselo, pero Ben nunca lo entendió. Él no estaba seguro de que quería hacerlo.

Ben miró el papel, después lo tiró sobre la mesa. Se puso la corbata y bajó a su Jaguar rojo, apresurándose a regresar al mundo real.

A las siete y quince, Ben estaba sentado detrás de su escritorio admirando el impresionante panorama de la Gran Muralla de China, desplegada en el lado opuesto a su librero de abogado de secoya. Revisó varios papeles, después regresó de nuevo a lo que la propuesta de Martin del viernes lo había empujado tan bruscamente. Pensamientos sobre su antiguo compañero de cuarto.

El sueño de Quan era enseñar en una universidad y escribir libros. Un estudiante brillante y un escritor lúcido, no había duda que el sueño de Li Quan se haría realidad. Ben no solo lo llamaba Profesor, sino «pequeño saltamontes», del programa de televisión *Kung Fu*.

Se conocieron cuando eran dos estudiantes en su primer año en Harvard que no conocían a nadie más. Comenzó como una falta de armonía incómoda: un chino de voz suave, cortés, modesto y un estadounidense de voz fuerte, presuntuoso, que se promovía a sí mismo. Ben lanzaba balones de fútbol por la ventana, mientras Quan cultivaba brotes de soja en el alféizar de la ventana. Para Ben eran aros de cebolla rebozados y malteadas, para Quan eran brotes de bambú y té verde. Casi no hablaron durante el primer semestre hasta una noche cerca de Navidad. Quan se sentía solo. Él le contó a Ben su historia. El padre de Quan había muerto, después su madre pereció en un terremoto que destruyó su casa cerca de Shanghai. Obreros de rescate fueron a ayudar, extranjeros que de otra manera no se les permitía entrar a China. Uno de los obreros se interesó en Quan. Cuando descubrió que el sueño de Quan era estudiar en una universidad en los Estados Unidos, él dijo que le ayudaría a obtener una beca y un permiso de residencia. Lo próximo que Quan supo fue que había sido aceptado en Harvard. Pero él ni siquiera había llenado una solicitud. En aquellos tiempos solo los privilegiados salían de China para ir a universidades estadounidenses. Todo el mundo le dijo que sería imposible obtener un pasaporte. Sin embargo, de alguna manera ocurrió.

Con la matrícula y el alojamiento y la comida pagados por milagro, Quan ganaba algo de dinero trabajando en Burger Magic como cocinero. Trabajó día y noche, sobresalió en sus estudios y perfeccionó su inglés que ya era excelente. Él y Ben estudiaron español juntos pero, como siempre, fue Quan quien lo dominó. Ben se sonrió, recordando la incongruencia de un hombre chino diciendo: «No problema». Era un español americanizado, pero se convirtió en su muletilla.

Para cuando se graduaron, Quan con altos honores, eran grandes amigos. Aunque la comida china era difícil de conseguir en Cambridge, Massachussets, en esos días, encontraron un pequeño restaurante, el Dragón Doble, que Quan decía que era casi auténtico. Ben se enamoró de la comida y no ha dejado de comerla desde entonces. Quan le enseñó a Ben cómo pescar. Ben le enseñó a Quan cómo jugar tenis. Paseaban en bicicleta juntos a todas partes.

Mientras Ben obtenía su maestría en administración de negocios, Quan permaneció para obtener títulos avanzados y se convirtió en profesor becario en el departamento de historia. Para entonces vivían en un apartamento fuera del recinto universitario. Después que Quan terminó su doctorado, el presidente académico lo invitó a almorzar y le ofreció una cátedra de historia. Mientras tanto, llegaron cartas de Beijing y Shanghai ofreciéndole posiciones de enseñanza prestigiosas. Quan batalló con la decisión y oró por ella durante dos meses.

Finalmente una noche le dijo a Ben:

—Necesito regresar a China.

—¿Por qué? Tú siempre estás diciendo que Dios te trajo a los Estados Unidos. Él te rescató de ese terremoto, hizo un milagro para que pudieras entrar a Harvard, ¿no es así? Tienes una oportunidad de empleo increíble. Tienes un gran compañero de cuarto, y tienes el Dragón Doble. ¿Por qué irte?

—Dios me trajo aquí por una razón, para entrenarme, darme credenciales. Él me ha dado una plataforma que puedo llevar de regreso a mi país, donde se necesita más.

—¿Pero no dijiste que a ellos le desagradan los cristianos?

—Yo creí en Cristo en Estados Unidos, pero vengo de un largo linaje de cristianos chinos. Dios irá delante de mí mientras regreso a casa. Confío en él. Él abrirá un camino para que yo enseñe. China es mi hogar, no los Estados Unidos.

A Ben le dolió que Quan regresara. Se escribieron por solo unos pocos años hasta que Ben, para entonces un joven empresario, dejo de escribir. Finalmente Quan también desistió. Cada vez que Ben visitaba China, más de veinte veces en los últimos doce años, se decía que debía buscar a su compañero de cuarto. Pero nunca lo había hecho. Ahora habían pasado veintidós años desde que vio esa sonrisa insensata en el rostro de su amigo, cuando Quan insistió en que cantaran juntos «Fair Harvard».

Lo que evitó que Ben se pusiera en contacto con Quan fue la misma cosa que lo motivó a dejar de escribir en primer lugar. Su vida tomó otra dirección. Su fe y sus valores cambiaron.

«Dios abrirá un camino». Ese era Quan. Simplista. «China es mi hogar; todo resultará bien». Ben no dudaba que Quan estaba alcanzando sus sueños de enseñar en la universidad, escribir libros, criar una familia y disfrutar de la floreciente economía china. Paro la vida de Ben tomó otros rumbos. El negocio y las finanzas habían ido muy bien. Pero había todo lo demás… incluyendo a Pam, Melissa y Kim.

Respecto a Dios que abría un camino, bueno, ¿dónde estaba Dios cuando su madre estaba muriendo de cáncer? ¿Y dónde estaba Dios cuando su hijo, Jasón…?

Tenía que detenerse. No podía permitirse pensar en ello. Doug iba a llegar en cinco minutos.

Caramba. Siete y veinticinco, el lunes por la mañana y ya estoy pensando en embriagarme con algunos fuertes mao-tais.

4

CEJACORTADA MANTUVO su mano en el aire, listo a pegarle al estremecido Li Quan. La bajó lentamente. Sus ojos de acero miraron fijamente a Quan, como si explorara lo más profundo de su ser. Entonces Cejacortada se arrodilló delante del pequeño Shen.

Quan oró. Con la política del régimen de un solo hijo, Shen era su único futuro. Después que Ming dio a luz, el doctor la esterilizó sin su consentimiento. No era tan malo como lo que pasaron los Zhangs, sentados detrás de ellos, el aborto forzado de su segundo hijo.

—¡Lavándole el cerebro a niños! Ustedes son una deshonra; traidores a la República.

El arma de *xiuchi*, vergüenza, era tan común como zapatos viejos y tan doloroso como zapatos tres números demasiado pequeños. Cuando su padre fue arrestado, un maestro hizo un cartel de papel y con una cuerda se lo colgó en el cuello a Quan, decía: «Li Tong es un criminal». Él lloró sin control.

—China se edifica en las espaldas de los ciudadanos trabajadores —dijo Cejacortada—, leales al sistema superior socialista.

Como siempre, la propaganda era la semilla esparcida en el suelo y arada por la vergüenza.

Con un rígido contoneo, el oficial dio tres pasos hacia un lado.

—Los seguidores de Yesu son traidores. Ustedes me revuelven el estómago.

Los ojos de Cejacortada parecían como las puntas de dos punzones para hielo. Quan recordó a Tai Hong, el subjefe de la policía, también fornido y de ojos fríos, con pasión para perseguir cristianos.

Cuando tenía catorce años, Quan fue llevado a la cárcel de su padre por un obrero comunista que le hizo leer una declaración, presuntamente de su familia pero escrita por los comunistas, para confesar sus crímenes. El recuerdo pesaba sobre sus hombros como un enorme tronco. Quan anhelaba pedirle perdón a su padre por haber estado avergonzado de él. Él sabía que era su padre el que debía estar avergonzado de él.

Uno de los policías jóvenes, un teniente de rostro terso con pecas rojizas, se acercó al capitán nerviosamente. Susurraron, al parecer en desacuerdo. La voz profunda y áspera del joven parecía estar suplicando.

Quan vio el libro en el banco, el cargamento precioso que ató a la bicicleta. Su madre lo había copiado a mano. Cada día, Quan leía las palabras del Señor que escribió su madre. En varias ocasiones casi la confiscan. *¿Es hoy la última vez que lo veré?*

«Por reunirse ilegalmente están sujetos a prisión. ¡Pero lo que merecen es peor!»

Mientras Cejacortada continuaba hecho una furia, Quan recordó que visitó a su padre durante su última y larga condena en prisión, lo vio debilitado, su rostro desfigurado por los golpes, incrustado de postillas, hinchado de infecciones. Finalmente su rostro se volvió una máscara gredosa.

Pero los ojos escudriñaban a través de los huecos de la máscara, aunque hundidos y amarillos, eran aún los de su padre. De alguna manera estaban llenos de determinación y regocijo, surgiendo de alguna reserva subterránea. Quan odiaba cuando su padre lo miraba y decía: «Tu día vendrá». Su madre le explicó que su padre lo decía para alentarlo. Como él nunca pudo comprender.

«¡Los seguidores de Yesu entregan secretos de estado a diablos extranjeros!»

¿Qué secretos creen que sabemos? ¿Y por qué se los diríamos a extranjeros?

Quan había anhelado abrazar a su padre. Pero no se lo permitían. «¡No se puede tocar al prisionero!»

No tenía fotografías de su padre. Todas fueron destruidas cuando se quemó la casa, después que se cayó el farol durante el terremoto. Trataba de recordar el rostro de su padre en la mesa del comedor, antes de las medidas de rigor, pero no podía. Siempre deseó que su padre estuviera orgulloso de él, no avergonzado. Nunca dejó de anhelar escuchar a su padre decir: «Bien hecho».

—¿Qué es eso?

Cejacortada señaló la Biblia de Quan. Lo peor había ocurrido: ser elegido del grupo. ¿Tendría que explicar por qué su Shengjing no tenía el sello del gobierno?

—¿Qué es? —gritó el capitán.

—Es… un mensaje de Dios —Quan escuchó su propia voz, sorprendido por su firmeza.

Cejacortada sacó un pequeño libro rojo de su propio bolsillo.

—*Este* es el libro de China.

El capitán era uno que citaba a Mao, de la vieja guardia. No hacía mucho que todos habían citado el libro.

—¡No su Biblia occidental imperialista!

¿Cuántas veces le habían dicho a Quan que el cristianismo era una religión occidental? ¿No entendían ellos que Yesu no era estadounidense? Cejacortada necesitaba ver esa película para que comprendiera que el mundo de Yesu era más como la China rural que como los Estados Unidos.

—Nuestro venerado padre Mao Zedong dijo: "El Partido Comunista es el corazón del pueblo chino —Cejacortada miraba fijamente a toda persona en la habitación, uno por uno, estudiándolos.

»Hay dos lados en esta habitación. Aquellos que son leales al partido y al pueblo lo deben probar moviéndose al lado izquierdo y saliendo por la puerta. Al hacer eso, declararán que no creen en Yesu. Están libres para irse y no serán castigados. Los que eligen a Yesu se moverán al lado derecho.

Por unos largos cinco segundos nadie se movió. Entonces un hombre dio un paso a la izquierda hacia la puerta. Inmediatamente, Zhou Jin, con sus hombros encorvados caminó hacia la derecha. Quan trató de mover sus piernas, pero se sentían flojas, como canalones oxidados.

—En tres minutos —dijo Cejacortada como si fuera un hecho—, mataremos a todo hombre, mujer y niño que no se declare leal al pueblo en lugar de a los *gweilos*, los diablos extranjeros.

Suaves gemidos brotaron a través de la habitación. No, esto no puede ser. Quan nunca había escuchado de semejante cosa. Matar, sí, desde luego, uno o dos a la vez, ¡pero no esto! ¿Qué estaba sucediendo?

El capitán miró a su reloj, se movió a un lado, se recostó contra la pared y observó, como adivinando quiénes se quedarían para él ejecutar.

Ho Lin y tía Mei se movieron adelante y se unieron a Zhou Jin en el lado derecho de su hogar.

—¿Realmente nos matarán? —susurró Ming atontada.

—Eso creo… —dijo Quan.

—Dos minutos —dijo Cejacortada.

Quan miró hacia la derecha.

—No debemos permitir que Shen muera —susurró Ming.

—Él es el regalo de Yesu a nosotros —dijo Quan—. No, no un regalo. Un préstamo. Dios es su padre. Él lo cuidará.

—No debemos perder a nuestro único hijo.

—Dios perdió a su único hijo. Él lo enterró en una tierra extranjera.

—Yo estoy dispuesta a morir —dijo Ming, su voz quebrándose—, pero no puedo soportar pensar que van a matar a Shen. Aún… quizá es la misericordia de Dios que muramos juntos.

—Yo siempre pensé que terminaría como mi padre y mi bisabuelo… pero no tú, no Shen —Quan cubrió su rostro con sus manos. Sintió un apretón pequeño, fuerte en su brazo.

—¿No somos también de Zhu Yesu? —preguntó Ming—. ¿No somos sus llamados y elegidos? ¿Por qué debes tú ser considerado digno y nosotros no?

Siempre había sido de esta manera. Cuando ella se debilitaba, él era fuerte para ella. Cuando él se debilitaba, ella era fuerte para él. Él se inclinó sobre Shen y puso su brazo sobre Ming. Entonces Quan se arrodilló en una rodilla frente a su único hijo.

—¿Entiendes lo que el capitán está diciendo, Shen? —el niño asintió con la cabeza lentamente, sus ojos hinchados.

—¿Vendrás con nosotros y seguirás al Señor, Zhu Yesu?

Con el rostro demacrado y húmedo, Shen asintió de nuevo.

Quan comenzó a levantarlo, pero en su lugar tomó su mano y le permitió que caminara junto a él, el hijo junto a su padre, hacia su destino. Sin decir palabra, los tres voltearon sus espaldas a la puerta y tomaron su lugar con los de la derecha.

—Sesenta segundos —dijo Cejacortada.

Tres familias, incluyendo a tres niños, se unieron a Quan y los otros. Cinco personas se detuvieron en el centro de la habitación, comenzando a moverse en una dirección y después en la otra, como en el centro de un tira y afloja. Quan oró fuertemente por sus tres vecinos ahí de pie.

—Esta es su última oportunidad. ¡Váyanse ahora o mueran!

Una mujer que él no reconocía se dirigió hacia la puerta, seguida por un hombre. De repente los tres vecinos caminaron rápidamente y se detuvieron cerca de Quan y Ming. Quan se regocijó y se lamentó al mismo tiempo. Cuando los tres vinieron a Yesu en su hogar hacía solo unas semanas, él no soñó que morirían juntos en la iglesia.

Él contó. Permanecieron dieciocho personas. Un último hombre se detuvo junto a la puerta, mirando hacia atrás, como si estuviera buscando una tercera opción. Cejacortada apuntó su arma al hombre, que dio la vuelta y salió corriendo por la puerta hacia el frío oscurecer.

Uno de los policías salió afuera, apuntando su arma, buscando a su alrededor. Entrando de nuevo, cerró la puerta y le puso llave. Quan, Ming y Shen se tomaron de las manos. Quan respiró profundamente y se preparó.

Seguramente, este es el día.

5

EL TOQUE EN LA PUERTA de la oficina hizo que Ben se levantara. Abrió la puerta.

—Hola, Ben —dijo Doug—, ¿voy a escuchar finalmente lo que tienes en mente?

Ben estiró su mano hacia la pequeña silla de visita frente al escritorio, después caminó alrededor de la silla de alto respaldo. Mientras se sentaba, su rostro tomó el aura de la enorme silla. Su escritorio estaba limpio excepto por dos carpetas de archivos.

—¿Qué sucede, Ben? Te ves un poco… presionado.

—Creo que tienes una buena idea de lo que sucede. ¿Por qué me forzaste a esto?

—¿A qué?

—A lo que tengo que hacer.

—¿De qué estás hablando?

—Vamos, Doug. ¿Qué piensas? —Ben tomó la carpeta que estaba encima—. Tengo media docena de quejas. Están todas aquí.

—¿Estás manteniendo un archivo sobre mí?

—Tenemos que mantener un archivo siempre que… en este tipo de casos.

—¿Como en casos *legales*? ¿Qué está sucediendo, Ben?

—Yo fui criado en una familia con creencias como las tuyas, ¿recuerdas? Tu mamá y la mía, estaban en esas… cosas religiosas. Bien, yo puedo respetar eso. ¿Pero por qué no puedes ponerlo a un lado en la oficina? Se te ha advertido anteriormente, pero nunca pareces entenderlo. Programamos seminarios sobre diversidad. Primero, no quieres tomarlos. Después aceptas tomarlos, pero tienes que decirles a todos que la homosexualidad está mal.

—Tomé el seminario porque creo en la igualdad racial y la igualdad de género y puedo apreciar el hecho de que esta compañía está tratando de sensibilizarnos a personas de diferentes orígenes. Todo lo que dije es que no pienso que nadie debe esperar que yo diga que el comportamiento homosexual está bien, porque no lo está. La Biblia lo condena, y así dije. Y también dije que condena las relaciones heterosexuales fuera del matrimonio.

—Bueno, y eso en realidad te excusa —dijo Ben—. Tengo una queja sobre eso también. ¿Sabes cuántas personas en esta oficina están viviendo juntas? Hay cinco o seis personas en un radio de diez metros de tu escritorio que están teniendo aventuras amorosas. ¡Dios sabe cuántas otras!

—Sí, él sabe —dijo Doug.

Ben puso los ojos en blanco. Él no había mencionado su propia aventura amorosa que ayudó a terminar con su matrimonio, pero estaba seguro de que Doug estaba pensando en ello, y lo enojaba.

—La elección de su estilo de vida es su propio negocio, Doug. No el mío. Y realmente, el tuyo tampoco.

—Yo creo en Cristo. Creo en la Biblia. También me acostaba antes con otras. Pero eso no hace que sea correcto.

—Los señores me dicen que en los viajes de ventas tú eres demasiado bueno para ellos. No puedes salir y tomarte unos tragos, y divertirte. Se llama camaradería. Es parte del trabajo en equipo. ¿Y qué de tus clientes? Escucho que no te reúnes con ellos en ciertos lugares. ¿Quién paga por ello cuando pierdes un cliente? Getz lo hace. Tus compañeros de trabajo y tus clientes no quieren ser juzgados ni que les prediquen. No puedes traer normas de pueblos pequeños a la ciudad. Los tiempos han cambiado.

—Enfréntate a la realidad, Ben. Tú eres el que creció en Maine. Yo soy de Brooklyn, ¡por el amor de Dios! Yo era un borracho y un adúltero antes que eso fuera aceptado. No le estoy diciendo a la gente cómo vivir. Pero cuando se nos requiere asistir a un seminario de diversidad y el instructor está insistiendo en que no hay tal cosa como el bien y el mal, no me voy a quedar sentado ahí y mantenerme callado. Hablaré respetuosamente. Eso es lo que hice. Estamos en Estados Unidos, ¿recuerdas?

Ben sacó un papel del archivo.

—Atacaste a Bárbara en la sala de copias porque ella está a favor del aborto.

—¿La ataqué? Ella vino usando un botón a favor del aborto. Le pregunté, respetuosamente, si ella creía que los niños tenían el derecho de elegir si otra persona debiera quitarles la vida. Bárbara explotó.

—También tuvimos tres quejas en el último mes sobre tu lema en contra del aborto desplegado en tu terminal de trabajo.

—Es una pequeña pancarta que dice "A favor de la mujer. A favor del niño. A favor de la vida". ¿Qué hay de ofensivo en eso?

—Estás presionando botones a propósito, Doug. Estás creando un ambiente de trabajo antagonista. Está distrayendo a la gente. Es malo para el negocio —Ben señaló otro papel—. ¿Y qué de las pegatinas en tu parachoques?

—¿Eso también está en tu archivo? Caramba, Ben. ¿Por qué más me ha reportado la policía de pensamientos? La pegatina dice "Jesús es el único camino".

—¿No te das cuenta de lo condenatorio y crítico que eso suena? ¿Tu camino es el *único* camino?

—Jesús dijo: "Yo soy el camino, la verdad y la vida. Nadie llega al Padre sino por mí". El cartel solo repite lo que él dijo. Yo no lo inventé. Tu disputa es con él, no conmigo.

Ben movió la cabeza, haciendo muecas.

—Mira, Ben. El año pasado dijiste que no tuviera una Biblia sobre mi escritorio. La puse en mi gaveta, y solo la saco durante mis tiempos de descanso, cuando no estoy tomando el tiempo de la compañía. Acepté eso, aunque pienso que Getz se pasó de la línea. Lo que quiero decir es, si Stephen King y Danielle Steel pueden estar sobre un escritorio, ¿por qué no Dios? Pero vamos, ¿carteles? ¿Qué viene después? ¿Me vas a decir que no puedo tener un nacimiento en el pasto al frente de mi casa porque trabajo para Getz?

—¿Por qué tienes que ser tan estricto, Doug? Esta actitud de que "Mi conducta es correcta y todo el resto del mundo se va a ir al infierno" no da resultado. El departamento legal dice que cae en la categoría de intolerancia, y si no hacemos nada y te permitimos infligir tu intolerancia a nuestros empleados, Getz puede ser hecha responsable.

—¿No funciona la tolerancia en ambos sentidos? Tú nos requieres que vayamos a talleres panteístas con galimatías de la Nueva Era para que todos podamos estar sincronizados con vibraciones cósmicas, ¿y después me dices que estoy infligiendo mi religión a otros porque tengo un punto de vista diferente? Lo siento, Ben, pero yo solo trabajo para esta empresa. Nunca le vendí mi alma a ella.

Ben miró fijamente a Doug.

—Te he apoyado dos veces, pero ya no más. La gente piensa que te estoy protegiendo porque somos parientes. Se preguntan si yo estoy de acuerdo con tus creencias.

—¿Lo estás?

—No, francamente, no lo estoy. Pero la percepción es todo. Escuché un rumor de que alguien piensa que porque… bueno, tú sabes, Pam y yo y las niñas íbamos a la iglesia y…

—Pam y Kim aún van, Ben. Ellas están en mi iglesia, ¿recuerdas?

—A fin de cuentas, el equipo administrativo se reunió la semana pasada. Tú estabas en el orden del día. Yo no quería hacer esto, pero... tú has forzado mi acción.

—¿Para hacer qué?

—Se han presentado quejas formales contra ti de acuerdo con la ordenanza contra el lenguaje de odio.

—¿Quién las presentó?

—No te puedo decir. Para prevenir represalias la ordenanza dice que las quejas se deben mantener de manera confidencial.

—¿Me estás diciendo que no puedo enfrentarme a mis acusadores? Discúlpame, pero ¿mientras yo dormía anoche esto dejó de ser los Estados Unidos de América?

—Desdichadamente, Doug, aun lo que tú admites haberle dicho a alguien es suficiente para incriminarte. Tú no vas a cambiar, ¿no es así?

—¿Cambiar mis creencias? No. ¿Rehusar hablar sobre Jesús? De ninguna manera.

—Entonces no me dejas otra opción —Ben puso sus palmas sobre el escritorio y se inclinó hacia delante—. Te estamos despidiendo.

—Pero... yo he trabajado para Getz por dieciocho años. Tú me llamaste acá de Nueva York. He trabajado duro. Nunca tomé un día fingiendo estar enfermo o hice trampas en mis gastos como lo hace la mitad de la oficina. Hice mi trabajo bien. Tú lo sabes. Y mis creencias me han ayudado a hacerlo con honestidad —miró fijamente a Ben, casi sin poder hablar—. ¿Estás hablando en serio, Ben? ¿Me estás despidiendo?

—No me has dejado otra opción. Johnny preparó una indemnización por despido. Aquí está —Ben le entregó a Doug una carpeta delgada, entonces cerró la gruesa, la puso en la gaveta de su escritorio, y la cerró con llave. Doug lo miró fijamente.

Ben presionó su intercomunicador y dijo:

—Jen, llama a Martin y dile que me disculpe que estoy tarde. Ya terminé. Estaré allí en tres minutos.

—SI SU VIDA ES más importante que su lealtad a este dios extranjero, ¡váyanse ahora! —Cejacortada movió su rifle hacia la puerta—. Si permanecen en esta habitación, ustedes eligen morir.

Quan no podía soportar pensar que Ming y Shen murieran así.

Por favor, Dios.

Sin una señal, cada uno de los soldados escogió su blanco. Cejacortada puso sus ojos de acero en Quan. Levantó su arma.

Así que este será mi verdugo.

Quan sintió el cañón del arma de Cejacortada contra su sien. Se preguntó si sentiría dolor cuando disparara el arma. Oró por Shen, por Ming, que Dios cuidara de ellos. Oró por Ben Fielding.

Cejacortada bajó el arma. Se movió hacia Zhou Jin y puso una mano en su hombro y una en el de Quan. Su rostro se estremeció. Dejó caer su arma. Dio un golpe sordo cuando pegó en el piso.

—Perdónennos, hermanos. Yo soy Fu Chi —la voz estaba entrecortada. Señaló al teniente—. Este es mi único hijo, Fu Liko. Venimos del pueblo de An Ning, al otro lado de la montaña. Somos, como ustedes, seguidores de Yesu. Dios está haciendo cosas poderosas entre nosotros. Tenemos mucho que decirles. Pero no nos atrevíamos a ponerlos a riesgo... o a nuestros hermanos y familias allá. Dos de nuestras propias iglesias caseras han sido traicionadas por espías. Teníamos que ahuyentar a sus infiltrados. Ahora ustedes saben quiénes son. Pero a ustedes los saludamos. Ustedes son los vencedores: más leales al Rey que a sus propias vidas.

Quan tenía la mirada en blanco mientras su «verdugo» lo abrazaba.

Cejacortada, Fu Chi, se arrodilló frente a Shen, con las manos en sus hombros. Lo miró a los ojos.

—Perdónanos, valiente —susurró—. No sabíamos de otra manera.

Entre los miembros de la iglesia casera, la confusión lentamente se disolvió a sonrisas cautelosas. Quan se arrodilló junto a Shen, con Ming a su lado. Presionó su rostro contra el de ellos y sintió sus cálidas lágrimas mezclarse con las suyas.

Zhou Jin cantó: «Zhu Yesu Jidu, alabamos tu nombre por siempre». La voz fuerte de barítono de Fu Chi llenó el aire. La voz áspera y profunda de Fu Liko se unió, y las otras voces los siguieron.

¿Es este el día?

No. Pero vendrá. Quan sabía, ya bien a punta de pistola, en el trabajo, o en la casa en la comodidad de la cama. Si una bala o un cuchillo no se lo llevaba, pudiera ser una enfermedad o la ancianidad. O quizá el regreso de su Señor.

Quan tomó a Shen en sus brazos. Miró fijamente sus ojos castaños, viendo su reflexión en ellos. Pero también vio a alguien más viéndolo, ojos que vio por última vez detrás de los huecos de una máscara.

Quan pensó en el padre que anhelaba abrazar, con su rostro detrás de la máscara.

Li Quan dio gracias a Yesu que ellos se habían mantenido fieles. Pero su gratitud no removió su temor o sus dudas. Tampoco removió su vergüenza. Él sabía que era indigno de ambos padres, su Señor en el cielo y su baba que había estado en la tierra. En lo profundo de su alma, Li Quan anhelaba paz, seguridad, la aprobación de su padre.

Li Quan puso la mano sobre el hombro de Fu Chi, ya no Cejacortada.

—Nosotros lo perdonamos, hermano —dijo Quan—. Ahora, díganos lo que Dios ha hecho al otro lado de las montañas. Hemos orado durante muchos años por su gente. ¿Qué ha sucedido?

Fu Chi se secó las lágrimas de sus ojos.

—Algo que ustedes no creerán. Siéntense, hermanos. Siéntense, hermanas. Prepárense para algo tan maravilloso que cuando lo escuchen sus corazones saltarán de regocijo.

———————

—Estoy muy orgulloso de él —dijo el alto Li Manchu.

—Sí, mi hijo demostró valentía —dijo Li Tong, bajo y de anchos hombros.

—Él es un hombre ahora, con su propio hijo —dijo Li Wen, de cabello largo, hijo del hombre alto y padre del bajo.

—Pero él siempre será mi hijo, y yo siempre seré el tuyo.

—Este no fue su día.

—¿Pero vendrá ese día para él? ¿El día del martirio?

—Hay Uno que sabe. Solamente Uno.

———————

—¿Has llamado a tu antiguo compañero de cuarto en China? —le preguntó Martin a Ben.

—No. Lo haré enseguida.

—Bien. Te digo, Ben, esta estrategia va a ser muy rentable. Qué te parece esto como una campaña de publicidad: "Getz conoce China; ¡hemos vivido allí!" ¿No te encanta?

—Sí, Martin. Está muy bien.

Ben regresó a la tranquilidad de su oficina. Recordó que se burló de Quan por todas sus referencias a los mitos chinos.

Algunos de sus refranes tenían sentido, como «Mientras más sudas en tiempos de paz, menos sangras durante la guerra». Pero Quan también hablaba de perseguir al sol, pedirle a un zorro su piel, y pescar la luna en un pozo. Quan citaba estos como si todo el mundo en Harvard debiera comprender lo que él estaba diciendo.

«Una liebre astuta tiene tres madrigueras», decía él, así que a menudo Ben le llamaba «liebre astuta».

Los recuerdos lo hacían sentir cálido pero, igual de repente, sentía un enojo frío, resentido. Mientras más Ben se dedicaba a su carrera, más se desviaba de su fe, más se volvía Quan un recuerdo de algo que él había rechazado. Prometieron orar el uno por el otro a diario. Ben no oraba por nadie diariamente. Es más, a no ser ese día el año pasado cuando tuvo esos dolores severos en el pecho, no podía recordar la última vez que había orado.

Reflexionó sobre las extrañas vueltas que da la vida, un destino ciego, sin duda, que él había llegado hasta el punto de hacer negocio en China. Había estado en los restaurantes más lujosos en Beijing, Shenyang, y Shanghai. A menudo se preguntaba si el profesor Li Quan estaba en el mismo restaurante y habían estado tan cerca de verse. ¿Cómo explicaría que aprendió mandarín e hizo tantos viajes a China sin preocuparse de buscar a su antiguo compañero de cuarto?

Parte de él deseaba ver a Quan desesperadamente. Otra parte no quería. Caminó al escritorio de su secretaria.

—Jen, necesito que trates de encontrar a un profesor universitario en China. Es probable que esté en Beijing, aunque pudiera ser Shanghai, Tianjin, o Shenyang. Su nombre es Li Quan.

—¿Cómo lo encuentro?

Ben se rió.

—La frase *una aguja en un pajar* me viene a la mente, pero este pajar tiene más de mil millones de hebras de heno. Pero puedes comenzar con esta dirección —le entregó un viejo sobre—. Había una chica de la que él siempre hablaba, y se escribían. No me sorprendería si se casó con ella. Su nombre era Minghua —lo escribió para Jen—. No te puedo decir su apellido. Las mujeres chinas mantienen el nombre de su familia. Y el apellido va primero. Li es el nombre de su familia. Quan es lo que llamaríamos su primer nombre.

Jen puso los ojos en blanco.

—Yo no soy *completamente* ignorante acerca de China, Ben. ¿Y si no puedo encontrarlo como profesor?

—Llama uno de nuestros contactos en Beijing o Shanghai. En última instancia, llama a Won Chi por teléfono. Hay solo mil doscientos millones de personas. ¿Qué tan difícil puede ser encontrar una de ellas? Para eso te pagamos mucho dinero.

Él se sonrió, seguro de que no había manera que ella lo pudiera encontrar. Sabía que era muy difícil encontrar a alguien en China, aun sabiendo en qué ciudad estaba. De todos modos, él le podría asegurar a Martin que trató, y seguirían otro camino. Por alguna razón no podía hacerle saber a Martin que no quería establecer contacto de nuevo con su antiguo compañero de cuarto. Era difícil reconocerlo.

Desapareció su sonrisa. Observó su diario. Estaba lleno. Bien. No tenía que pensar acerca de lo que una vez compartió con Li Quan o Pam o Doug. Y mientras se mantenía ocupado, no podía pensar cuánto necesitaba un trago.

———

—Seguí la pista de la última dirección, pero no me llevó a ninguna parte —dijo Jen un viernes en la tarde—. Todo el mundo con quien hablé dice que no hay forma de encontrar a esa persona. ¿Listas de profesores universitarios? ¡Dicen que no podría obtener una lista si trabajara en la universidad!

—¿Así que no lo encontraste? —Ben trató de parecer desilusionado.

—Hay tantos Li Quans en Beijing como hay carretillas, pero no pude obtener ninguna lista de profesores. Así que llamé a Won Chi. Cuando le dije que estaba buscando un Li Quan en particular que usted conocía hace veinte años se rió. Pero él tiene un amigo que es un alto ejecutivo en una compañía de Internet en Shanghai. Basado en su nombre y en el de la mujer con la que se *pudiera* haber casado, trataron diferentes formas, y buscaron a través del pajar. Obtuvieron esto.

Ella le entregó un pedazo de papel. Él lo vio: *liquanming-hua@ps.sh.cn.*

—Está registrado a un Li Quan, esposa Minghua, viviendo a doscientos cuarenta kilómetros al oeste de Shanghai. Won Chi dice que quizá no es la persona que buscas, pero si él es profesor es probable que sea uno de los pocos afortunados con una dirección de correo electrónico. De todos modos, son mejores probabilidades que un boleto de la lotería.

—Gracias.

—¿Eso es todo? Fueron diez horas de esfuerzo constante. Usted me debe.

—Te traeré una bufanda de seda y unas galletas chinas.

—¿Desea que le envíe un correo electrónico para ver si es él?

—Yo me encargo.

Ben caminó lentamente a su oficina y se sentó frente a su computadora. Marcó el ícono de Nuevo Mensaje y escribió la dirección de correo electrónico. Entonces comenzó.

Estimado Profesor Li Quan:

Espero tener el Li Quan correcto. Si no es así, me disculpo. Pero si este es el pequeño saltamontes de Harvard, saludos de tu antiguo compañero de cuarto. ¿Has estado pescando la luna en el pozo? ¿Eres un viejo erudito calvo ahora? ¿Así que te casaste con Minghua? ¿Tienen niños? Ha pasado mucho tiempo, amigo. ¡Echo de menos tirar el disco volador contigo en el patio de Harvard!

Yo sé que esto es inesperado, pero quiero ir a visitarte en China. Me pregunto si pudiera quedarme contigo, o si eso no es conveniente, en un hotel cercano. (Según recuerdo, la liebre astuta tiene tres madrigueras, ¿cuántos hogares tienes?)

Pensé que podía ver tu mundo, observarte trabajar, conocer a algunos amigos y vecinos, entrevistar a algunos residentes locales, quizá enseñarte algunos de los productos de mi compañía y obtener tus comentarios. Es como unas vacaciones trabajando para mí, yo creo. Es una idea loca, pero pensé que te preguntaría. Si logro ir, te prometo traer mi raqueta de tenis y permitir que me ganes.

Dabizi, también conocido como Nariz Grande,

Ben Fielding

Ben verificó la ortografía de la carta, después oprimió Enviar y la vio salir en la lista de Enviados. La seleccionó, después puso el dedo en la tecla de Suprimir. Lo apretó. La carta desapareció. Después de treinta segundos, puso el ratón en Deshacer y la hizo aparecer de nuevo.

De todos modos, probablemente no es él.

Oprimió de nuevo Enviar. El mensaje se fue fuera de su alcance.

7

LA SIGUIENTE MAÑANA, sábado, mientras tomaba café y disfrutaba el paisaje desde su sala de estar, Ben revisó su correo electrónico en su computadora portátil. Su pecho se sintió oprimido cuando vio un mensaje de Li Quan. Comenzó a abrirlo, entonces se recostó en el asiento. Quizá era el Li Quan equivocado. Pero él no podía abrirlo y averiguar.

¿Qué era lo que le molestaba a Ben Fielding acerca de Li Quan?

Quan era un pianista dotado que hacía que el instrumento pareciera vivo cuando tocaba música clásica. ¿Pero y qué? A Ben no le interesaba la música. A él le interesaban los deportes, y ahí él tenía la ventaja.

Los estudios académicos eran un punto doloroso. Tomaron una clase de ciencia juntos y, sin la ayuda de Quan, Ben nunca hubiera podido sacar una calificación excelente. Se propuso no tomar otra clase con él más que inglés, donde estaba seguro de sobrepasarlo. Pero aun trabajando en un segundo idioma Quan lo sobrepasó. Ben sabía que era un mal perdedor. También sabía que Quan no estaba compitiendo como él. Eso lo hacía peor.

Pero este fue el punto clave: cuando se conocieron, Ben era cristiano, asistía a la iglesia. Él fue el que invitó a Quan a una función del ministerio cristiano universitario. Entonces Quan se convirtió en cristiano. Al principio, Ben estaba contento por él. Pero algo sucedió. Quan siempre estaba leyendo su Biblia y libros cristianos. Le hacía a Ben pregunta tras pregunta. Al final del semestre de primavera Quan había sobrepasado el nivel de conocimiento de Ben y estaba haciéndole menos preguntas, yendo en su lugar al pastor universitario.

Quan era intelectualmente superior a él, seguro de tener éxito como profesor y escritor. Pero aun peor, él era espiritualmente superior a Ben. ¿Cómo podía Ben explicarle a Quan el fracaso de su matrimonio? Y qué le diría sobre lo que sucedió con… no, ni siquiera podía decirle de eso.

Quizá la nota de Quan diría: «Yo nunca asistí a Harvard; usted debe estar buscando otro Li Quan», o «Disculpa, Ben, tengo una fecha límite para escribir, y no sería bueno que te quedaras conmigo. Vamos solo a almorzar juntos».

Ben tomó otro sorbo de su café, se inclinó hacia delante y abrió la carta.

Estimado Dabizi:

¡Qué maravilloso escuchar de mi viejo amigo! Ming y yo y nuestro hijo, Shen, estaremos encantados que te quedes con nosotros. (Yo solo tengo una madriguera, las liebres astutas tienen las otras dos.) Sabrás que estás aquí cuando llegues a un árbol grande de ginkgo, que tiene como doscientos años. Desde luego, hay muchos otros árboles de ginkgo, ¡así que te enviaré una dirección más específica!

¿Rentarás un auto? Es al menos tres horas conduciendo desde Shanghai. Cuatro horas o más si está lloviendo. Por favor dinos, ¿cuándo llegarás? Prepararemos una cama para ti. No tenemos un disco volador, aunque estoy seguro de que muchas compañías chinas los han imitado y ¡los venden mucho más baratos!

¿Vendrá Pam contigo? Esperamos que así sea. Ming está ansiosa por conocerlos a ambos. Tenemos fotos tuyas de la universidad y la foto de la boda que enviaste en una de tus

últimas cartas. ¡Han pasado veinte años! ¿Tienen niños? Shen es nuestro único hijo.

Si no es pedirte mucho, ¿pudieras traerme una copia del libro que estudiábamos juntos? Una versión en inglés estaría bien, pero si sabes dónde conseguir un libro de esos en mandarín sería muy apreciado. Gracias.

Estamos ansiosos de tenerte en nuestro hogar.

Tu hermano,
Li Quan

Ben leyó de nuevo cada línea del correo electrónico. «Shanghai».

Bueno, esa parte está bien. Me puedo reunir con PTE y visitar la nueva fábrica sin tener que hacer otra reservación de vuelo.

«Cuatro horas o más si está lloviendo».

¿Carreteras sin pavimentar?

«El libro que estudiábamos juntos».

Debe querer decir la Biblia. ¿Por qué sencillamente no lo dijo?

«Tu hermano».

Ben movió su cabeza y suspiró. *¿En qué me he metido?*

Nueve días más tarde, el lunes primero de octubre, Ben Fielding estaba en un avión viajando hacia Tokio y Shanghai. Sus viajes frecuentes lo cansaban, pero no los hacía de mala gana. Era el costo para llegar a ser director general de Getz Internacional. Además, viajaba en primera clase y la tripulación lo conocía por su nombre. También sabían que no había cosa que le agradara más que tomarse varios mao-tais para despegar tierra.

La mente de Ben voló a la aventura delante de él. Martin lo había convencido de hacer este un viaje de seis semanas, con reuniones semanales en Shanghai, visitas a la nueva fábrica, asociándose con gente importante y estableciendo contactos de negocio estratégicos. En realidad, no podía imaginar quedarse con Quan las seis semanas. Quizá un par, lo suficiente para decir que lo hizo, que vivió con una familia china y vio su mundo de cerca. Aprendería cosas que le darían a Getz una mayor ventaja. Y Martin estaba en lo cierto, sería excelente para relaciones públicas.

8

BEN SE MOVIÓ a través del aeropuerto Hongqiao de Shanghai, en el alboroto de chinos furiosos y extranjeros confusos.

Era tarde en la noche del lunes para el cuerpo de Ben, pero para toda China, con un solo huso horario, era dieciséis horas más tarde, el martes en la tarde. Ben utilizaba un truco de veteranos de viajes que era lo mejor para contrarrestar el desfase del vuelo. Él sencillamente rehusaba pensar acerca de la hora en casa, asumiendo la hora local como la suya propia.

Rodando su maleta detrás de él, con su maletín atado firmemente encima, caminó al primer taxi en línea. El conductor saltó de pie sonriendo a la prometedora propina del estadounidense.

A pesar de su cansancio, Ben miraba ansiosamente por la ventanilla del taxi. Él había sido cautivado por Shanghai en su primera visita y no había perdido su fascinación por esta hormigueante metrópolis. Una vez el «París del Este», ahora se hacía llamar la «Perla del Oriente». Con sus trece millones de habitantes y su carácter internacional, era el Nueva York de China.

Para Ben, el torbellino vertiginoso de Shanghai capturaba la urgencia y emoción de China. Desde la arquitectura colonial de la antigua concesión francesa hasta los rascacielos alumbrados por neón sobresaliendo por encima de la ciudad, era una mezcla extraña de belleza y encanto.

Recordaba como si fuera ayer el artículo del *Wall Street Journal* que leyó en 1991. Deng Xiaoping eligió Shanghai como el motor del renacimiento comercial del país, prometiendo que un día competiría con Hong Kong. Esa misma semana Ben había ido con Martin y le propuso que él comenzara un estudio intensivo del idioma mandarín. Algunos en el equipo administrativo pensaron que se había vuelto loco, pero su entendimiento de la importancia de Shanghai probó que él era un visionario. La gran ciudad era sede de la bolsa de valores del país, tenía los complejos industriales más importantes en China y representaba la sexta parte del producto nacional bruto del país.

En su primera visita, Ben desarrolló una relación entre Getz y la joven PTE, Pudong Technical Enterprises [Empresas Técnicas de Pudong]. Cultivó relaciones estratégicas que establecieron firmemente la presencia de Getz Internacional en Shanghai, y más tarde, en Beijing. Desde esas dos ciudades base, en alianza con PTE, Getz estaba estratégicamente lista para hacer negocio con la quinta parte de la especie humana que vivía en China.

Desde su primera visita, la población de Shanghai se había mudado de casas en callejones en el centro de la ciudad a nuevos apartamentos en los suburbios. Observó otro nuevo centro comercial, otra nueva galería, otro nuevo todo. No pudo dejar de sonreír cuando pasaron por un Starbucks Café. Quince años atrás había ciento cincuenta rascacielos en la ciudad. Ahora había más de mil quinientos, con nuevos surgiendo cada semana.

Se detuvieron en un semáforo, ahora unos pocos kilómetros de PTE. En ambos lados de la calle, Ben vio casas de corredores de bolsa, con personas empujándose para invertir en el mercado. Las aceras estaban increíblemente congestionadas. La mitad de la gente tenía localizadores y teléfonos celulares a la mano, muchos de ellos en uso.

Es irónico, pensó Ben, que el Partido Comunista haya nacido en Shanghai. Más que ninguna otra ciudad, era cosmopolita, internacional, liberada económicamente, motivada hacia el comercio; en resumen, la total contradicción del comunismo. La moda, la música y el romance de la ciudad, al igual que grandes porciones de vicio, incluyendo prostitución, se habían desvanecido en 1949 bajo la hirviente uniformidad y la severidad del comunismo de Mao. Pero aunque se sometía externamente, nunca lo había hecho internamente. A medida que el comunismo aflojó su control, la flor entera de la independencia y le energía de negocio de Shanghai explotó. Shanghai era la ciudad que derrotó la economía de Mao.

La luz cambió y una inundación de transeúntes llenó las calles. De los seis millones de personas que viajan en bicicleta en la ciudad, parecía que tres millones estaban en esta calle. De repente comenzó a llover. Todas las bicicletas se detuvieron al mismo tiempo y un arco iris de colores salió de la nada. Impermeables rojos, amarillos, azules, verdes y morados. Parecía coreografiado, como nadadores sincronizados, los colores mojados interpretando una danza hacia delante. Los ponchos caían sobre los manubrios, mostrando solo colores y ruedas. Sonaron un millón de timbres de bicicletas. El gran espectáculo sensual era irresistible. Y de ahí el dicho: «Los que no han visto Shanghai no han visto el mundo».

Mientras navegaban a través del tráfico, Ben miró hacia el este a través de las aguas fétidas del río Huangpu. Ahí estaba: la Nueva Área de Pudong, un centro financiero, económico y comercial de concreto del siglo veintiuno. Elevándose de donde anteriormente eran tierras de cultivo y plantaciones de arroz, estaba la espléndida torre de televisión Perla Oriental: un pilar como una nave espacial, llamativo y brillante, el más alto en Asia. Shanghai ya no era algo que deseaba ser como Hong Kong. Era la realidad. El espíritu inacabable de Shanghai, agresivo e innovador, era el espíritu de la nueva China. Y Ben Fielding estaba en medio de él.

Llegaron al rascacielos que era sede de Empresas Técnicas de Pudong. Ben tomó el elevador al piso veintiocho. Cuando entró a la oficina, la secretaria se puso de pie, inclinó la cabeza y lo saludó, entonces rápidamente tomó el teléfono, asintiendo con la cabeza sin parar. Won Chi, el vicepresidente de PTE, salió dando saltos de su oficina.

—¡*Ni hao*, Ben Fielding!

—¡Ni Hao, Won Chi! —dijo Ben—. ¿Cómo estás? —era la primera frase que aprendió en mandarín. Avanzó mucho desde entonces. Y también las Empresas Técnicas de Pudong. Chi le entregó las llaves de un auto de la empresa.

—No muchos estadounidenses tienen licencia de conducir en China —a Won Chi le gustaba practicar su inglés—. Ben Fielding muy afortunado.

—Ben Fielding es afortunado de tener un amigo como Won Chi. ¡Tú eres el que sobrepasó toda la burocracia o aún estaría atado a un chofer! ¡Y en este viaje eso no daría resultados!

Chi asintió con la cabeza, sonriendo abiertamente.

—No olvides. Los extranjeros no pueden quedar en hogar chino sin registrar estancia en el BSP local y obtener permiso. Llamé al BSP de Pushan y explicado razón de tu visita, pero aún necesitas registrarte. ¿Estás seguro de que no puedo llevarte a cenar?

—No, gracias, solo voy a ir al hotel, instalarme y dormir bien toda la noche. Te veré en la reunión de las diez de la mañana.

Se estrecharon las manos amistosamente. Una secretaria lo acompañó en el elevador al estacionamiento en el sótano y lo llevó a un Mitsubishi Pajero Mini gris plata, una preciosa vagoneta nueva con tracción en las cuatro ruedas. Él movió la cabeza en aprobación y salió conduciendo en el loco tráfico.

Ben se inscribió en el lujoso JC Mandarín. Aunque estaba agotado, no dejaba que su cuerpo lo forzara a dormir todavía. Comería, haría un poco de ejercicio en el gimnasio, y se acostaría a tiempo. Él se enorgullecía de no permitir que nada lo venciera, ciertamente no el desfase debido al vuelo.

———————

Después de un buen sueño durante su primera noche en el país, Ben se reunió el miércoles en la mañana por varias horas con los principales ejecutivos de PTE. Después de estrechar las manos de todos, se fue al auto, con la adrenalina elevada por el viaje que él anticipaba y le daba pavor al mismo tiempo.

9

Después de tres horas y media conduciendo, Ben atravesó el límite este de Pushan, una ciudad de un cuarto de millón de habitantes, pequeña para los chinos. A nueve kilómetros del centro de la ciudad se encontró transitando por calles destrozadas. Pasó hileras de casas en ruinas conectadas con paredes de ladrillo separando diminutos recintos.

Observó mujeres pequeñas tirando de carretillas sobrecargadas, campesinos en bicicletas oxidadas, perros callejeros enfermizos y más gallineros que los que él jamás había visto.

Quan debe odiar la vida de la ciudad para vivir tan lejos.

Finalmente, pasó una de las pocas calles con señalamiento, Guangxi, mencionada en las instrucciones de Quan. Bajó la velocidad, entonces contó las casas separadas irregularmente hasta llegar a la séptima. No tenía un número para identificarla. Pero había un enorme viejo árbol de ginkgo, con corteza pardusca gris y ramas amarillas en todas direcciones. Trece metros atrás había una pequeña casa.

No puede ser esta.

La casa estaba en ruinas. Era de ladrillo, con techo cubierto desordenadamente con bambú y yeso. Con seguridad, un profesor universitario no viviría en una choza como esta. Salió del auto, respirando el olor de la tierra quemada por el sol y otro olor, menos agradable.

¿Por qué no insistí en un hotel?

De repente se abrió la puerta principal. Salió un hombre maduro con escaso cabello canoso con entradas procediendo de su alta frente. Su ropa era sencilla, no hecha a la medida, aparentemente hecha en casa.

—¡Hola, Dabizi! —dijo el hombre en inglés, sonriendo abiertamente. Corrió hacia Ben y lo abrazó. El abrazo fue firme pero cortés, no un abrazo empalagoso europeo. Pero Ben sabía que para un chino esto era realmente un afecto cálido.

—¿Aún me llamas Nariz Grande? —Ben dijo en inglés. Trató de no mirar fijamente la oreja izquierda de Li Quan. Le faltaba parte del lóbulo. Inmediatamente debajo, en su cuello, tenía una cicatriz de trece centímetros, sanada pero roja y áspera.

—Bienvenido, mi amigo.

—Te ves bien, Li Quan —Ben mintió en mandarín.

Quan retrocedió y miró fijamente a su antiguo compañero de cuarto, que veinte años atrás no sabía cómo decir ninguna palabra china que no estaba escrita en un menú.

—¿Sorprendido? Tomé algunas clases. Y he practicado en viajes anteriores a China.

—¿Ben Fielding ha estado en China antes?

—Sí, pero no aquí. No tan lejos.

—¡Tu mandarín es… impresionante!

—No tan bueno como tu inglés.

Un pequeño niño gordito saltó desde la puerta a un escalón de madera crujiente. Detrás de él salió una mujer delgada, vestida con pantalones de campesinos y una chaqueta mandarina sencilla verde clara. Su cabello estaba echado hacia atrás en una trenza. Detrás de sus delgados párpados había ojos grandes y luminosos.

Quan lo llevó hacia ella. Delgada y fuerte, su belleza era natural y discreta. Mientras más se acercaba, más imponente ella lucía. Pensó que ella era la mujer más preciosa que jamás había visto.

—Este es mi hijo Shen. Esta es Ming, a quien tengo el honor de llamar mi esposa.

Ella juntó sus manos, después medio inclinó su cabeza, recordándole del saludo normal en Camboya que había visto en sus tres viajes a Phnom Penh.

Ben movió su cabeza y le sonrió.

—Ni hao.

Ella miró hacia abajo tímidamente.

—Es placer para nosotros conocerlo. Siento mucho Pam y niñas no pudieron venir. Li Quan no dijo que Ben Fielding habla chino —dijo en inglés.

—¡Porque Li Quan no sabía! —dijo Quan sonriendo—. Pero debes estar cansado. Permíteme ayudarte con tus maletas. Ming ha preparado algo para ti.

—No es mucho —dijo ella—. *Liang cai: huangua, xi hongshi.*

—Un plato frío está bien, tomates y pepinos están perfectos —dijo Ben.

Notó un olor desagradable y miró detrás de la casa y vio un cobertizo para herramientas y una pequeña cerca de alambre.

—Un gallinero —dijo Ming—. Quan me enseñó cómo preparar huevos igual que en Estados Unidos.

Ben inclinó la cabeza mientras entró por la puerta. La casa olía rancia, vieja y deteriorada por la intemperie. Y era diminuta, más pequeña que su oficina. Había pocas decoraciones. Una excepción notable era un león de bronce, su cabeza volteada como rugiendo, en el centro de la mesa. La pata derecha delantera del león descansaba sobre una pelota.

En una esquina había una pequeña estufa de carbón y un tanque plateado en la otra. Ben conocía de esas «bombas de gas» como las llamaban los extranjeros. Un cilindro de gas propano notorio por explosiones repentinas.

—No es grande desde el punto de vista estadounidense —dijo Quan—. Pero tenemos electricidad. Funciona la mayoría del tiempo. Tenemos dos lámparas. Y tenemos un teléfono y… ¡una nueva computadora! —señaló orgullosamente la computadora cuadrada junto a una pequeña cama que Ben supuso era de Shen—. Ahorré dinero para esto por dos años. Obtuvimos conexión para correo electrónico solo unos días antes que nos contactaras. De otra manera, quizá nunca hubieras encontrado al Li Quan correcto. ¡Pienso que Dios quería que vinieras aquí!

Ben vio algunos libros sobre el escritorio. Reconoció uno de ellos de su clase de inglés, *Paraíso perdido* de Milton.

—¿Cuántos libros ha escrito ya mi antiguo amigo? Espero que me firmes uno.

—Te diré de esas cosas pronto —dijo Quan. Señaló un catre y dijo—: Aquí está tu cama —era del tamaño correcto; para alguien quince centímetros más bajo que Ben.

—Sábanas limpias —dijo Ming. En ese momento algo salió moviéndose lentamente por el lado más lejano del catre, como si hubiera ascendido una montaña y estaba preparada a plantar una bandera. Ben se puso tenso. La cucaracha parecía estarlo mirando, analizando su nuevo compañero de cama. Ben se sintió avergonzado por sus anfitriones, pero o bien ellos no la notaron o tomaron a la cucaracha como parte del paisaje.

Ben miró alrededor de la habitación.

—¿No hay un piano? ¿Recuerdas como nos reuníamos en Warlin Hall? Tú tocabas Bach y Beethoven y algunas veces hacíamos que tocaras música de rock.

—No hay lugar para un piano —dijo Quan.

Y no hay forma que tenga con qué comprar uno, pensó Ben.

Ben vio la jarra que Ming puso sobre la mesa y se preguntó cómo podría tomar una de las botellas de agua que tenía en su maleta.

—Siéntate por favor —dijo Quan, señalando con su mano. Había cinco sillas, dos rotas, que rápidamente tomaron Quan y Ming. Shen tomó otra. Esto dejaba dos sillas, una de caoba, grande y bellamente tallada a mano, con cojines aterciopelados bordados en el asiento, en el respaldo y en los brazos. Lucía casi algo de realeza, totalmente fuera de lugar en este humilde hogar. Suponiendo que era la silla de honor, destinada para el invitado, Ben comenzó a sentarse en ella. Quan rápidamente se puso de pie y señaló la otra silla, la segunda mejor del grupo.

—Por favor siéntate aquí, mi amigo —Ben se sentó junto a Quan, enfrente de la quinta silla desocupada.

¿Quién más viene?

—¿Esto es *xigua*, cierto? —preguntó Ben.

—Sandía. ¡Sí! —Quan sonrió abiertamente—. Tómense de las manos, por favor.

Ben tragó en seco y sintió las manos de Quan y de Shen tocar las de él. Él las tomaba ligeramente, pero sintió que ambos las apretaban.

—Gracias, Zhu Yesu —dijo Quan con fervor—; que tú has traído a mi amigo Ben Fielding. Oramos que él disfrutará esta visita con nosotros. Y que tú bendecirás a su esposa, Pam, y a sus hijas y las consolaras en su ausencia. Amén.

Ming oró, después Shen, ambos en chino. Ben se movió nervioso pero se mantuvo callado. Finalmente Quan oró de nuevo. Después de su amén y dos más, Quan vertió agua en el vaso de Ben.

—No te preocupes, el agua está hervida —dijo él—. No hay bacterias chinas.

Ben encogió sus hombros como si no hubiera pensado en eso.

Ming se levantó a la estufa, solo medio metro detrás de ella, entonces trajo un plato alargado de metal de forma como de pescado. En él había cuatro pequeños pescados de agua dulce.

—Este era el plato de mi abuela —dijo Quan—. Siempre le servimos pescado a nuestros invitados.

—¿Tú los pescaste? —preguntó Ben—. ¿Aún eres pescador?

—Shen y yo los pescamos juntos —Shen se sonrió, orgulloso al igual que su padre.

Ming se inclinó nerviosamente.

—Disculpe, no tenemos… —ella miró a Quan buscando las palabras apropiadas.

—Tenedores y cucharas —dijo Quan.

—*Kuaizi* están bien —dijo Ben, tomando los palillos y manejándolos tan fácilmente que se ganó otra señal de admiración de Quan.

Ben analizó el león de bronce en el centro de la mesa. Cuando él lo veía, tenía la sensación que el león lo estaba mirando.

Se recordó de sonreír mientras comía, aunque el sabor era insípido comparado a lo que se había acostumbrado en los buenos restaurantes.

—Muy bueno, Ming. Xiexie —dijo Ben cuando terminó la comida. Ella sonrió e inclinó la cabeza, entonces se puso de pie, tomó su plato y se retiró.

Después de limpiar la mesa, Quan y Ming se sentaron en su cama. Shen se subió al centro de la suya, sentándose como un indio estadounidense en una asamblea. Ben se sentó en el borde de la tercera cama, contra una pared de ladrillo.

—El padre de Minghua era chino, pero su madre era de Camboya —dijo Quan.

Ming contó la historia de cómo sus padres se conocieron y dónde ella creció. Ella hablaba en un inglés tosco, aunque Ben le aseguró que podía entender mandarín.

—Ahora por favor —dijo Ming—. Díganos como está familia de Ben Fielding.

—*Tamen hen hao*. Ellas están bien.

—¿Tu Pamela está bien? —preguntó Quan.

—Hablé con ella la semana pasada. Les envía saludos a ambos.

En realidad, no había telefoneado a Pam por tres semanas ni la había visto en seis. Hubo un silencio incómodo.

—Ya no veo mucho a Pam. Hace dos años que nos divorciamos.

Quan miró a Ben.

—Lo siento —los ojos de Ming se humedecieron como si acabara de escuchar que alguien amado murió. Ben se movió inquieto.

—Te traje un regalo —dijo Ben, alcanzando su maleta más grande y abriéndola. Sacó una chaqueta de cuero y se la dio a Quan.

—No he visto una como esta, ni siquiera en el mercado.

—Es una nueva marca, Marpas. Hecha en Argentina. El cuero tiene este color casi castaño, muy elegante.

Quan se la puso mientras Ming observaba, con los ojos bien abiertos y riéndose tontamente, después juntó sus manos, encantada.

—Gracias, Ben Fielding —dijo Quan.

—De nada, pequeño saltamontes.

Ming se asombró.

—¿Pequeño saltamontes? —ella se rió tontamente de nuevo. Shen también.

Quan se sonrojó.

—El apodo es difícil de explicar. Viene de un programa de televisión estadounidense muy extraño.

Ben sacó otra preciosa chaqueta de cuero y la sujetó en alto. Se la dio a Ming, que parecía asombrada. Se la puso y corrió sus manos sobre ella. Ben miró buscando un espejo. No vio uno. De repente se dio cuenta: no había ningún espejo. Es más, ¡no había ningún baño!

Ben miró a Shen, ahora en la cama detrás de sus padres.

—Y aquí hay algo para Li Shen.

Ben sacó la caja. Shen se bajó de la cama y caminó hacia delante en la punta de los pies. Tomó la caja, con los ojos bien abiertos, entonces la abrió. Dio un grito ahogado, sonrió abiertamente y sacó dos zapatos de baloncesto nuevos.

—¡Nike! —exclamó Shen, como si hubiera encontrado una mina de oro.

Quan rió.

—¿Qué le dices al señor Fielding, Shen?

—Xiexie. *Muchas gracias* —añadió en inglés.

—Hablas muy buen inglés. Tu padre es un buen maestro. Y tú eres un buen aprendiz.

Quan lo ayudó a atar los cordones. Shen corrió afuera. Lo observaron salir por la puerta, todos riéndose mientras su cuerpo rechoncho corría locamente.

—Casi se me olvida —Ben regresó a su maleta y sacó un disco plástico azul, entonces lo lanzó a través de la habitación a Quan, sorprendiendo a Ming.

Quan lo atrapó.

—¡Platillo volador!

Salieron afuera y por los próximos veinte minutos los cuatro jugaron con él. Cuando se oscureció el cielo cerca del anochecer, regresaron adentro, sentándose en las camas.

—Necesito saber, Ben —dijo Quan. —¿Tienes niños?

—Sí, dos hijas. Melissa tiene veinte años, Kim diecisiete.

Ben quería dormir para quitarse el cansancio del vuelo y se preguntaba cómo lo podía hacer cuando su cama estaba en el cuarto de estar; la *única* habitación. Notó que Quan lo estaba mirando fijamente, como esperando que él dijera algo más. ¿Pero qué?

—¿Bueno, que les parece si desempaco? —Ben vio que solo había una pequeña cómoda, lo más probable compartida por sus tres anfitriones—. En realidad, prefiero dejar las cosas en la maleta. Seguro, eso es lo que normalmente hago —buscó a través de sus cosas; entonces su mano tocó una caja negra.

—Ah, se me olvidó. Creo que esto es lo que me pediste —le entregó la caja a Quan.

—¿Shengjing? —él preguntó reverentemente.

Ming corrió hacia la ventana y cerró las cortinas deshilachadas. Después cerró la puerta con llave.

Quan se sentó en la cama, con sus piernas cruzadas Ming a su lado. Con cuidado puso la caja en su regazo, despacio quitó la tapa, como si fuera una caja de explosivos. Levantó el libro negro, con sus manos temblando. Lo olió. Entonces lo abrió y reverentemente tocó los bordes dorados y las palabras en la página.

—¿Pusieron esto en un inventario? —preguntó Quan.

—¿Qué?

—En el aeropuerto, ¿anotaron que trajiste Shengjing contigo?

—No, este era equipaje facturado. Ni siquiera lo abrieron en la aduana.

—Perdóname, mi amigo —dijo Quan—. Debes estar cansado. Nos acostaremos temprano, para que puedas dormir. Yo no trabajo mañana. Te enseñaré Pushan. Y… ah sí, aquí está una linterna —señaló el objeto amarillo de plástico sobre el escritorio—. Es casi noche. Allí… —señaló por la ventana— junto al gallinero, puedes ver el retrete.

Ben de repente se dio cuenta que el cobertizo para herramientas que él había visto no era un cobertizo para herramientas.

Quan se puso de rodillas en la esquina de la habitación, la Biblia en sus manos, Ming a su lado. Como sus ojos no estaban en él por un momento, Ben se movió, tomó la linterna, tratando de parecer despreocupado. Abrió la puerta y salió.

Después de detener la respiración más tiempo de lo que pensó fuera posible, Ben salió corriendo del retrete y a través del gallinero.

Regresó a la casa, respirando profundamente aire que ahora parecía fresco. Quan y Ming miraron desde su cama y Shen desde la de él, todos bajo sus mantas. La habitación estaba llena de sombras misteriosas destellando, insinuando una presencia invisible. El león sobre la mesa miraba fijamente a Ben. La Biblia no estaba donde se pudiera ver. Ben se acostó y apagó la última vela.

10

SE ESTACIONARON EN PUSHAN, mitad sobre la acera. Ben sentía el desfase, pero sus cinco horas de sueño no habían estado tan mal, después que él dejo de luchar con las sábanas cortas.

Ben y Quan miraron en ambas direcciones antes de cruzar una calle que habría aterrorizado a un habitante de Nueva York. Corrieron como si sus vidas dependieran de ello, que así lo era. Caminaron por un pequeño parque, donde al menos dos docenas de ancianos de la ciudad estaban de pie bajo los árboles haciendo ejercicios de *tai ji quan*. Sus movimientos eran lentos y medidos. Varias jaulas colgaban de las ramas, contenían los pájaros cantores mascotas de los que hacían ejercicio.

Caminaron por tiendas diminutas llenas de ropa, tabaco y artículos diversos. Era media mañana, pero ya flotaba el aroma de cerdo, pescado, arroz hervido y vegetales de los puestos de vendedores ambulantes. Ben compró algunos dulces duros de un vendedor. Inmediatamente se le acercó otro con un cesto de junco lleno de pasteles, dulces y refrescos embotellados. Le dio una moneda y recibió dos pasteles a cambio. Le dio uno a Quan y mordió el otro. En la escala alimenticia estaba entre un pastel pesado y poliestireno.

Ben se detuvo para observar a tres médicos ambulantes. Uno examinaba el bocio de una mujer, otro vendía remedios caseros, hierbas y aceites. Junto a él estaba un dentista callejero, con sus instrumentos colgando de un clavo en la pared, su taladro de pedal junto a él. En una silla de bambú estaba sentado un anciano con cara preocupada. El dentista se estaba preparando para hacer una extracción.

Unas pocas tiendas más adelante, Ben vio un ganso inmóvil, desplumado, con su cabeza colgando como un péndulo, moviéndose en la brisa. Junto a él colgaba un pescado grande, después lo que parecían tiras de cerdo, llenas de docenas de moscas.

De repente, un fuerte olor a pescado crudo llenó el aire. Había mucha charla mientras dos hombres rodaban un barril que acababa de llegar del puerto. Un desollador de anguilas, de cincuenta años de edad en mangas cortas y con poderosos brazos, del cual venía mucho del olor a pescado, se agachó a la orilla de la calle. Otro hombre abrió el barril, metió un cubo, después se lo dio al desollador. Estaba lleno de anguilas negras y brillantes.

Con su mano derecha sacó un cuchillo de deshuesar, después con su izquierda tomó un espécimen resbaladizo. Colgó rápidamente la anguila en un clavo, estiró la criatura y con la precisión de un cirujano removió su piel y huesos. Hizo esto repetidamente, cinco anguilas a la vez.

—¿Quiere comprar? —preguntó el desollador a Ben.

—*Bu yao* —dijo Quan rápidamente, interviniendo y negando con la cabeza—. Xiexie.

Pasaron junto a una mujer que tenía la mano llena de coloridos pañuelos de seda. Ben no sabía cuándo tendría la próxima oportunidad, así que compró una docena de pañuelos, algunos para Jen y Kimmy, y el resto para regalar en Getz.

Después de unas pocas horas, entraron a un restaurante. Ben insistió que Getz Internacional pagaría por su almuerzo. Sonrió a las pintorescas descripciones de las comidas en el menú, como «Bella mariposa saluda al invitado».

Ben ordenó cuajada de frijol con huevos de pato en conserva. Él insistió que compartieran cangrejo de agua dulce en vino. Al principio del menú de postres estaba «Arroz con ocho preciosidades». Ben lo ordenó: arroz hervido con una pasta de frijol rojo con ocho diferentes frutas acarameladas.

Después del almuerzo, de regreso a la calle, caminaron de nuevo. Mientras más hablaban, más se reprochaba Ben haber dejado todos esos años pasar. Movió su brazo hacia un andamio de bambú, donde un equipo echaba concreto y las chispas volaban de los sopletes de los soldadores.

—¡Mira este lugar! Todo el mundo está construyendo. Desde luego, es aun más próspero en Shanghai.

—Tú estás más impresionado con Shanghai que algunos chinos. Algunos dicen que lo único bueno que hizo Mao fue limpiar Shanghai. Él reemplazó la inmoralidad indisciplinada del cuerpo por una inmoralidad disciplinada del alma. Shanghai se volvió sombría y gris, decía mi padre, una ciudad triste y dura. Pero cuando el mundo pasó por alto a Mao, Shanghai se levantó rápidamente de sus cenizas. Desdichadamente, regresó a su inmoralidad. Orgullosa y arrogante. Los pobres de nuevo sirven a los ricos.

—Yo tengo que regresar a Shanghai para ir a unas reuniones mientras estoy aquí. Me aseguraré de decirles lo que piensas de ellos. ¿Pero cuál es la alternativa? ¿Prefieres la pobreza?

—Yo no soy amigo de la pobreza. Pero todavía hay pobreza en todas partes; hombres de buenas familias venden drogas; mujeres vendiéndose a sí mismas. Hombres desesperados por alimentar a sus familias reciben entregas de drogas en medio de la noche en sus casas. Yo lo he visto ocurrir. Hay mucha depresión en China, mucha desesperanza. Muchos ancianos cometen suicidio.

—Creo que yo veo un lado diferente en mis viajes de negocio. Veo gente ansiosa por trabajar, contentos de tener la oportunidad.

—Tú ves lo externo. No confundas la piel de China con sus huesos. Sí, mucha gente tiene una vida más cómoda. El objetivo principal es ganar más dinero, poseer más cosas. Las pancartas del dios del dinero están por todas partes. Hacerse rico es el tema principal en televisión. Me alegro de no tener una. Aún tenemos nuestros antiguos ídolos, los demonios que han plagado a China. Y ahora también tenemos tus ídolos.

—¿Mis ídolos?

—Los ídolos de los Estados Unidos. Materialismo. Placer. Entretenimiento. Adoración de celebridades. Obsesión por el sexo. Comida. Fama. Todos son ídolos, dioses falsos. Un sabio pastor dijo que el problema de China era el Maoísmo, pero ahora es el ego-ísmo.

—Suenas como un pesimista.

—¿Ves esas personas jóvenes? —señaló dos adolescentes, uno usaba una camiseta que anunciaba una exitosa película americana, el otro una banda de rock inglesa—. Ellos están encaprichados con las películas, la música, los deportes y la cultura occidental. Se les ha enseñado que Dios no existe. No saben nada del bien y el mal. Ansían ir a algún lugar, pero no tienen guías para enseñarles el camino. ¿Ves esa anciana acercándose a nosotros?

Ben vio su rostro arrugado, fruncido.

—¿No ves el vacío en sus ojos? Ella ha escuchado muchas promesas en su vida. Todas ellas fueron rotas. Ya ha perdido toda esperanza. Mira a tu alrededor, Ben. De cien rostros, noventa y cinco se ven como el de ella —comenzó a caer una lluvia fresca, lavando el polvo del aire, así que Ben ya no lo sentía en su lengua. Quan sacó dos ponchos del bolsillo de su chaqueta—. ¿Azul o verde?

Ben eligió el verde, y un momento más tarde se mantenían secos y cómodos debajo de los impermeables grandes con capuchas. Ben sintió una intimidad como si estuviera frente a una chimenea.

—¿Quan? Me preguntaste anoche si la Biblia había sido anotada en un inventario en el aeropuerto. ¿Qué querías decir con eso?

Quan titubeó.

—Te está permitido traer una Biblia para ti. Pero si la ponen en un inventario, te pueden revisar cuando te vayas para asegurarse que te llevas una Biblia por cada Biblia que traes.

—¿Realmente hacen eso?

—No tan a menudo como lo hacían antes. Pero aun ahora la mayoría de los cristianos no tienen su propia Biblia.

—¿Por qué escondiste la Biblia que te di?

—No tiene el sello requerido del gobierno que indica que vino de una iglesia registrada. Al momento que me la diste se convirtió en un Shengjing ilegal. En China, todo hombre honesto tiene escondites. Yo aún tengo mi antigua Biblia en inglés de la universidad. Parece como un libro común y la mayoría de los oficiales del BSP no saben inglés. Ha sobrevivido muchas redadas.

—¿Redadas?

—Visitas repentinas de la policía.

Quan levantó la cabeza, como mirando las nubes para observar el estado del tiempo. Pero mientras su cabeza estaba volteada hacia arriba, sus ojos escudriñaban el horizonte.

—Necesito preguntarte algo, Quan. Yo sé que en un tiempo hubo mucha persecución. ¿Pero crees que estás… imaginándote algunas cosas debido al pasado? Nos dieron una gira por el Buró de Asuntos Religiosos. El buró ofreció llevarnos a un servicio en una iglesia en Shanghai. Yo fui. Nos presentaron al pastor. Él habló con nosotros libremente. Ellos adoran libremente. Los escuché cantar. Ellos tienen Biblias. ¡Incluso estaban vendiendo Biblias en la iglesia!

—Ellos se someten a restricciones que muchos de nosotros no podemos aceptar.

—Pero escuché de lugares en los que aun las iglesias no registradas no son perseguidas.

—Yo sé de pueblos y ciudades donde no hay cristianos en la cárcel. Pero en otras ciudades hay docenas de cristianos en la cárcel. A menudo son apaleados y humillados. Si alguien te dice: "La libertad religiosa en China es así", no lo creas. Eso es como decir: "El tiempo en los Estados Unidos es así: siempre soleado o siempre nevando". Depende de en qué parte del país estás y en qué estación. En China el sol siempre está brillando en alguna parte. En otra parte la nieve siempre está cayendo. Pero el gobierno es capaz de hacer magia; te pueden llevar a lugares donde normalmente está nevando y enseñarte un vistazo de la luz del sol para que puedas regresar y decir que no hay nieve en China.

—Pero nos enseñaron Biblias impresas por el gobierno. Yo las vi.

—Sí, es cierto. Pero el ochenta por ciento de todos los chinos cristianos están en iglesias caseras. No hay suficientes Biblias incluso para aquellos en las iglesias registradas, mucho menos para las iglesias caseras.

—He escuchado repetidamente que la gente exagera acerca de la persecución en China. ¿No están las cosas mejorando todo el tiempo?

—Yo desearía que tú creyeras tan rápidamente las verdades de Yesu como crees la propaganda del partido. Bajo Deng nos alejamos del socialismo de Mao, pero solo porque no dio resultados. Para obtener un estado comercial con el Occidente, nuestros líderes tenían que aparentar que China no violaba los derechos humanos. Así que toman a hombres de negocio como tú y líderes políticos y aun líderes religiosos en giras para probar que somos libres. Entonces ustedes regresan y tranquilizan a todo el mundo en su país.

—¿Estás diciendo que nos están utilizando?

Quan le dio a Ben una mirada de incredulidad que él no agradeció.

—*Desde luego* te están utilizando. Su trabajo es hacer que China parezca atractiva. Tu trabajo es aceptar la imagen que ellos pintan. De esa forma tú puedes vender tus semiconductores y tus chips de computadoras. Ellos están contentos. Tú estás contento. Ellos se hacen ricos. Tú te haces rico. Todo el mundo cree lo que quiere creer.

—No es necesario que seas tan cínico, Quan. Lo que estoy diciendo es… —Ben se detuvo cuando vio los ojos de Quan moviéndose. Aunque fingía mirar hacia otro lugar, Quan miraba repetidamente hacia atrás a un hombre que estaba parado afuera en una tienda viendo lámparas miniatura.

—Es hora de irnos —dijo Quan, caminando delante. Ben miró hacia atrás. El hombre detrás de ellos estaba caminando de nuevo, nunca mirando en dirección a ellos.

—Necesitamos ir a tu auto —dijo Quan—. Necesitamos ir al hotel.

—¿Qué hotel?

Quan se movió tan rápido que Ben tuvo que correr tres metros para alcanzarlo.

11

Entraron por la puerta principal de lo que un viejo anuncio oxidado decía que era el Huaquia Binguan, el Hotel Chino Extranjero. Después de unos cuantos pasos en una alfombra delgada y deshilachada Ben concluyó que este establecimiento gastado quizá había lucido bien en su tiempo. Pero hacía mucho tiempo.

Quan llevaba una bolsa grande de plástico que había sacado del auto. Ben subía las escaleras detrás de Quan, tenía una alfombra gastada hasta la madera en algunos lugares. Cuando pasaron el segundo piso, Ben se detuvo un momento y se vio en el espejo grande en el pasillo. Vio sus párpados entrecerrados y sintió el desfase del vuelo. Se apresuró a alcanzarlo. En el tercer piso, Ben se vio en un espejo similar, viendo esta vez gotas de sudor en su rostro.

—¿En que piso está?

—En el cuarto.

Mientras caminaban por el pasillo, Quan aminoró su marcha. Parecía que se iba a detener en la habitación 419. Una criada caminó alrededor de la esquina al final del pasillo. Inmediatamente Quan comenzó a caminar de nuevo, pasándola y deteniéndose frente a la habitación 427. Cuando ella desapareció, él regresó al 419 y tocó en la puerta.

—¿Sí? —la voz contestó en inglés.

—Familia —dijo Quan.

Un hombre abrió la puerta y señaló que entraran. Fue a su televisor. Subió el volumen alto, y después no le prestó atención. Regresó a Quan y Ben.

—Este es mi amigo de Estados Unidos, Ben Fielding. Este es el señor James.

—Me da gusto verlos —dijo el señor James. Su inglés tenía un pequeño acento. Ben supuso que era canadiense.

—Aquí está su pan y carne —dijo Quan, entregándole la bolsa.

¿Pan y carne?, pensó Ben.

—Y aquí está su música —dijo el señor James, entregándole un pequeño paquete envuelto en periódicos y cuidadosamente pegado con cinta adhesiva—. Clásica. Su favorita.

—¿Discos compactos? —preguntó Ben.

Quan y el señor James ambos asintieron con la cabeza.

—No me puedo quedar —dijo Quan—. Mi amigo y yo tenemos mucho que hacer.

—¿Puede venir el jueves en la noche?

—Sí, creo que sí. Quizá tarde.

—Bien. Podría tener más música para usted.

Quan se despidió del misterioso señor James y salió al pasillo. Ben lo siguió. No le gustaba no saber lo que estaba pasando.

Cuando salieron del hotel Ben notó a dos hombres al otro lado de la calle, uno bien vestido, con una postura militar pero sin uniforme. Aunque estaban a quince metros de distancia, Ben vio ojos negros de acero mirándolo fijamente.

Quan o no los vio o fingió no verlos.

———————————

Cenaron temprano carne con naranja y brécol marchito, lo mejor que pudieron comprar en el mercado en Pushan, pero un paso culinario más abajo que Shanghai. Los cuatro se sentaron a la mesa. La quinta silla desocupada, con un plato vacío frente a ella, de nuevo parecía mirarlo. Si esto era una rara costumbre china, era una de la cual él nunca había escuchado.

———

—Tengo grandes historias acerca de Li Quan que contarles a sus colegas —dijo Ben, sentándose frente a la estufa junto a Quan.

—Mis colegas no querrán escuchar esas historias —le aseguró Quan, poniéndose sus pantuflas gastadas.

—¿Recuerdas nuestra primera noche en el dormitorio? —dijo Ben—. Yo te pregunté a qué clase de escuela habías asistido en China. ¿Recuerdas lo que me dijiste?

—Una escuela del Partido —Quan sonrió—. Tú dijiste. "Yo no creía que China tenía escuelas de fiesta". Y yo dije: "Ah sí, tenemos muchas".

Ben se rió.

—Entonces yo dije: "Los Estados Unidos están llenos de escuelas de fiesta. Aun Harvard es una escuela de fiesta". Nunca olvidaré la mirada en tu rostro. Tú dijiste, "¿Es esta una escuela comunista?"

Quan se inclinó hacia delante, temblando, sus ojos humedecidos, casi sin salir aire por su boca. Ben se rió más fuerte recordando cómo su antiguo amigo podía perder la respiración riéndose.

—Yo no me había dado cuenta que para los estadounidenses significaba algo diferente y cuando ellos decían "escuelas de fiesta" yo entendía "escuelas del Partido" —se rió—. Desde luego, algunos de nuestros profesores eran comunistas. ¡Claro que ninguno de ellos, en realidad, había vivido bajo el comunismo!

Después de cenar, mientras Quan sacaba una Biblia y comenzaba a leerla a Shen y Ming, Ben se excusó y se movió dos metros para revisar su correo electrónico. Perdió su conexión tres veces a través de la línea telefónica de Quan, finalmente manteniéndola por suficiente tiempo para recibir su correo. Pasó con rápidez a través de varios mensajes y se movió al de Martin Getz.

Ben, recibí una llamada telefónica inquietante de Won Chi con relación a tu amigo Li Quan. Parece que él esta bajo sospecha. Estoy cambiando de forma de pensar acerca de que estés allí. Si algo fuera de lo ordinario comienza a ocurrir, mantén tu distancia. Te haré saber si averiguamos algo más. Discúlpame que te he puesto en una situación incómoda. Quizá debas buscar una razón para cambiar de alojamiento. De todos modos, mantente en contacto.

¿Chi? *Él está a un mundo de distancia en Shanghai. ¿Qué sabe él acerca de Quan?*

Ben se desconectó, apagó su computadora y observó a Li Quan. Cuando terminaron de leer y orar, Shen llevó a su madre afuera para enseñarle cómo mejorar su destreza con el platillo volador. Mientras que Ming y Shen se reían afuera, Ben y Quan se sentaron en sus camas.

Ben señaló la grabadora de cinta y disco compacto en el escritorio.

—¿Por qué no escuchamos esa música clásica que el señor James te dio?

—He tomado solo este día libre. Regreso a trabajar mañana.

—Estupendo, iré contigo. Quiero observar a mi antiguo compañero de cuarto manejar una clase llena de ansiosos estudiantes.

—Eres bienvenido a venir —Quan miró a Ben, considerando sus palabras.

—A propósito, cuando me lleves a la universidad mañana, les puedes decir a tus estudiantes que no eres el único profesor. Por los últimos dos años he dado clases sobre China por una semana en una clase avanzada de negocios en la Universidad del Estado de Portland.

—¿El profesor Ben Fielding? —Quan inclinó la cabeza—. Un experto sobre China.

—No, solo menos ignorante que la mayoría de los estadounidenses. Y no tan ignorante como cuando estaba en Harvard.

Ben se sentó en la cama de repente. La pálida luz de la luna
entraba por la ventana. Se puso de pie indeciso, entonces vio
una figura oscura a través de la ventana, a veinte metros de distancia y caminando hacia la casa. Se puso tenso. No, espera, el
hombre iba en dirección opuesta. Pero… ¿estaba soñando? El
hombre parecía estar caminando de espaldas. Sí, y tenía algo en
los brazos. Parecía tanto como un sueño que buscó una evidencia de la realidad. Ben se movió hacia la cama de Quan y Ming,
ajustando sus ojos. Vio un brazo delgado como de un pájaro
saliendo de la manta. Ming. Quan no estaba allí.

El viernes en la mañana Ben condujo unos pocos cientos de
metros antes de alcanzar la carretera a Pushan. Maniobró a través de un caleidoscopio de ciclistas en ponchos yendo a trabajar,
no tan grande como en Shanghai, pero sorprendentemente
congestionada para lo que parecía una carretera de campo.

—¿En qué dirección está la universidad?

—Hacia allá — señaló Quan—. Pero primero, tengo algo que
mostrarte. Son solo seis kilómetros, en las afueras de Pushan. Yo
voy en mi bicicleta.

—Solo dime el camino. Escucha, Quan, necesito hacer un
vuelo rápido a Beijing el martes. ¿Puedes venir conmigo? Tengo
muchas millas acumuladas, y te puedo conseguir un boleto gratis, sin problema. Podemos irnos temprano y regresar tarde, así
que perderías solo un día de clases.

—Veremos.

Mientras se acercaban a Pushan, vieron más empresarios
ambulantes en las aceras que se habían establecido donde

encontraron lugar. De repente quioscos y edificios improvisados estaban a su alrededor.

—Estaciónate aquí, en el lodo.

Cruzaron la calle hacia un edificio gris sucio con tres puertas. La de la izquierda se abría a un mercado diminuto, con frutas y vegetales. Junto a él había una tienda de bicicletas usadas. A la derecha había una puerta cerrada y una pequeña ventana cubierta con cartón. Las palabras en un anuncio estaban borrosas e ilegibles.

Quan fue a la puerta y la abrió. Ben lo siguió adentro.

—Ni hao —dijo Quan.

Un anciano lo miró.

—Ni hao.

—Este es mi amigo, Ben Fielding —dijo Quan en mandarín—. Del que te hablé. De Estados Unidos.

El anciano inclinó la cabeza.

—Zhou Jin —el hombre extendió su mano derecha. Ben notó cicatrices rojas y callosas en sus muñecas.

Quan se puso de pie detrás del mostrador, observó un grupo de llaves sin cortar en la pared, movió sus dedos por varias de ellas, emparejándolas visualmente. Eligió una, la puso en una fresa en un torno para trazar.

¿Una tienda donde uno se hace sus propias llaves? Bueno…

Quan puso la llave sin cortar en su lugar, después guió una barra para trazar la original. Cortó el patrón con rapidez, sin quitar los ojos de él. Cepilló los pequeños pedazos de metal y juntó la nueva llave a la original, examinándola por algún defecto. Finalmente sonrió.

Ben esperaba que él pagara por la llave y saliera. En lugar de eso, Quan puso la llave nueva y la vieja en un sobre y escribió en él, después permaneció detrás del mostrador.

—Te puedes sentar Ben —Quan señaló una fea silla de plástico que parecía que había sido rescatada de un basurero.

—No me molesta estar de pie.

Unos pocos clientes entraron por la puerta y hablaron con Zhou Jin y Quan como si fueran viejos amigos. Quan hizo dos llaves más y se las dio a un anciano en ropas de trabajo gastadas.

Ben miró su reloj, preguntándose a qué hora comenzaba la primera clase de Quan.

—¿Cuántas llaves estás haciendo?

—No sé. Depende de cuántos clientes tenemos.

Ben lo miró fijamente, confundido.

—¿Quan, hay algo que no estoy entendiendo?

—Haré tantas llaves como nuestros clientes ordenan.

—¿Quieres decir que trabajas aquí?

—Sí.

—¿Pero cuándo enseñas en la universidad?

Quan miró primero hacia los zapatos de Ben, después su cinturón, después su cuello, después sus ojos.

—Yo no enseño en la universidad. Nunca lo he hecho.

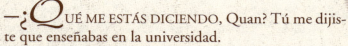

12

—¿QUÉ ME ESTÁS DICIENDO, Quan? Tú me dijiste que enseñabas en la universidad.

—Yo nunca dije eso. Tú lo diste por sentado. Cada vez que lo mencionabas yo quería corregirte. Pero el momento no era apropiado. Y quizá… yo estaba avergonzado.

—¿Qué sucedió? ¿Cómo perdiste tu empleo?

—Primero tienes que tener un empleo antes de poder perderlo.

—Cuando saliste de Harvard el empleo estaba listo en Beijing, ¿no es así? ¿Qué sucedió?

Quan suspiró.

—Cuando regresé a China yo sabía que el hecho que me había vuelto cristiano lo haría difícil avanzar como profesor. Sabía que nunca me permitirían ser director de un departamento. Pero pensé que estarían tan impresionados con mis credenciales que pasarían por alto mi fe y me permitirían enseñar.

—¿Y qué sucedió en tu entrevista de trabajo?

—Estaban emocionados en que yo enseñara historia. La entrevista era solo un formalismo; así me dijeron. Entonces retrocedieron y me llevaron a través de la papelería. El archivo era grueso. Mostraba que mis padres fueron cristianos, que mi padre fue pastor, con un largo expediente policiaco. Pero también mostraba que yo había negado la fe de mis padres. Me aseguraron que no me castigarían por el punto de vista de mis padres. Me preguntaron si aún era ateo. Les dije que no, que me había vuelto cristiano. Se miraron uno al otro. En ese momento yo supe que todo había terminado. No me permitirían enseñar.

—¿Solo porque eras cristiano?

—Para ellos, eso era suficiente razón. "Las mentes de los jóvenes no deben ser envenenadas con creencias extranjeras". Así es como ellos piensan.

—Bueno, yo puedo ver por qué ellos quieren preservar su cultura y no tenerla americanizada por el cristianismo, pero…

—¿*Americanizada* por el cristianismo? ¡Tú suenas como ellos Ben Fielding! El cristianismo no es occidental. El comunismo es mucho más extranjero para China que el cristianismo.

—¿Qué quieres decir con eso?

—¿No conoces la historia china? La iglesia ha existido en China por más de mil trescientos años. Teníamos monasterios cristianos en el siglo ocho. Beijing tenía un obispo hace ochocientos años. La verdadera "influencia extranjera" es el Partido Comunista. Hace solo cien años que la filosofía de Marx y Lenin se infiltró a China como un lobo silencioso —Quan levantó sus manos en exasperación—. Mi bisabuelo Li Manchu y mi bisabuela, también una mártir por Yesu, ¡eran cristianos antes que nadie en China fuera comunista! Sin embargo, ellos enseñan la mentira del diablo que el comunismo es doméstico mientras que el cristianismo es extranjero. ¡Y les enseñan a personas como tú a creer esta mentira!

—Mira, Quan, no quise ofenderte.

—Solo estoy explicando por qué no me permitían enseñar.

—¿Qué sucedió entonces?

—Yo pensaba que solo significaba que no me permitirían enseñar en las mejores universidades. Fui a otra universidad, después a otra. Era obvio que les habían advertido a todas ellas. Nadie me contrataba. Ahorré dinero y viajé al Tibet, pensando que me podrían contratar en la universidad allá, lejos de los ojos del partido. Yo estaba equivocado.

—¿Qué hiciste?

—Lo que tuve que hacer. Buscar un trabajo para darle de comer a Ming. Trabajé por unos cuantos años en un taller de reparación. Mi patrón mantenía un archivo acerca de mí. Un día un hombre estaba llorando, porque su hijo estaba muriendo. Yo puse mi brazo alrededor de él y le hablé de Yesu. El hombre se volvió cristiano. Regresó el siguiente día y me dio las gracias. Mi patrón lo escuchó. Él estaba muy enojado, y escribió notas acerca de mí en un archivo. El archivo se hizo más y más grande.

—¿Era el archivo para el BSP?

—Algunas veces la policía les pide a los empresarios los archivos. Algunos chantajean a sus empleados, diciéndoles que los denunciarán si no trabajan por un salario más bajo. Ellos dicen: "Si te reportamos, nadie te permitirá trabajar". Si escuchan algunas quejas de otros trabajadores acerca de ellos ser cristianos, lo escriben. Los pueden despedir. Eso es lo que me sucedió a mí, aunque yo era un buen trabajador. Viniendo de Estados Unidos, estoy seguro de que tú no te puedes imaginar que un patrón mantuviera un archivo acerca de un empleado para anotar las palabras y acciones que provienen de sus creencias cristianas. Pero en un país comunista esas cosas ocurren. ¿Puedes tú creer que esas cosas ocurren?

—Bueno, ah —dijo Ben—. Sí, creo que es muy difícil de creer. Pero…

—Cuando decidí irme de Harvard te dije que China era mi hogar, no los Estados Unidos. Tenía razón hasta cierto punto. Estados Unidos no era mi hogar, pero no era apropiado pensar que China sí lo era. China es mi lugar de servicio. Es el campo de batalla donde Li Quan ha sido enviado como un soldado de Yesu. Pero no es mi hogar. El cielo es mi hogar, mi verdadero país. Yo sé eso ahora. Pero fue una lección difícil de aprender.

—¿No podías haber conseguido un trabajo enseñando si hubieras tenido un poco más de… discreción acerca de tu fe?

—¿Discreción? ¿Quieres decir negarla? Hay un antiguo proverbio: "El que sacrifica su conciencia por la ambición quema un cuadro para obtener las cenizas". ¿Recuerdas el curso de historia que tomamos juntos, cuando estudiamos a Martin Luther King, hijo, y el movimiento de derechos civiles?

—Desde luego, a ti te encantaba King. Pusiste su foto en nuestro cuarto. Hiciste un reporte sobre él, ¿cierto? Sin duda alguna sacaste la más alta calificación.

—Y aún tengo ese reporte. También tengo esta cita de él, que mantengo aquí —llevó a Ben detrás de una mesa de trabajo. Señaló un pedazo de papel amarillento clavado en la pared. A Ben le sorprendió ver las palabras en inglés. Lo leyó en voz alta—: El doctor Martin Luther King dijo: "Si un hombre es llamado a ser un barrendero, debe barrer las calles aun como Miguel Ángel pintaba, o Beethoven componía música, o Shakespeare componía poesía. Debe barrer las calles tan bien que todas las huestes del cielo y de la tierra se detendrán para decir: 'Aquí vivió un gran barrendero, que hizo su trabajo bien hecho'".

Los ojos de Ben y Quan se encontraron.

—Mi sueño era ser un profesor universitario y escribir libros. Yesu, el hacedor de hombres y Dios de la providencia, tenía planes diferentes. Li Quan es un asistente de cerrajero. Yo quería ser un gran erudito. Incluso soñé en construirle a Ming una casa grande y bonita, como una de Estados Unidos. Es duro renunciar a tus sueños.

Ben observó la suavidad temblorosa del rostro de su amigo. Recordó su celo de Li Quan y se odió por ello. Esto debe ser lo que Quan había sentido tan a menudo… vergüenza.

—Por muchos años pensé que Dios me estaba castigando porque yo en un tiempo estuve avergonzado de mi padre.

Randy Alcorn

—Tú dijiste que tu padre era pastor y que había muerto en la cárcel. Eso es todo lo que me dijiste.

—Sí, él era pastor. Pero no le pagaban por eso. Él se ganaba su vida haciendo otra cosa. Algo que nunca te dije en la universidad.

—¿Qué?

—Él era un barrendero —dijo Quan—. Era el mejor empleo que un pastor podía obtener —sonrió abiertamente, señalando con su cabeza las palabras en la pared. Él habló en voz alta, así que Zhou Jin y sus clientes voltearon sus cabezas.

—Li Tong, el padre de Li Quan hizo su trabajo bien. Fue el mejor barrendero que jamás ha vivido.

———————

El Rey asintió, después sonrió y le dijo al hombre bajo de hombros anchos a su lado:

—Sí, Li Tong, hiciste tu trabajo *muy* bien.

13

Ben le dijo a Quan que él tenía que ir a Shanghai el siguiente día.

—Es solo una reunión —dijo él—. No es gran cosa. Regresaré el domingo en la tarde.

Aunque Ben había aprendido a mentir cuando era conveniente, se sentía culpable ahora. No había ninguna reunión en Shanghai. Su plan era conducir hasta Pushan, encontrar el mejor hotel, tomar una ducha caliente, encontrar una cama cómoda y hablar libremente por una conexión telefónica fiable. Pero la razón principal era sencilla: no quería que Quan lo invitara a la iglesia. De todos modos, Quan quizá no le tenía suficiente confianza para invitarlo. Quizá Ben le estaba haciendo un favor yéndose por una noche. Evitaría lo delicado de la familia caminando el domingo en la mañana a una reunión ilegal. Sí, él le estaba haciendo un favor a Quan.

Habiéndose registrado a la hora poco común de las 10:30 a.m., Ben se sentó cómodamente en el hotel Zuanshi de Pushan. No era un hotel de cinco estrellas, pero era, al menos, dos estrellas más que el Huaquia Binguan, donde Quan había hecho el intercambio con el misterioso hombre canadiense. Consiguió un cubo de hielo y puso en él una botella de mao-tai, con una graduación de setenta y cinco por ciento de alcohol. Se sirvió el primer trago, que rápidamente comenzó a quitarle la tensión que estaba sintiendo como resultado de sus primeros tres días con Quan. Levantó el teléfono.

—¿Martin? Es Ben. Hola. Son las siete del viernes para ti, ¿no es así?

—¿Qué está sucediendo allá? —preguntó Martin—. Won Chi llamó de nuevo. Él dice que tu amigo está bajo investigación. Tiene un historial de actividad ilegal.

—¿Qué clase de actividad?

—Mencionó drogas, violencia y subversión contra el gobierno. Pero no me dijo nada específico.

—¿Drogas? ¿Violencia? *¿Quan?*

—Mira, Ben, Chi recomendó varias familias que puedes conocer y entrevistar. Aun quedarte con ellas. Pienso que necesitas alejarte de tu antiguo compañero de cuarto. No podemos poner en peligro la reputación de Getz Internacional. Estamos haciendo negocio allá con permiso de las autoridades. No queremos hacer olas, ¿bien?

—Nadie está haciendo olas.

—¿Cuándo vas a Beijing?

—El martes.

—Solo prométeme que recordarás tu lealtad a la empresa. Prométeme que no harás nada para arriesgar nuestras relaciones en Shanghai o Beijing, ¿está bien?

Ben suspiró.

—Palabra de honor. Te lo prometo.

———

Ben regresó a la casa de Li el domingo en la tarde.

—Debes estar cansado después de tu largo viaje en auto a Shanghai —dijo Ming.

—Un poco —mintió Ben—. El tráfico no estuvo mal —esa parte era cierta, pero él solo había venido desde el hotel en Pushan.

—¿Cómo fueron tus reuniones? —preguntó Quan.

—Bien. Pero aún tengo que regresar el martes.

—¿Tan pronto?

—Tengo que volar a Beijing, ¿recuerdas? ¿Has pensado más sobre ir conmigo? Como te dije, es gratis. Solo estaremos allá una noche. ¿Qué te parece?

—Se lo mencioné a mi patrón. Él piensa que debo ir. Ming y yo también hablamos y ella está de acuerdo. Puedo ir contigo. No es problema.

—Estupendo.

—Pero en el camino —dijo Quan—, ¿me llevarías de nuevo al hotel Huaquia Binguan en Pushan? Necesito dejar algo ahí.

—Desde luego. *¿Qué estamos dejando?* En realidad, necesitamos salir unas horas más temprano de todos modos. Tengo una pequeña reunión en Shanghai antes de tomar nuestro vuelo.

———————

Antes del amanecer del martes 9 de octubre, Ben condujo hacia el hotel Huaquia Binguan.

—Por favor no te estaciones en el frente —dijo Quan—. Estaciónate en el costado aquí, y espérame en el auto. No me demoraré.

Quan se bajó a la acera, con una bolsa de lona en la mano. Mientras Quan caminaba alrededor de la esquina, Ben notó un hombre bien vestido en un auto al otro lado de la calle. El hombre miró fijamente a Quan, después salió del auto, mirando hacia las puertas principales del hotel. Ben reconoció su postura militar. Al momento en que la mirada fría del hombre se volvió hacia Ben, él bajó su cabeza. Aun a esta distancia, con el rabo del ojo, Ben de nuevo vio ojos negros de acero. El hombre cruzó la calle hacia el hotel.

¿Qué está haciendo Quan? ¿Y por qué lo están vigilando?

14

LLOVÍA DURANTE EL LARGO VIAJE a Shanghai. En
la oficina de PTE en Shanghai, Ben dejó a Li Quan en el
área de recepción. A veinte metros de distancia, tras puertas cerradas en una sala de conferencia grande, Ben y Won
Chi terminaron su reunión de una hora sobre las operaciones
en la nueva fábrica. Se dieron el uno al otro las felicitaciones
de costumbre sobre lo bien que se había conducido el negocio.

—Bueno, tengo que tomar el vuelo a Beijing. No puedo esperar a ver esa fábrica —dijo Ben—. Llámame tan pronto estés listo
a llevarme en una gira.

—Queremos que todo esté funcionando bien antes de la
visita del señor Ben Fielding. No debe ser más de una semana.
Te llamaré.

Won Chi titubeó.

—¿Por cuánto tiempo te quedarás en casa de amigo?

—¿Hay algo mal?

—No, nada mal. Solo pequeña llamada de oficial del gobierno. Preguntando qué estás haciendo en casa de esa persona. Tu
amigo ha tenido problemas con el BSP antes. Bajo sospecha.

—¿Por qué?

—Quizá... ¿drogas?

—¿Quan? —Ben se rió—. Mira, Martin me mencionó esto,
Chi. Y yo le aseguré que esto no tiene base. Quan ni siquiera
fumaba marihuana en Harvard, cuando todos nosotros... quiero

decir… no importa. Quan es un buen hombre. Bien, él y su esposa y su hijo son cristianos, pero no se lo está imponiendo a nadie.

—¿No dijiste que él tiene una computadora en su casa?

—No recuerdo haber dicho eso. Pero, sí, él tiene una. Yo lo contacté por correo electrónico. ¿Qué tiene que ver eso?

—¿Dónde la obtuvo? ¿Cómo puede un asistente de cerrajero tener el dinero para comprar una computadora?

—Yo no sé, pero no es como si estuviera viviendo cómodamente.

Chi lo miró confundido.

—Quiero decir que él no es rico. Bien, creo que esperarías que un asistente de cerrajero fuera todavía más pobre, pero aún… estoy seguro de que estas acusaciones no son ciertas.

—Se rumora que él puede estar opuesto a participar en el Movimiento Patriótico de Triple Autonomía.

—Recuérdame de nuevo sobre esta cosa de Triple, Auto… ¿por favor?

—Se les pide a las iglesias en China que se adhieran a tres principios: Deben ser gobernadas por sí mismas, respaldadas por sí mismas y sostenidas por sí mismas. Esto no tiene la intención de desafiar las creencias cristianas, sino simplemente asegurar que no están controladas por poderes extranjeros. Muchos chinos son buenas personas sin el cristianismo, sabes.

—Desde luego sé eso, Chi. Siempre he pensado muy bien de ti, entre otros.

Chi inclinó la cabeza ligeramente.

—¿Quizá si ves algún problema con tu amigo me lo pudieras hacer saber? —dijo él—. Yo le dije al BSP que mantendríamos ojos abiertos. Ellos nos ayudan. Tratamos de ayudarlos cuando podemos. Bueno para negocio.

—Quan es mi amigo. No hay forma que yo pueda…

Chi levantó una mano para detenerlo.

—Comprendo. Pero por el bien de su amigo, el señor Ben Fielding puede desear alentarlo a que se mantenga fuera de problemas.

Quan estaba sentado de nuevo en un área de recepción, esta vez en una oficina lujosa en el piso veintidós de un rascacielos en Beijing. De vez en cuando, se levantaba y miraba por la ventana a la Plaza Tiananmen.

A las 4:00 p.m., Ben salió de su reunión. Después de comer una deliciosa cena, Ben y Quan trataron de registrarse en el hotel Beijing Internacional. Pero cuando la recepción descubrió que Quan era un ciudadano nacional, no le permitieron quedarse. Así que trataron un hotel diferente, donde Quan se podía quedar, pero no Ben. Finalmente Ben fue a otro hotel internacional, diciéndole a Quan que se esperara en la acera. Obtuvo una habitación con dos camas, diciéndoles que su amigo llegaría más tarde. Ellos nunca preguntaron quién era su amigo, y Ben no les dijo.

—Solo habla inglés todo el tiempo y estarás bien —dijo Ben mientras deambulaban alrededor del precioso lugar. Quan se maravillaba continuamente sobre todo, aun el gimnasio. Continuaba diciendo que nunca había visto nada como eso.

El miércoles por la mañana, a Ben le prestaron un auto de la compañía y condujeron por una hora a su mirador favorito en la Gran Muralla. Subieron la larga pasarela, donde podían ver la muralla extendiéndose a través del campo. Ben se maravilló de este monumento al celo antiguo, construido para mantener a China sin mancha del mundo externo.

—Tengo esta foto panorámica de la Gran Muralla en mi oficina, tomada desde el mismo lugar donde estamos. Le digo a todo el mundo que esto es lo que los chinos pueden hacer. Tienes que visualizar tus metas para alcanzar lo que deseas. La Muralla son dos mil cuatrocientos kilómetros de trabajo duro y determinación. Es un logro impresionante, un tributo a la visión, a la ingenuidad, a la resolución. Nada se compara a ella, excepto las pirámides.

—Una rana estaba en un pozo —dijo Quan—. Un pájaro se detuvo a tomar agua del pozo. Discutieron acerca de cómo parecía el cielo. La rana pensó que era muy pequeño. El pájaro pensó que era muy grande.

—B… ueno.

—El pájaro podía ver el cielo como en realidad era. La rana sólo podía ver una pequeña parte de él. ¿Viste la celebración del cincuentenario de Beijing?

—Desde luego. Fue impresionante.

—¿Sabes que algunas personas en Beijing estuvieron encadenadas en sus casas durante la celebración? Mi primo estuvo entre ellas. Su familia no pudo salir de la casa por tres días. El gobierno tenía miedo que ellos pudieran protestar. Aquellos en las calles de Beijing estaban ahí solo por invitación.

—¿Fue coreografiado?

—La imagen es todo; ese es un proverbio estadounidense, ¿no es así? La mayoría del mundo vio lo que la rana ve, no lo que ve el pájaro. Mientras que el mundo estaba aplaudiendo a la nueva China, detrás de las cámaras era otra cosa. La pobreza, la ruina y los mendigos, todos fueron empujados tres cuadras atrás y no les permitieron resurgir hasta que las cámaras desaparecieron.

—Así que… ¿soy yo la rana o el pájaro? —antes que Quan pudiera responder, Ben preguntó—: ¿Qué ves *tú* cuando miras la muralla?

Quan escudriñó el horizonte, inconscientemente tocándose su oreja desfigurada.

—Veo una tumba de dos mil cuatrocientos kilómetros, marcando las sepulturas de decenas de miles de campesinos chinos que murieron bajo trabajo forzado.

Ben sintió que la sangre subía a sus mejillas.

—Fueron robados de sus familias. Fueron esclavos que murieron de trabajo excesivo, agotamiento, inanición, exposición a los cambios de temperatura y enfermedades. Eran cubiertos de tierra y piedra donde caían. No había nombres, no había ceremonias, no había lápidas. No se les envió notificación a los familiares. El trabajo continuaba. Decenas de miles, quizá cientos de miles murieron construyendo estas murallas. Sin ninguna razón. ¿Tú mencionaste las pirámides? Es lo mismo.

—Yo he visitado las pirámides. *Son* asombrosas.

—Necesito hacerte una pregunta, Ben. ¿Alguna vez piensas en alguien además de ti?

Ben se mordió el labio.

—¿Piensas acerca de las familias? ¿Aquellos cuyos seres queridos murieron en trabajos de esclavos, construyendo las pirámides y esta muralla, para que tú pudieras venir y admirarlas y poner bellas fotografías en la pared de tu oficina? ¿Todo para qué? Para completar las visiones orgullosas de hombres corruptos. ¿No has leído lo que el faraón le hizo al pueblo elegido de Dios, forzándolos a la esclavitud para construir ciudades completas? Sin embargo, la mano de Yesu estaba sobre ellos, y él los multiplicó aun cuando eran oprimidos.

—Pero por cualquier norma… —Ben movió su mano sobre el imponente panorama—, este es un gran logro.

—La mayoría de los chinos piensan así. Pero quizá no es tan grandioso para las normas de una mujer campesina que sacrifica a su esposo y a sus hijos a piedras y mortero. Tenemos un dicho para esto también. "El principio de la sabiduría es llamar a las cosas por su nombre correcto". Es por eso que ya no llamo a esto la Gran Muralla. Yo le llamo la Muralla del Sufrimiento.

Quan viró de repente y caminó rápidamente de regreso por la pasarela. Ben lo alcanzó y puso una mano sobre su hombro.

—Te ofendí de nuevo. Creo que se está volviendo un hábito.

—Este es un lugar difícil para Li Quan. Es solo la segunda vez que he estado en la Gran Muralla. Cuando ella niño, mi padre prometió llevarme. Pero nunca lo hizo.

—¿Por qué no?

—Él fue arrestado. Aun cuando fue puesto en libertad meses más tarde, no le permitían salir de la ciudad. Estaba bajo vigilancia, pero continuaba reuniéndose con la iglesia ilegal. Lo arrestaron de nuevo. Y esa vez nunca salió. Por muchos años yo no lo perdonaba por haber roto la promesa. Este lugar es para mí no solo la Muralla del Sufrimiento, sino la Muralla de Promesas Rotas y Sueños Rotos.

Ben escuchaba a Quan, no sabía qué decir.

—Vine aquí la primera vez después de regresar de Harvard. Vine como un cristiano. Hablé al viento y le pedí a mi padre que me perdonara. Pero baba no me podía escuchar. Él había sido enterrado bajo otra muralla de opresión. Él ya se había ido.

———————

«No ido, Li Quan. Solo fuera de tu vista», dijo Li Tong. «Yo te escuché hablarle al viento hace veinte años. Y te escucho ahora, mi hijo. Tú aún no comprendes; algunas promesas hechas en un mundo no pueden ser cumplidas hasta el próximo».

15

DESPUÉS DE UN VUELO tranquilo de regreso de Beijing, Ben y Quan recogieron el Mitsubishi en el estacionamiento de PTE en Shanghai. Mientras ondulaban a través de calles oscuras y sórdidas de Shanghai, Quan de repente dijo:

—Yo tengo una pregunta para mi viejo amigo. ¿Qué te sucedió, Ben Fielding?

—¿Qué quieres decir?

—¿Qué sucedió para hacerte perder tu primer amor por Yesu?

Ben se aferró al volante y miró hacia delante. Finalmente, exhaló.

—Después de la universidad mi mamá se enfermó. Cáncer. Murió lenta y dolorosamente.

—Sí, recuerdo. Tú me escribiste acerca de eso. Lo sentí mucho. Tu madre fue muy amable conmigo cuando me quedé en tu casa ese verano.

—Me había olvidado que todavía estábamos en contacto cuando ella murió. De todos modos, eso me hizo cuestionar a Dios. Si él realmente me amaba, amaba a mi mamá, ¿por qué permitió que esto sucediera?

—Las madres de otras personas sufren todos los días —dijo Quan—. Es extraño que no culpaste a Dios hasta que fue tu propia madre.

—Bueno, disculpa, señor Perfecto, ¡pero ella era la única madre que yo tenía! Si yo fuera todopoderoso, no permitiría que la gente sufriera así.

—Tú no ves el final desde el principio. Tú no comprendes la habilidad de Dios de utilizar el sufrimiento para propósitos más altos.

—Todo lo que sé es que yo confié en Dios y él me defraudó. ¡Y tú no sabes ni la mitad de ello!

Quan esperó en silencio. Finalmente dijo:

—¿Vas a decirme el resto?

Ben suspiró.

—Tuve otro niño, un hijo, Jasón, nuestro hijo menor —al momento en que dijo su nombre él sabía que no podía detenerse—. Un día yo lo estaba cuidando, junto a la piscina. Sonó el teléfono… alguna persona de la oficina. Entré por solo unos pocos segundos. Cuando miré hacia atrás, él estaba bajo el agua. Traté de revivirlo, pero…

—Lo siento mucho, Ben Fielding.

Ben se hizo a un lado en un tramo de tierra dura junto a la carretera. Se dio vuelta hacia Quan y le gritó:

—¿Qué clase de Dios aparta la vista cuando un niño se ahoga?

La pregunta colgó en el aire por treinta segundos, contestada solo por el silencio.

—¿Qué te hace creer que Dios apartó la vista? —preguntó Quan con suavidad.

—¿No estabas escuchando? ¡Mi hijo murió! Y este Dios tuyo lo permitió.

—Sí, lo hizo. Pero él ama a tu hijo. Y a ti.

—¿No es eso un poco engreído? ¿E ingenuo?

—Yo conozco algo del sufrimiento, Ben Fielding. He aprendido que Dios no es mi siervo. ¿Pensabas tú que él era como la historia de Aladino? ¿Qué él era tu genio? ¿Que él es seguro y domesticado a nuestra voluntad para hacer trucos para entretenernos? Esa es una forma de pensar estadounidense, quizá. Pero no va de acuerdo a Shengjing. No puedes frotar una lámpara mágica y ordenar que Dios haga tu voluntad. Tú aceptaste bendiciones de su mano, y aún lo haces; ¿sin embargo, lo rechazas a causa de la adversidad?

—Él era mi único hijo.

—Sí. Y mi abuelo perdió a su único hijo. Li Quan perdió su único padre en prisión. Y mi única madre en un terremoto… y dos primos, varios amigos. Algunas noches añoro ver a mis padres. Pero solo puedo ver los ojos de mi padre y la sonrisa de mi madre en mis sueños. Sí, tu antiguo compañero de cuarto conoce un poco del sufrimiento, aunque mucho menos que otros. ¿No somos nosotros el barro y él el alfarero? Cuando él rehúsa someterse a nuestra voluntad, ¿renunciamos a él? Si estás buscando una religión centrada alrededor de ti, Ben, estoy de acuerdo que el cristianismo es un pobre candidato.

—Él no tenía derecho.

—¿Por qué te aferras a derechos que no son tuyos? ¿Dónde él te prometió que no sufrirías? Puedo citarte muchas Escrituras donde él prometió que *sí* sufriríamos. ¿Es a Dios a quien has rechazado? ¿O te has apartado de un dios falso creado en tu propia imagen?

—Tú siempre tienes las respuestas, ¿no es así? Bueno, yo digo que eres arrogante en pensar que puedes hablar por Dios.

—Yo no hablo por Dios. Solo repito lo que él ha dicho. Y hay muchísimo que no comprendo. Pero *creo* en Dios, que él es todo bondad, todo amor y todopoderoso. Él es un Dios de providencia, que dispone las cosas para buenos propósitos.

—Yo no veo su providencia.

—Entonces quizá debes abrir tus ojos. Yo veo su providencia en ponerme en un cuarto en Harvard contigo, Ben Fielding, hace más de veinte años. Y de nuevo en traerme a mi antiguo compañero de cuarto a China después de todos estos años.

—Yo digo que las cosas suceden a causa de trabajo duro o por accidente, buena suerte o mala suerte.

—Tú mencionaste arrogancia. ¿No es la verdadera arrogancia no creer en la Escrituras y confiar en ti mismo?

—Rehúso creer en un Dios que envía a los hombres al infierno.

—¿Y tú crees que tu rechazo a creer convencerá a Dios a cambiar su naturaleza? Él es quien es, no importa lo que pienses de él. A pesar de lo que los estadounidenses piensen, el universo no es una democracia. La verdad no la determina la mayoría. Respecto al infierno, si tú fueras tan justo y tan santo como Dios es, comprenderías que todos los hombres merecen el infierno. No es un enigma que un hombre deba ir al infierno. Lo que es un enigma es que los hombres deban ir al cielo.

—Él mató a mi único hijo.

—Él mató a *su* único hijo, para que tú y tu familia pudieran vivir. Para que tu hijo y tú no fueran al infierno que merecen, sino al cielo que no merecen. En lugar de despreciarlo porque él no sigue tus instrucciones, debes de caer en tus rodillas y alabarle por su gracia hacia ti. Yo siento tu sufrimiento, Ben Fielding. Lloro por tu pérdida —por primera vez Ben vio el rostro mojado de Quan—. Pero no culpes al que te da cada respiración, que te ofrece gracia sin medida. Él es el Creador; nosotros somos solo criaturas. Nosotros tenemos que responderle a él; no él a nosotros.

Ben se sintió con un agitado enojo, a la defensiva y culpable, todo al mismo tiempo.

—Yo no soy un teólogo como tú, Profesor. Yo no sé nada de esto.

—¿Pero sí sabes que los hijos necesitan a sus padres?

—Los hijos muertos no necesitan padres.

—No es culpa de tus hijas que tu hijo murió. Ellas aún necesitan a su padre.

—Es un poco tarde para eso.

—Si tú estás vivo, y ellas están vivas, entonces no es muy tarde.

Tarde esa noche, en la casa de Quan, un penetrante chillido hizo que Ben saltara de la cama. Instintivamente asumió una posición defensiva, con sus manos delante de él para protegerse de algún atacante.

—Está bien —escuchó a Ming susurrarle a Quan—. Estás soñando de nuevo.

Escuchó a Shen, diciendo algo incoherente entre dientes, subirse a su pequeña cama. Aunque estaba oscuro, Ben pensó haber visto a Ming con sus brazos alrededor de Quan y su hijo.

Él escuchó el gemido bajo de Quan, seguido de llanto en la oscuridad. Ming lo tranquilizó diciéndole que todo estaba bien. El imperturbable Li Quan le parecía a Ben como un niñito, temeroso en la oscuridad.

Ben pasó la mayoría de los siguientes tres días en Pushan, hablando con comerciantes y personas en las calles. Estaba utilizando un equipo compacto moderno para capturar respuestas que pudieran ser escogidas por el departamento de mercadotecnia y por el equipo de ventas de Getz.

El sábado Ben salió para otra «reunión en Shanghai», solo para quedarse de nuevo en Pushan. No podía estar ahí cuando Quan fuera a sus reuniones ilegales. Él quería decirles sinceramente a Martin y a Won Chi y a cualquiera, que él no había visto a Quan hacer nada inapropiado.

Era ahora octubre 14. Ben regresó a la casa de Quan esa noche, sintiéndose culpable por fingir que había estado en Shanghai. Mientras estaba ahí acostado en su cama, haciendo una penitencia desagradable por sus mentiras, escuchó a hombres hablando bajo en la noche. Quan estaba de pie cerca de la puerta, con una vela encendida en la mano. Una desaliñada figura tenebrosa le entregó a Quan lo que parecía ser un saco grande.

Los hombres susurraron por otro minuto, entonces Quan tomó el saco, se arrodilló y parecía buscar algo con sus manos debajo de su cama. Ming y Shen, o bien estaban muy dormidos o fingían estarlo. Ben vio a Quan empujar el saco debajo de la cama. Unos pocos sonidos apagados, entonces Quan se puso de pie, se movió a la puerta y le hizo señas al extraño que lo siguiera. La puerta se cerró. Ben escuchó sus voces apagadas retirarse en la oscuridad.

Se levantó cuidadosamente y miró por la ventana. La pálida luna proyectaba sus sombras bajo el árbol de ginkgo. La vela aún estaba encendida, a medio metro de la cabeza de Ming.

¿Quién es este hombre? ¿Qué hay en el saco? ¿Drogas? ¿Armas? Seguramente no Quan.

¿Pero no había mencionado Quan que hombres buenos estaban siendo empujados a vender drogas? ¿Pudiera Ben culparlo si él estaba haciendo algo ilegal para ganar algo de dinero? Pensó en los ojos de acero del hombre enfrente del hotel. Pensó en la computadora que un asistente de cerrajero no tendría el dinero para comprar.

Por otros dos minutos Ben batalló, entonces se sentó y sacó sus piernas de la cama. Vio las sombras todavía debajo del árbol de ginkgo, después vio el plácido rostro de Ming. Ya estaba ensayando su historia. «Iba al retrete. No podía encontrar la linterna, así que agarré la vela».

Tomó la vela y avanzó sigilosamente a través de la habitación, agradecido por el piso de cemento, sabiendo que un piso de madera no podría estar silencioso bajo sus pies. La luz brilló sobre el león en el centro de la mesa, mirándolo a él.

Se arrodilló, esperando que Ming no notara su presencia. Puso la vela en el piso, se agachó y extendió su mano debajo, buscando. Sus dedos fueron a través del cemento frío hasta que tocaron algo diferente. Se sentía como madera. Puso sus dedos debajo de la orilla. Era una tabla suelta. Tiró de ella, deslizándola. La agarró fuertemente, en silencio.

De repente sintió algo que rozó su mano. Corrió por su brazo, llegando a unos centímetros de su ojo, parecía enorme a la luz de la vela. Él se paralizó. De pronto se acercó tanto que se veía borroso. Sintió que algo tocó su mandíbula. ¿Antenas? Sostuvo la respiración, aterrorizado. Pero se mantuvo inmóvil, como tratando de decidir a dónde moverse. Entonces, la cucaracha se subió a sus labios. Ben gritó y levantó súbitamente la cabeza, pegándole a la madera debajo del colchón encima de él.

Él gimió, entonces escuchó el grito ligero de Ming encima de él.

Su mano derecha se cerró, salió de debajo de la cama mientras la cucaracha voló rozando el suelo. Su mano izquierda volteó la vela. Esta se apagó.

Escuchó la voz ronca de Ming hablando rápidamente palabras en un dialecto extranjero, quizá el lenguaje de Camboya de su niñez.

—Ming, soy yo, Ben. Todo está bien. Vine a tomar la vela, para ir al retrete. Se me cayó algo, y rodó debajo de la cama. «¿Qué era ese algo?» Pensó de nuevo sobre su pobre pretexto.

—¿Ben? ¿Eres tú? —dijo Ming en mandarín—. ¿Dónde está Quan? —preguntó ella.

En ese momento, se abrió la puerta. Ben escuchó un fósforo encenderse, seguido del punto de luz.

—La vela está aquí en el suelo, Quan —Ben trató de parecer tan servicial e inocente como podía—. Se me cayó. Rodó debajo de la cama.

Le dolía su muñeca derecha como si estuviera afianzada a un tornillo de banco.

Quan encendió la vela. Vio a Ming de rodillas sobre la cama, con los brazos cruzados. Shen ahora estaba en la cama junto a ella, sus ojos grandes y húmedos.

—Yo me había levantado para ir al retrete —dijo Ben—. Se me cayó la vela, rodó debajo de la cama, y había… una cucaracha. Me asustó y desperté a Ming. Discúlpenme. Yo…

Ben estaba de pie como un niño mentiroso tratando de cubrir su rastro. Escuchó al extraño decir palabras que no entendió. Entonces lo vio señalando la mano derecha dolorida de Ben.

Ben miró hacia su mano y vio lo que había estado apretando: una tabla de cuarenta y cinco centímetros.

16

—DISCÚLPAME, QUAN —dijo Ben—, pero estabas escondiendo algo. Temía que estabas en problemas. Parecía sospechoso. No son drogas, ¿no es así?

—¿Drogas? —dijo Quan—. ¿Crees que yo quebrantaría la ley a causa de *drogas*?

—No. Pero tú mismo dijiste que los tiempos eran duros. Que las personas hacen cosas que no harían normalmente. Pero no tú, Quan. Eso lo sé. Me siento como un tonto.

—El que pregunta es un tonto por cinco minutos, pero el que no pregunta permanece tonto para siempre. Si tienes dudas sobre tu antiguo compañero de cuarto. Pregúntale a él.

Quan encendió una lámpara, entonces se arrodilló, metió la mano debajo de la cama y extrajo el saco. Se puso de pie y se lo dio a Ben.

—Quan, no me tienes que mostrar. No es asunto mío. Quiero decir… —Ben vio la mirada confusa en el rostro del extraño. Obviamente él no entendía inglés.

—Ábrelo, Ben.

Ben abrió lentamente el saco, abultado y mucho más pesado de lo que se había imaginado. Metió la mano adentro, agarró algo y lo sacó. Era un libro con una cubierta negra, compacto pero de casi cinco centímetros de grueso, con un símbolo de un pescado grabado en la parte inferior del frente.

—¿Una Biblia? —preguntó Ben.

Quan asintió con la cabeza.

Vació el resto del contenido del saco sobre la cama. Seis Biblias.

—Esta Biblia de estudio es muy valiosa —dijo Quan—. La mayoría de los líderes de las iglesias caseras no tienen entrenamiento teológico. No tienen libros cristianos. Ellos llaman a esto un "seminario de bolsillo". Es la Palabra de Dios, con instrucciones sobre cómo estudiarla y utilizarla. También, enseña cómo predicar y enseñar Shengjing.

Quan abrió el libro. Su voz se volvió apasionada mientras volteaba las páginas de un lugar a otro.

—Tiene una lista de temas, resúmenes de sermones, gráficas y mapas. ¿No ves lo que esto significa, Ben Fielding? Incluso muchos pastores no tienen Biblias. Y aquellos que tienen una les falta saber cómo utilizarla. Esta Biblia es un regalo de Yesu para nosotros.

—¿Cuál es el significado del pescado?

—La palabra griega para pescado es *ichthus* —dijo Quan—. Los primeros cristianos la usaban como un acróstico; en inglés dirías que significa "Jesucristo, Hijo de Dios, Salvador". Cada letra griega se refiere a una de esas palabras. Cuando su fe era ilegal en Roma, ellos lo dibujaban en la tierra con un palo para identificarse. Cuando otro cristiano la veía, él lo dibujaba también. Algunos de nosotros usamos el símbolo. También nos recuerda de los pescados que Yesu creó para las multitudes.

Ben asintió con la cabeza, sin estar seguro que comprendía.

—Es por eso que te servimos pescado en el plato de mi abuela tu primera noche. El plato y el pescado nos recuerdan de Yesu. El símbolo también nos une con nuestros hermanos perseguidos hace dos mil años.

—¿Qué harás con estas Biblias?

—Las llevaré a un lugar especial para dejarlas.

—El Huaquia Binguan con el canadiense en el cuarto piso. ¿El señor James, no es así? El hombre que sube el volumen del televisor cuando llegan invitados.

—Muchas habitaciones de hoteles tienen micrófonos ocultos. Tenemos que subir el volumen del televisor para ocultar la conversación. Muchos van a la cárcel cuando se escuchan conversaciones privadas.

—Tú le diste al señor James la Biblia que te traje. ¿Qué te dio él? ¿La "música clásica"?

—Discos compactos que contienen palabras e imágenes que son música para el alma. Cosas que nuestro gobierno no quiere que tengamos.

—¿Por qué estabas caminando de la casa de espaldas?

—¿No se te ha escapado nada? Es un viejo truco que aprendí de mi padre. Las pisadas pueden ser examinadas. Algunas veces preferirías que otros crean que alguien vino a tu casa en lugar de que saliste.

—Cuando fuimos al hotel, ¿quiénes eran los hombres enfrente de la calle?

—Uno era un agente del BSP sin uniforme. El hombre principal era Tai Hong.

Ming se estremeció y apretó el brazo de Quan.

—¿Quién es él? —preguntó Ben.

—El subjefe de la policía. Tai odia a los creyentes.

—¿De dónde vinieron estas Biblias? —Ben señaló los seis libros negros sobre la cama, uno de ellos ahora en las manos de Shen.

Quan miró al hombre y movió la cabeza. El extraño, en un mandarín con un fuerte acento, dijo:

—Yo soy el burro de Yesu.

Por un momento Ben pensó que había malentendido la palabra.

—Un cargador de cargamento muy valioso. He estado haciendo esto por treinta años. Es mi llamado —el hombre levantó una Biblia—. Este es el libro de Dios. Nada es más valioso. La semana pasada entregué doce de estos a una iglesia de mil miembros. Hasta que yo llegué tenían solo cinco en toda la iglesia. Yesu entró a Jerusalén montado en un burro. Su Palabra lo trae al pueblo. Yo soy un burro que Yesu ha montado a cien ciudades y pueblos diferentes. Es mi llamado —él inclinó su cabeza.

Quan puso los libros en el saco de nuevo, entonces metió la mano debajo de la cama, poniendo las tablas es su lugar.

—Rompí el cemento para crear este escondite sagrado. El BSP pudiera mirar debajo de la cama y no encontrar nada.

—Esto es muy peligroso, Quan.

—Nuestro pueblo se está muriendo de hambre por la Palabra de Dios —dijo Quan—¿Qué clase de hombre sería si no le diera de comer a los que tienen hambre?

—Pero pudieras perder tu libertad. O peor.

—Un hombre obediente es libre cuando está en prisión —dijo Quan—. Un hombre desobediente está aprisionado cuando está libre.

A Ben no le gustó la forma en que él lo miraba.

17

Li TONG ESTABA SENTADO en la hierba observando a dos grandes seres que lo habían fascinado desde que él llegó: los Observadores. Ellos parecían casi idénticos, pero uno estaba de pie y hablaba mientras el otro estaba sentado y escribía. Tong había escuchado sus nombres pero no podía pronunciarlos. Así que a uno lo nombró Lector y al otro, Escritor.

Los Observadores miraban a través de un gran portal, observando los continentes de la tierra con ojos penetrantes. Pero lo que veían a través de este portal en particular, y lo que otros como Tong veían cuando miraban a través de él, era solo una cosa en específico. Nunca se enfocaba el portal en masas de la humanidad, sino siempre en individuos, familias, e iglesias.

En este momento, ellos veían un hombre sentado en inmundicia en una prisión oscura. Después, era una niñita siendo apaleada por su apresador. Después una mujer en el funeral de su hijo. Un niño con los brazos alrededor de su madre muerta. Un momento más tarde, y ellos verían el rostro de un abusador, un carcelero, un verdugo. Los rostros de aquellos que causaban el dolor podían verse tan claramente como los rostros de los que sufrían.

Escritor escribía rápidamente en el libro con una pluma enorme que parecía que nunca se le acababa la tinta. Él escribía con una escritura perfecta, en un lenguaje antiguo.

El otro ser, Lector, estaba de pie, algunas veces leyendo y otras veces recitando palabras de un enorme Shengjing, escrito a mano en el mismo lenguaje antiguo. Él también observaba lo que estaba sucediendo en el oscuro planeta. Pero mientras Escritor escribía, Lector volteaba de un lugar a otro del Libro, leyendo las palabras con pasión. Tong escuchaba mientras él hablaba, notando que Lector miraba solo en tres direcciones; algunas veces al Libro, otras veces a las personas que sufrían en el oscuro planeta y algunas veces al Rey sentado en el trono.

El que con lágrimas siembra, con regocijo cosecha. Dichosos los que lloran, porque serán consolados. El SEÑOR es refugio de los oprimidos; es su baluarte en momentos de angustia. En ti confían los que conocen tu nombre, porque tú, SEÑOR, jamás abandonas a los que te buscan.

Tong miró al trono y observó a aquel que se sentaba en él. Sus labios se movían, parecía que decía las mismas palabras que Lector. El Rey dijo las palabras como si fueran sus propias palabras.

———————

Era jueves, 18 de octubre, por la tarde, quince días después que Ben llegó a China. Él había pasado la mayor parte de la semana haciendo investigación de mercados con personas en las calles y en los comercios.

—¿Tiene usted una computadora? —preguntaba.

—No —respondía la gran mayoría.

—Cuando tenga el dinero para una computadora, ¿desearía comprar una?

—Sí —decían sonriendo y asintiendo con la cabeza.

Aún sintiéndose incómodo acerca del caos en medio de la noche, escogió un regalo especial para Quan.

———————

Shen corrió al auto para recibirlo. Ben le pidió a Shen que lo ayudara, no que lo necesitara, para sacar la caja larga que el comerciante había envuelto. La llevaron a la casa y la pusieron a los pies de Quan.

Quan escarbó el papel castaño. Tan pronto como vio lo que estaba dentro dijo:

—No, Ben Fielding, has sido demasiado generoso. No podemos continuar aceptando regalos.

—Tú sabes que es mala educación rehusar un regalo. Solo pruébalo, ¿está bien?

Ben lo conectó en la pared. Quan puso lo dedos sobre él. Presionó algunas notas y movió la cabeza en aprobación. Entonces comenzó a tocar Bach. Después Beethoven. Después Mozart. Era incómodo al principio, pero sus dedos no habían olvidado su habilidad. Shen observaba y escuchaba, con sus ojos bien abiertos. Ben se preguntó si él había escuchado a su padre tocar alguna vez.

—¿Sabías que los Guardias Rojos destruyeron casi todos los pianos durante la revolución? —preguntó Quan—. Yo fui afortunado de haber aprendido a tocar.

Una hora más tarde, Quan aún estaba tocando. Se levantó solo para tomar la silla vacía de respaldo alto, traerla y ponerla frente a él. Después continuó tocando. La música era algo que Ben no conocía, pero tenía un sonido sagrado.

Ming entró repentinamente por la puerta. Miró fijamente al teclado eléctrico. Entonces miró a Ben como si él fuera el hacedor de grandes milagros. Ella cerró las cortinas, y viendo esto pareció llevar a Quan de regreso a la realidad.

—¿Sabes que pudiéramos ser arrestados por tocar estos cantos? —preguntó Quan.

—No puede ser —dijo Ben.

—Hay cuatro de nosotros. Yo he estado tocando cantos cristianos, lo cual hace que esto sea una reunión religiosa. Nuestra casa no es un lugar de reunión registrado. Shen tiene menos de dieciocho años de edad. Es ilegal por dos causas, al menos.

El regocijo que había llenado la habitación por una hora desapareció en un instante.

—Necesitamos ser cuidadosos —dijo Quan—. Estamos dispuestos a ir a la cárcel, incluso dispuestos a morir, pero solo si es necesario. No cesaremos de hablar acerca de Yesu. Pero tampoco pondremos a otros a riesgo sin necesidad. Es por eso que solo confío totalmente en aquellos que conozco.

—¿Estás todavía tratando de descifrar si confías en mí? —preguntó Ben.

—Debemos tener cuidado en nuestros contactos con cualquier persona del Occidente. Siempre se sospecha que sean cristianos. Sin embargo… —él miró hacia abajo—, a ti te consideran sin riesgo.

—¿Qué quieres decir?

—Debo explicar que al igual que el gobierno tiene espías, no creyentes dentro de la iglesia, nosotros también tenemos nuestros espías, cristianos dentro del partido y del BSP. Nos dijeron a través de uno de los nuestros que nadie sospecha que tú seas cristiano.

—¿Por qué no?

—Porque, me han dicho, fuentes confiables han estado contigo. Ellos saben lo que tú has dicho y hecho en tus muchos viajes a Shanghai. Hablaron con tus amigos de negocio chinos, y ellos respondieron por ti. Dijeron que tú, sin duda alguna, no eres cristiano.

—¿Ellos dijeron eso? —dijo Ben, tragando en seco.

—Así que es irónico —dijo Quan—. Tú eres menos riesgo para nosotros porque ellos están seguros de que no eres uno de nosotros. Pero en cuanto a mi confianza en ti, es real, sin embargo, tiene límites. Perdóname, mi viejo amigo. Es fácil para mí amar a un hombre que no confía en Yesu. Pero no es tan fácil para mí confiar en este hombre.

—¿Por qué?

—Porque todo hombre confía en alguien. Si él no confía en Yesu, él o bien confía en otros hombres o confía en sí mismo. Ninguno de ellos es digno de confianza. No en China. No en Estados Unidos.

—Algunos de nosotros sentimos que tenemos buenas razones para no creer en Dios.

—Los creyentes se consuelan uno al otro en su sufrimiento por la verdad de que hay un Dios. Los no creyentes se consuelan uno al otro en su prosperidad por el mito de que Dios no existe. Así que el ateísmo es verdaderamente querer hacerse ilusiones.

—No estoy seguro que estoy de acuerdo.

—Un verdadero creyente puede pasarse una noche sin dormir dudando que hay un Dios. Pero lo que mantiene a un comunista despierto es el temor que *sí* haya un Dios. Él quiere hacerse ilusiones de que Dios no existe. Porque si no hay Dios no hay Juez y, por lo tanto, no hay juicio por su maldad. Pero si hay un Dios, él sabe que no le irá bien delante de él. O que exigirá de él lo que él no quiere cumplir. ¿Quizá esto es lo que tú temes?

—¿Quién dice que yo tengo temor? Hay mucho que tú no sabes —dijo Ben—. Nuestras vidas han ido en dos direcciones diferentes. Yo me he pasado los últimos veinte años leyendo informes financieros, artículos sobre inversiones y libros por expertos acerca del éxito. Y tú has... bueno, tú has estado leyendo otra cosa. Yo no estoy de acuerdo contigo, Quan. Pero te admiro. Yo creo que me hubiera destrozado tener que renunciar a mis sueños como tú lo hiciste.

—Li Quan renunció a sueños que él no hubiera podido retener de ninguna manera. En su lugar, abrazó los sueños eternos de Yesu resucitado. Fue un intercambio excelente. Ves, Ben, a tu antiguo compañero de cuarto no le faltan sueños. Él solo ha reemplazado los sueños antiguos con sueños que son más altos y mejores.

———————

Ben se pasó el viernes por la noche en una cena con un ejecutivo de negocios de Pushan. Llegó a casa de Quan tarde y puso la mano en el picaporte de la puerta. Estaba cerrada con llave.

—¿Quién está ahí? —dijo una voz desde adentro.

—Ben.

—¿Solo?

—No, estoy con los jefes de estado de China.

Quan abrió la puerta. Ben entró y vio lo que parecían dos familias de tres. Un hombre, una mujer y un chico adolescente estaban en la cama de Quan. Otro hombre, una mujer y una chica adolescente estaban en la cama de Ben. Ming estaba sentada frente al escritorio y Shen en el suelo a sus pies. Todos tenían dos libros frente a ellos y plumas en sus manos.

—¿Qué están haciendo?

—Haciendo copias de Shengjing. Esas Biblias impresas pronto el burro las recogerá y las llevará a otro lugar. Shen y yo estamos copiando de la Biblia de mi madre.

Con una sonrisa orgullosa Shen le llevó la Biblia de su abuela a Ben. Después tomó su copia escrita a mano, dándosela a Ben para que la inspeccionara.

—Shen es un buen escriba —dijo Ben.

—Mi padre verifica mi trabajo —dijo él sonriente.

Ben miró cuidadosamente la Biblia de la madre de Quan.

—Es bella. Los caracteres son muy pequeños, pero claros.

—Mi madre la copió cuidadosamente. Ella pedía una Biblia prestada cada vez que podía. Trabajaba por horas a la luz de una vela, orando las palabras en voz alta mientras las copiaba. Fue una obra de amor. Meses, hasta un año pasaba cuando no tenía una Biblia para copiar. Le tomó ocho años terminar su Biblia completa.

Ben hojeó las páginas.

—Ha estado en la lluvia.

—No. Siempre fue cubierta cuidadosamente. Mi madre la envolvía antes de salir. Nosotros hacemos lo mismo.

—Pero las palabras están manchadas en muchos lugares —dijo Ben.

—No fue la lluvia lo que manchó las palabras.

18

Era sábado por la tarde, el tercer sábado de Ben en China, y el primero que no había pasado en un hotel en Pushan bebiendo mao-tais, tomando duchas calientes, y viendo CNN. Él y Quan estaban sentados en la hierba a la orilla de un pequeño río enlodado, el Wenrong, con cañas de pescar en la mano. Le recordó a Ben cuando se sentaba en su lugar de pesca favorito a cincuenta minutos de Harvard, soñando sobre su futuro. De cierta manera también despertó deseos desde lo profundo de su ser, anhelos que había ignorado por largo tiempo o trató de llenar en formas que nunca le satisficieron.

Shen estaba explorando junto al agua, tratando de obedecer las frecuentes advertencias de su padre de mantenerse a la vista.

—Li Quan tiene una pregunta importante para su viejo amigo de pesquería, Ben Fielding. ¿Vendrás a una reunión de una iglesia casera mañana con nosotros?

—¿Yo? ¿Mañana? Pero... esas reuniones no son legales, ¿no es así? Yo soy un ejecutivo de Getz Internacional. ¿Te das cuenta de la posición en que eso me pudiera poner?

—Sí. Solo puedo decir que el riesgo que nuestras familias toman cada semana es mucho mayor. Nunca he estado en una iglesia casera con un extranjero presente. Pero tampoco, nunca había tenido un extranjero viviendo en mi casa como ahora. No te puedo prometer que no habrá problema. Pero tenemos cuidado. El pastor le ha preguntado a la gente si están dispuestos a tomar el riesgo de tenerte presente. Todos ellos estuvieron de acuerdo. Tú quizá no puedas comprender esto, pero invitarte a reunirte con nosotros para la santa adoración de Yesu es el regalo mayor que te podemos ofrecer.

Se levantaron tan temprano el domingo en la mañana que se sentía como el sábado en la noche.

Quan se puso mejor ropa que la que Ben le había visto usar. Eran viejas, pero muy bien cuidadas. Sus zapatos negros de vestir tenían mucho brillo.

—¿Recuerdas los zapatos que me regalaste?

—Debes estar bromeando. Esos no pueden ser los mismos zapatos.

—Sí lo son. Los he usado cada semana por más de veinte años, pero solo para ir a la iglesia. Oro por ti cada vez que los veo. He pensado a menudo que quizá tú estabas orando por mí en ese mismo momento.

Ben se ofreció a conducir, para que pudieran dormir hasta las 2:30 a.m. Como solo había dos bicicletas, no hubo discusión. Pero Quan insistió que Ben se estacionara fuera de la carretera a un kilómetro de distancia en un pequeño bosquecillo.

Llegaron a la parte trasera de una casa solitaria con un ligero resplandor de velas visible a través de una pequeña apertura entre las cortinas. Pasaron muchas bicicletas. Quan tocó la puerta. Un hombre tranquilo lo saludó, y todos ellos entraron. La habitación estaba repleta de gente, como gansos en un cesto de bambú el día del mercado. Ben analizó los treinta rostros: hombres, mujeres y niños hombro con hombro, algunos en sillas, algunos en un banco de madera, algunos en esteras de paja en el suelo. Cuatro estaban sentados en una cama, tres encima de un escritorio, dos debajo de una mesa. Ninguno de ellos parecía sorprendido de ver a Ben. Pero no podían quitar sus ojos de él.

Quan y la familia Li se sentaron en la fila del frente, en asientos obviamente reservados para ellos y su invitado. Después de susurros tranquilos, el grupo comenzó a cantar.

Cantaron por una hora cantos que Ben nunca había escuchado, cantados con una pasión ardiente, tan palpable que él se sintió chamuscado. Quan se puso de pie y oró, después dijo:

—Nuestro pastor nos enseñará del libro de Apocalipsis.

Un anciano con un rostro conocido caminó hacia delante. Su mechón de cabello blanco fino flotaba sobre su cuero cabelludo.

¡El cerrajero!

—¿Tu patrón es el pastor?

—Sí.

—¡Ahora sé por qué no te denunció por ser un cristiano de una iglesia casera!

A la derecha de Ben un niño se levantó de debajo de una mesa para sentarse en un escritorio cerca de un hombre que tenía una Biblia escrita a mano. Cuando miró a su alrededor, Ben se dio cuenta que él y el Pastor Zhou eran los únicos en la habitación viendo una Biblia por sí solos.

—Este libro nos dice el plan de Yesu de abolir todos los otros reinos y establecer su reino en la tierra —comenzó Zhou Jin—. Por esto el gobierno dice que no debemos estudiar Apocalipsis —leyó—: "Después vi un cielo nuevo y una tierra nueva, porque el primer cielo y la primera tierra habían dejado de existir…."

Cuatro personas sin Biblias se acercaron a los pies de Zhou Jin, bebiendo las palabras como si estuvieran sedientos y no hubieran tomado agua por una semana.

»"Vi además la ciudad santa, la nueva Jerusalén, que bajaba del cielo, procedente de Dios, preparada como una novia hermosamente vestida para su prometido".

Jin miró hacia ellos.

»Nosotros somos su iglesia. ¡*Nosotros* somos esa novia! Estamos vestidos en la justicia de Yesu. Tenemos puesto el traje de boda sin mancha de su santidad.

Se despertaron muchos murmullos como si fueran uno. Cuando terminó de leer, Zhou Jin le dio el libro a su esposa, entonces levantó sus manos.

»¿Saben ustedes lo que esto significa, hijitos? Significa que este mundo no es nuestro hogar. El novio ha ido a preparar un lugar para nosotros ¡Él promete regresar y llevarnos a un nuevo hogar en un nuevo mundo! La verdadera China. Nuestro verdadero hogar.

Hubo un ligero aplauso, pero principalmente gemidos y afirmaciones susurradas.

Con sus ojos cerrados, Zhou Jin habló, pero las palabras no parecían de él.

»"Ya todo está hecho. Yo soy el Alfa y la Omega, el Principio y el Fin".

Estalló la alabanza. Ben sintió el impulso elevándose.

»"Al que tenga sed le daré a beber gratuitamente de la fuente del agua de la vida".

Ben sintió ese anhelo, esa añoranza dentro de sí. Era como una sed profunda aunque elusiva, de repente acentuada por ver y escuchar de cerca un arroyo montañoso fresco y frío.

Sentado en esta habitación a trece mil kilómetros de su hogar, no, a *millones* de kilómetros de su hogar; él vio su vida con una repentina claridad. Algo acerca de esta habitación, de esta reunión, de estas personas lo hizo sentirse más cerca del Arroyo de lo que jamás había estado.

Muchos oraron. Las oraciones eran cortas y largas, informales y formales, pero todas tenían una pasión que Ben nunca había sentido. Muchos años atrás él se quedaba dormido en reuniones de oración. Nadie se podía quedar dormido aquí. Ninguna de las oraciones parecía escrita. Más que eso, Ben tenía la absoluta certeza de que estas oraciones no se detenían en el techo.

Ellos cantaron, adorando a Dios. Nunca él había sentido la presencia de Dios como en esta habitación ahora. ¿Por qué? Él nunca estuvo perdido en adoración. ¿Por qué? Su llamada «vida cristiana» fue como cualquier otra parte de su vida. Había sido siempre acerca de Ben Fielding.

Lo que lo cautivó más fueron los rostros. Rostros gozosos, sonrientes, afligidos, anhelantes, rostros infantiles.

«Mírame, papá», recordó a Melissa diciéndole mientras montaba por primera vez una bicicleta por sí sola. «¿Te gustan mis trenzas, papá?», le preguntó Kimmy. Sí, sus rostros se veían igual que estos, rostros infantiles deleitándose en la presencia de un padre, ansiosos de su aprobación.

Yo fui como ellos una vez, ingenuo e idealista, pero vi a través de ello y lo sobrepasé. La ola de cinismo bien formada chocó contra él.

Tú nunca fuiste como estas personas, algo más le decía a él. *Nunca.*

El viento soplaba en la iglesia casera y Ben sintió que su propio castillo de naipes estaba en peligro. Sintió una sutil y acogedora brisa llamándolo a que se levantara y la siguiera sobre el horizonte. Ansiaba con una intensidad casi nauseabunda que este sentimiento no desapareciera. Al mismo tiempo, esperaba con desesperación que la brisa no se volviera un huracán.

19

BEN SE SINTIÓ TRANQUILO de haber llegado bien de regreso a la casa de Li, sin encontrar ningunas autoridades. Ming hizo té verde y el frío de la habitación lo hizo disfrutar el calor del té dentro de él.

—¿Qué te pareció nuestra iglesia casera, Ben Fielding? —preguntó Quan mientras empujaba una pequeña carretilla de madera y echaba carbón a la estufa.

—Ellos parecían… convencidos de que Dios realmente estaba en esa habitación.

—Eso es comprensible —dijo Quan sonriendo—. Ya que Él estaba ahí.

—Estaban tan entusiasmados, tan emocionados de estar ahí. Yo nunca me sentí así en una iglesia. Si lo sentí fue hace mucho tiempo. Aun en la universidad, y cuando iba a la iglesia siendo niño, no creo que la mayoría de nosotros tenía una pasión como esa. Me hace preguntarme qué tan real era mi fe.

—Es bueno preguntarse eso —dijo Quan—. Las dudas acerca de la salvación pueden ser el ataque del enemigo sobre los verdaderos creyentes. Sin embargo, Shengjing dice que debemos examinarnos para ver si estamos en la fe. Debemos asegurarnos primero que somos sus seguidores antes de buscar garantía. El enemigo trata de acusarnos de que no somos lo que somos. ¿De que le sirve a un hombre ganar el mundo entero, Ben Fielding, y perder su alma?

A salvo en casa

Sus vecinos y miembros de la iglesia casera Fu Gan, Chun y su hija adolescente, Yun, llegaron para cenar el domingo en la noche. Ben se sentó en la cuarta silla, mientras que la quinta silla permanecía vacía. Quan, Ming y Shen se sentaron en el piso frío y duro. Las familias hablaron de varios vecinos que estaban tratando de evangelizar. Después de cenar, Quan tocó en su teclado alguna música clásica sagrada, después un himno.

De repente, hubo un golpe urgente en la puerta.

Quan fue a la puerta y la abrió.

Tres hombres forzaron su entrada, uno empuñando una pistola. Ben lo había visto anteriormente dos veces desde cierta distancia, pero por primera vez veía el rostro huesudo, curtido y duro de Tai Hong en primer plano. Ben miró, ahora desde solo metro y medio de distancia, esos ojos negros de acero. Tai Hong se movió incómodo, no estaba acostumbrado a que lo miraran a los ojos por más de un breve segundo.

Quan habló primero.

—¿Qué trae al subjefe del BSP a visitar nuestra humilde casa?

—Estábamos en el área. Pensamos que presentaríamos nuestros respetos —sus labios no parecían abrirse aun mientras hablaba. La voz era áspera. Ben sintió un hormigueo en su espalda.

—¿Qué está sucediendo aquí? —dijo Hong, observando a cada uno de los siete.

—Yo estaba tocando mi teclado electrónico, un regalo de mi amigo Ben Fielding. Cenamos. Estábamos discutiendo la cosecha, después tocando música clásica.

Hong sonrió burlonamente.

—¿Discutiendo la cosecha? Ustedes no son campesinos.

—La cosecha es un tema de interés para todos nosotros. Necesitamos comer para vivir, y necesitamos trabajar para producir comida. Tai Hong necesita comida para comer, ¿no es así?

—Yo tengo suficiente comida, no necesito la suya —dijo Tai Hong, señalándoles a los hombres que salieran—. Los visitaré de nuevo, Li Quan. Quizá cuando su amigo estadounidense se haya ido, quizá antes —sonrió amenazador.

Mientras salía por la puerta, Hong miró fijamente a Ben una vez más. Ben se dio cuenta de que si él no fuera un prominente hombre de negocios con un pasaporte estadounidense y una larga historia en China, las cosas quizá hubieran sido muy diferentes. La puerta se cerró con fuerza.

—Bueno, esa fue una visita social agradable —dijo Ben.

—Sí —dijo Quan—. El hurón ha venido a saludar a los pollitos.

¿Es esta la forma de Tai Hong decirme que él sabe que estuve en la iglesia casera y que mejor me cuidara?

Como siempre lo hizo. Ben se guardó sus temores.

20

LI TONG, DE PIE JUNTO A Li Wen y a Li Manchu, señaló los nombres inscritos en el Muro de los Mártires. Un lector leía en voz alta cada uno de los cientos de miles de nombres. Nunca dejaba de leer.

—Cuando él termina —le explicaba Li Manchu a un recién llegado—, comienza a leer los nombres de nuevo, comenzando con Esteban. Y cuando llega un nuevo mártir, como sucede a través de cada día, él hace una pausa y dice su nombre.

El recién llegado caminó hasta el muro y puso su mano sobre él deslizando sus dedos sobre uno de los nombres.

—Vamos a quedarnos y escuchar el nombre del siguiente mártir —dijo Li Wen.

—Algún día —dijo Li Manchu—, el siguiente mártir será el último.

Los Li asintieron con la cabeza, temblando. Se tomaron de las manos.

———————

Mientras Ming ayudaba a Shen a prepararse para dormir el domingo por la noche, Quan se sentó en su cama, Ben en la suya.

—Cuéntame sobre el encarcelamiento de tu padre —dijo Ben—. Quiero decir, si sientes que lo puedes hacer.

—Es un honor que me preguntes —dijo Quan—. Mi padre fue a la cárcel por primera vez en los primeros días de la República del Pueblo. Estuvo en prisión de nuevo en los años sesenta durante la revolución cultural. Yo tenía ocho años de edad cuando Li Tong fue a la cárcel por última vez. Me permitían visitarlo unas pocas veces al año. Pero para cuando yo tenía doce años, mi corazón se había alejado de él. Yo era un orgulloso joven comunista y rehusé visitar de nuevo a mi vergonzoso padre —Quan se estremeció al recordarlo—. Entonces cuando tenía quince años, mi madre me forzó a visitarlo en prisión.

—¿Cómo resultó eso?

—El hombre que vi no se parecía a mi padre. Su rostro era como una máscara pálida retorcida. Pero yo podía reconocer sus ojos. Lo último que él me dijo fue: *"Zhen jin bu pa huo lian"*.

—El oro verdadero no le teme al fuego —dijo Ben.

Quan asintió con la cabeza.

—Y él añadió: "Un día tú morirás. Debes pasar tu vida preparándote para ese día". Yo me he preguntado a menudo "¿Es este el día?"

———————

—Yo no merezco tener mi nombre en este muro, con ustedes y los otros mártires.

—Sin embargo, aquí está el nombre de Li Wen, el carpintero —dijo Li Manchu—. ¿No sabe el Constructor del muro, que inscribe los nombres, quién tiene un sitio en él?

—Yo no morí por mi Señor como ustedes dos lo hicieron.

—Hay diferentes maneras de morir —dijo Li Manchu—. Tú moriste a una vida normal. Moriste diariamente al servicio de Yesu. Presenciaste la muerte de tu padre y tu madre. ¿Qué puede ser más duro?

—Y muchos años más tarde, cuando tu hijo murió —dijo Li Tong—, cuidaste a su esposa y a sus hijos. Cuando mi trabajo terminó, el tuyo continuaba. Los mártires no son solo los que mueren, sino todos los testigos fieles que sufren por el Nombre.

—¿Fue más fácil para ti ver a tu madre y tu padre y tu hijo morir que morir tú mismo? —preguntó Li Manchu—. No. Fue mucho más difícil. Zhu Yesu sabe que algunas veces las familias de los mártires merecen tanta recompensa como los mismos mártires. Y es por eso que los nombres de esposas y esposos, padres y madres, hijos e hijas, hermanas y hermanos de los mártires están a menudo también escritos en este muro.

—Además, Li Wen, fuiste tú el que construyó la silla.

—Yo me pregunto —dijo Li Wen a Li Tong—, si nuestra línea de mártires termina contigo, o si Li Quan seguirá.

—¿Y si no es Li Quan, entonces Li Shen?

—Veremos.

—Quizá uno de ellos —susurro Li Manchu— será el último mártir.

Los hombres se miraron, casi sin atreverse a hablar de un honor tan grande.

———————

El martes en la noche Ben abrió un correo electrónico de Martin.

Ben:

He estado preocupado por ti desde nuestra última llamada telefónica. Won Chi llamó esta mañana y le dijo a Jeffrey que tú estuviste presente en un intercambio sospechoso en un hotel llamado el Huaquia Binguan. De alguna manera se enteró de invitados a cenar en casa de Li Quan y una visita del subjefe de la policía, ¿un tal Tai Hong? Chi dice que están preparando un caso en contra de tu amigo y ellos no confían en ti.

Ben, si alguna vez me has escuchado, hazlo ahora. No puedo enfatizar qué tan importante es que tú no hagas nada ilegal. ¿Me comprendes? Estoy confiando en ti. Un solo incidente pudiera arruinar la reputación de la compañía. No permitas que eso suceda.

La carta molestó a Ben pero lo tranquilizó en un punto.

¡No saben nada de que yo fui a una iglesia casera!

La siguiente mañana Ben condujo a Quan al trabajo. Él caminó alrededor de la ciudad, haciendo entrevistas. La mayoría de las personas eran amistosas y estaban ansiosas de conversar. Ben estaba asombrado de cuánto estaba aprendiendo acerca de los pensamientos y los sueños de personas comunes y corrientes. Y conocer a las personas era la clave para venderles cualquier cosa. El material que estaba obteniendo los impresionaría allá en la oficina.

———

—¿Qué sabes acerca del líder de nuestro Buró de Asuntos Religiosos? —preguntó Quan.

—No mucho.

—¿Sabías que él es un ateo? Mi padre, Li Tong, acostumbraba a decir: "Líder de iglesia que no cree en Dios es como vendedor de zapatos descalzo".

—Cada gobierno tiene reglas. Tienen que tenerlas. No se puede ser más libre que los Estados Unidos. Pero en Portland teníamos una iglesia que tenía vagabundos en los servicios y les daba de comer a los pobres. Estaba causando problemas de estacionamiento y perturbando un buen vecindario tranquilo. Así que la ciudad limitó las horas en que se podían reunir y el número de personas que podían ir.

—¿La iglesia estuvo de acuerdo con esto?

—Bueno, no les gustó. Pero era una situación de ordenanzas de zonas urbanas. Algunas de estas iglesias piensan que solo pueden traer más y más personas y reunirse cuando les parezca. ¿Pero qué de los vecinos que tienen que soportar el tráfico y el ruido? ¿No tienen ellos derechos?

Quan lo miró fijamente.

—Mira, en nuestro antiguo vecindario cada jueves en la noche había veinte autos o más, algunos de ellos mal estacionados. Las puertas siempre estaban cerrándose, adolescentes que entraban y salían de la casa de enfrente. Era un grupo de estudio bíblico grande. Bueno, algunos de nosotros hablamos con ellos y fuimos corteses, pero continuaron haciéndolo. Finalmente llamamos a la policía. Dijeron que lo lleváramos al condado. Obtuvimos una orden judicial que los detuvo de reunirse allí. Si quieren reuniones grandes, para eso son los edificios de las iglesias, ¿no es así?

—Excepto que dijiste que también limitan el número de personas en los edificios de las iglesias.

—Bueno… normalmente no.

—¿Estaban estos adolescentes usando drogas?

—No.

—¿Estaban destruyendo tu propiedad?

—No, pero estaban tomando todos los lugares de estacionamiento.

—¿Les robaban?

—¿Qué quieres decir, Quan?

—Me estoy preguntando, ¿por qué ustedes se opondrían a jóvenes que estudiaban la Biblia para convertirse en mejores personas? ¿Si no se pueden reunir para estudiar Shengjing, quizá se reunirán para robar las casas, embriagarse, tomar drogas, pelear o destrozar? ¿No paga un país un alto precio cuando le quita a la iglesia la libertad de reunirse?

—Tú no lo entiendes, Quan. No comprendes cómo funcionan las cosas en los Estados Unidos. Es completamente diferente allá que en China.

El rostro de Quan mostró confusión.

—¿Es así?

—Oramos por la hermana Wu Xia, que sufre de tuberculosis.

Era octubre 28, la segunda semana de Ben estar en la iglesia casera. La electricidad parpadeó tres veces, después se fue, pero de todos modos solo se encendió una lámpara.

Li Quan se puso de pie. Ming sacó la Biblia de su madre de un paquete envuelto y se la dio a Li Quan. Él se acercó a una vacilante vela, entonces volvió a una página marcada y comenzó a leer. Ben batalló para comprender. El vocabulario chino cristiano le era desconocido, como lo era incluso para la mayoría de los chinos, ya que estuvo prohibido por mucho tiempo.

Esto es para ustedes motivo de gran alegría, a pesar de que hasta ahora han tenido que sufrir diversas pruebas por un tiempo. El oro, aunque perecedero, se acrisola al fuego. Así también la fe de ustedes, que vale mucho más que el oro, al ser acrisolada por las pruebas demostrará que es digna de aprobación, gloria y honor cuando Jesucristo se revele. Ustedes lo aman a pesar de no haberlo visto; y aunque no lo ven ahora, creen en él y se alegran con un gozo indescriptible y glorioso.

Mientras Quan volteaba la página, el sonido de un timbre sorprendió a Ben. Zhou Jin sacó un teléfono celular de su bolsillo. Lo abrió, después escuchó.

¿Un pastor contestando un teléfono durante un servicio de la iglesia?

Zhou Jin saltó en sus pies.

—Deben retirarse ahora —le dijo a la congregación, con voz urgente—. Dios esté con ustedes. Oren mientras se van.

Jin le dio el teléfono celular a Quan.

—Váyanse ahora. Yo trataré de detenerlos.

Quan abrazó al anciano, después con rapidez empujó a su familia por la puerta trasera. Todas las bicicletas habían desaparecido y las personas estaban esparciéndose en todas direcciones. Quan guió a su familia y a Ben corriendo a través del bosque.

Justo después de alcanzar los árboles escucharon puertas de autos cerrándose y voces altas detrás de ellos.

Quan tomó las manos de Ming y de Shen.

«Acompaña a Zhou Jin, Yesu».

Corrieron a través del escaso bosque, pisoteando ruidosamente sobre hojas caídas.

Salieron a una calle lateral y llegaron al Mitsubishi de Ben. Se metieron, y él condujo hacia la casa de Quan. Todos respiraban fuertemente.

—¿Qué está pasando? —preguntó Ben.

—Una redada —dijo Quan—. Zhou Jin se quedó para que el BSP no persiguiera a la gente en el bosque y los capturara.

—¿Qué del teléfono celular?

—Tenemos un amigo en la estación de policía. Él llamó para advertirnos de la redada.

—¿Por qué te dio Zhou Jin el teléfono celular?

—Porque —dijo Quan—, yo soy ahora el pastor.

21

—TODAVÍA NO PUEDO CREERLO —dijo Ben, andando de un lado para otro.

Quan se sentó en el suelo, con una palangana de agua y trapos viejos delante de él. Limpió el lodo de los zapatos de Ben, después los de Ming y los de Shen, y ahora estaba trabajando en los suyos.

—¿Verlo por tus propios ojos lo hace más real para ti? Pero para nosotros ha sido real todo el tiempo. Mogui odia la iglesia.

—¿Qué es *Mogui*? No recuerdo la palabra.

—Mogui es el dragón. Quiero decir, en el sentido bíblico. El dragón es bueno en la historia de China, pero malo en el libro de Apocalipsis. Mogui es este dragón malo que quiere devorar a la iglesia —de repente los ojos de Quan se iluminaron—. Pero Yesu es el gran León, poderoso y sabio, que mata al dragón. El dragón será aplastado bajo nuestros pies. Aquel que está en nosotros es más poderoso que él. Pero a medida que su tiempo se acaba, Mogui se revuelve en desesperada agonía de muerte, infligiéndonos el castigo que puede.

No era la explicación que Ben estaba buscando.

—Ellos están en esta habitación, sabes —dijo Quan—. Guerreros justos y malvados, entablando un combate mortal.

Ben miró alrededor de la habitación.

—¿Tú realmente crees eso?

—¿Estás tan ciego que no te das cuenta que la tierra es el campo de batalla donde dos reinos luchan una guerra violenta por las almas de los hombres?

Ben sintió elevarse sus defensas pero las dejó caer a favor de pensar en esto. Finalmente preguntó:

—¿Alguna vez has... visto realmente un ángel?

—No estoy seguro, pero pienso que sí.

—¿Cuándo?

—Después del terremoto, cuando murió mi madre, yo estaba solo. Era ateo. Di la espalda a la fe de mis padres. Negué a mi padre y rechacé a Yesu —él inclinó la cabeza—. Pero oré por algo muy egoísta. Oré que yo pudiera ir a la universidad en Estados Unidos. Sabía que era imposible. Solo unos pocos cientos estudiantes chinos de familias privilegiadas eran permitidos ir a Estados Unidos en aquellos días. Mis calificaciones eran buenas, pero aún era imposible. Yo estaba sentado en los escombros de nuestra casa, enojado con Dios, cuando alguien me tocó en mi hombro.

—¿Quién era?

—Alguien que dijo que estaba ahí para ayudar a las víctimas del terremoto. Allí había europeos con una organización de socorro y un estadounidense con ellos. Pero él no usaba la ropa normal. Este hombre preguntó si me podía ayudar. Yo dije que había esperado ir a la universidad en Estados Unidos, pero sabía que ahora era imposible. Él me dijo que me ayudaría. Le di la dirección de mis abuelos. Dijo que escucharía de él. Un mes más tarde recibí una invitación de Harvard que decía que yo tenía una beca completa. Todo lo que tenía que hacer era llenar una solicitud y enviarla de regreso. También parecía imposible obtener un pasaporte, pero de alguna manera lo obtuve. Alguien me dio el dinero exacto para el pasaje de avión a Massachussets. Mi única ropa era la que tenía puesta. Esa es la razón que tenía que usar tus camisas anchas hasta que gané dinero en Burger Magic.

Aun eso era un milagro, poder trabajar con una visa de estudiante. No siempre reconocemos los milagros en el momento que ocurren; en aquel entonces, simplemente, me sentía muy afortunado. Ahora sé que solo se puede explicar por la mano de Dios.

—¿Y qué acerca del hombre? ¿El trabajador de socorro?

—Nunca lo vi de nuevo. Pero no pienso que era un hombre.

—¿Piensas que era un ángel?

—Pienso que aunque estaba resentido en contra de Yesu, aun cuando lo rechacé, Yesu era fiel a mí. En su providencia, y por amor a mis fieles antepasados y a mi padre y madre, Dios envió un ángel a hacer un camino para que yo fuera a la Universidad de Harvard y que en tierra extranjera me pudiera convertir en un seguidor de Yesu Jidu. Y también pudiera conocer a Ben Fielding.

22

POR TRES DÍA BEN VIO muy poco a Quan. Continuó entrevistando personas en la calle y en tiendas y oficinas, recopilando información.

Mientras tanto, Quan estaba trabajando horas extra porque su patrón, Zhou Jin, estaba en la cárcel. Ben pensó que ambos necesitaban la separación.

El sábado por la noche, después de una cena temprano, Ben sacó a Shen en una larga caminata, dándole a Quan y a Ming algo de intimidad, la cual ellos no pidieron pero él sabía que apreciarían. Ben disfrutó la caminata, pero estaba avergonzado de que no podía recordar haber ido a caminar con ni siquiera una de sus hijas.

Después que regresaron, Quan se sentó en su escritorio por tres horas, preparando su mensaje del domingo por la mañana.

De repente, un timbre mecánico sonó.

Quan tomó el teléfono celular.

—Van en camino —dijo una voz. Antes que él pudiera preguntar quién, puños fuertes cayeron sobre la puerta.

Ming miró por la ventana.

—Es el BSP —dijo ella débilmente. Ella fue a la cama de Shen, puso sus brazos alrededor de él, y lo llevó hasta la esquina opuesta de la habitación.

Quan abrió la puerta. Un policía joven entró a la habitación, escudriñándola.

—El jefe de la policía pide hablar con usted —dijo con firmeza.

—¿No está usted aquí en nombre del subjefe, Tai Hong?

—No, el Jefe Lin Shan ha enviado esta petición.

—El jefe de la policía no pide, él ordena. ¿Qué quiere decir, que él pide que vaya a hablar con él?

—Él mismo me envió. Él es mi tío. Me dijo que se lo pidiera, pero que no lo forzara. La decisión es suya.

—Entonces yo iré a él —dijo Quan—. Deseo que mi amigo nos acompañe.

El policía miró a Ben, después a Quan. Asintió con la cabeza, después dio la vuelta y salió por la puerta.

Quan se metió rápidamente debajo de la cama, tomando unas pocas cosas y poniéndolas en una pequeña bolsa.

Quan besó a Shen despidiéndose y le susurró en su oído. Entonces besó y abrazó a Ming, que se aferró a él con fuerza. Finalmente, Quan salió por la puerta hacia el vehículo del BSP, Ben detrás de él. Se sentaron en el asiento trasero. Quan se dio vuelta para ver a Ming y Shen de pie en la puerta, viéndolos retirarse. Él sabía la pregunta en sus mentes, porque él se la había hecho acerca de su padre media docena de veces en circunstancias similares. *¿Lo veremos de nuevo?*

23

DESPUÉS DE CONDUCIR SEIS KILÓMETROS, el policía dobló a la izquierda, alejándose de Pushan.

Entraron a un vecindario selecto, pasaron a través de una barrera de seguridad y se estacionaron frente a una casa cuadrada de dos pisos, enorme según las normas chinas.

Una sirvienta los recibió en la puerta y señaló las escaleras, después subió delante de ellos. Los pasillos y cuadros eran impresionantes, al igual que la mesa de roble y las sillas labradas a mano.

La sirvienta los llevó a una habitación en la planta alta. Quan entró, después Ben. Él vio a un hombre, como de cincuenta años de edad, con el rostro decaído que parecía que no había dormido por varios días. Una mujer con ojos llorosos, al parecer su esposa, estaba sentada a su lado. Solo sus ojos se movían, examinando los rostros en la puerta.

En la cama, cubierta por gruesas mantas suaves, estaba acostada una niña, de quizá catorce años.

El policía que los escoltaba dijo:

—Él insistió en que este estadounidense lo acompañara.

El hombre asintió con la cabeza.

—Déjanos —el jefe de policía Lin Shan pasó junto a Quan y Ben, entonces cerró la puerta. Regresó en silencio a su silla.

—Mi hija, Lin Bo —para sorpresa de Ben, él hablaba inglés—. Ella muy enferma. En hospital dos meses. Pidieron viniera a casa. Doctores dicen que… no hay esperanza.

Los ojos de la niña casi no se abrían.

—Lo siento mucho por usted —dijo Quan—. ¿Pero por qué me ha pedido que viniera aquí?

El jefe miró hacia la puerta cerrada. Se aclaró la voz.

—Por muchos años, mis hombres han arrestado a cristianos de iglesias caseras. Usted ha sido arrestado por mi BSP. ¿Recuerda cuando visité su celda y lo vi adentro?

—Sí. Recuerdo. Fue hace dos años.

—Le pregunté por qué usted, un hombre educado, creía esas tonterías acerca de un Dios extranjero. Usted dijo que creía en un Cristo que vino del cielo, que murió y resucitó de los muertos. Dijo que él derrotó a la muerte. Usted dijo que él resucitó a personas y sanó a los enfermos. Entonces me dijo algo que no he olvidado. Usted dijo que había visto milagros; había visto personas moribundas sanadas. ¿Recuerda que usted dijo esto?

—Sí. Recuerdo.

—Yo soy un anciano, más viejo que mis años. No he creído en nada más que en el partido y la república. No sé si todavía creo ni siquiera en ellos. Actúo por fuera como si aún creyera. Pero por dentro, mi fe está muerta. Le pedí que viniera porque no hay más esperanza para este padre que ama a su pequeña Bo. Ella no ha tenido la fortaleza ni siquiera para levantar la cabeza de la almohada —su voz se quebró—. Ya no tenemos esperanza. Si usted conoce a un Dios que sana, por favor, se lo ruego, dígale que la sane a ella.

Quan miró a Lin Shan, después al piso. Cuando levantó la vista de nuevo dijo:

—Yo no le digo a mi Dios que haga nada. Él es el que dice. Él es el amo. Yo solo soy el siervo. Li Quan no es un sanador. Yo soy un humilde asistente de cerrajero. Pero esto sí sé: Yesu Jidu tiene el poder para sanar. No conozco su voluntad. Pero le pediré que sane a Lin Bo.

El hombre asintió con la cabeza. Al escuchar las palabras de Quan, la mirada apagada de la esposa se movió un poco.

Ben se puso tenso. Parecía una trampa. Le estaban pidiendo a Quan hacer lo imposible. Cuando él fracase, cuando la niña muera, lo culparán a él. Un jefe de policía enojado tendrá otra razón para meterlo en la cárcel.

Quan se puso de pie y puso sus manos en la cabeza de la niña.

«Yesu, yo soy tu humilde siervo, nada más que un asistente de cerrajero. Mi padre era un barrendero; mi abuelo un carpintero; mi bisabuelo un campesino. No somos nada en los ojos del mundo. Tú creaste a Lin Bo y a su madre y su padre. Yo sé que tú la amas a ella, y a ellos. Sé que ellos necesitan salvación de su pecado. Para que ellos puedan ver tu poder y tu gracia, te pido que la toques, levántala, sánala. Haz esto para tu gloria por encima de todo, pero también para su bien. Lo pido en el nombre de Yesu. Amén».

«Amén», escuchó Ben a los padres decir en voz alta. Él se preguntó si habían dicho esa palabra antes de ahora. Por un momento pensó que vio un brillo en los ojos de la niña y su cuello moverse ligeramente. No. Ella yacía inmóvil.

—Es todo lo que puedo hacer —dijo Li Quan—. Pero les pido que le hablen a su hija de Yesu, aun si no están seguros de que ella los puede escuchar. Y les he traído un regalo —metió la mano en su pequeña bolsa y sacó un libro negro—. Es Shengjing, la Palabra del Todopoderoso. Él es el que murió, para que nosotros podamos vivir eternamente con él.

Lin Shan se inclinó hacia delante, alargó su mano temblorosa y tomó la Biblia.

Quan buscó en la bolsa y sacó una película en disco. Se la dio a la esposa de Lin Shan.

—Esta es la historia de Yesu. Está en chino —señaló la grabadora y el televisor frente a la cama—. Quizá ustedes pudieran verla y su hija escuchar las palabras.

Ambos miraron fijamente los regalos.

—Xiexie —susurró la madre.

—Xiexie —dijo el jefe en voz baja.

—Nuestra iglesia orará por su hija —dijo Quan. Miró a la niña—. Oraremos por ti, Lin Bo —puso su mano en la frente de ella de nuevo.

Salieron de la habitación, escoltados por la sirvienta. El sobrino de Lin Shan los condujo de regreso a la casa de Quan.

—¿Crees que eso fue sabio? —susurró Ben—. ¿Hablar de tu iglesia casera? ¿Darle una Biblia ilegal al jefe de la policía?

—Él sabe acerca de nuestra iglesia. Ellos necesitan la Biblia y la historia de Yesu.

—Pero… ¿no te estás metiendo en problemas?

—Yo ya estoy en problemas. He estado en problemas por muchos años. Estaba en problemas antes que tú vinieras y estaré en problemas después que te vayas. Si elijo el camino de menor problema, no estaré siguiendo a Yesu. Yo le pregunté a Él si debería darle Shengjing a ellos. Creo que Él me guió a hacerlo. Él hará lo que es mejor.

—¿Y si la niña muere?

—La vida y la muerte no están en nuestro poder, sino en el de Dios.

—¿Pero te culpará a ti el jefe por la muerte de ella?

—Quizá.

24

BEN Y QUAN SE CUBRIERON bien en el frío de principios de noviembre yendo a una larga caminata sobre las colinas del campo.

—Todo lo que estoy diciendo, Quan, es que no tienes que ser tan franco. Pienso que necesitas ser más discreto, eso es todo.

—Un hombre que es un seguidor de Yesu por dentro lo tiene que ser por fuera también. Zhou Jin salió de la cárcel ayer, y hoy vino a trabajar y les dijo a cada uno de sus clientes acerca de Yesu.

—Te has vuelto… muy audaz, Quan.

Quan se rió.

—Yo temblaba de miedo mientras le hablaba al jefe. Nunca seré audaz. Pero trato de ser obediente.

—Tú eras tan tranquilo allá en la universidad —dijo Ben.

—Yo fui a Harvard temeroso de que la gente supiera acerca de mi padre. Todos sus padres eran personas importantes. Yo estaba avergonzado porque mi padre había sido un barrendero, y el pastor de una iglesia de la Pequeña Congregación.

—¿La Pequeña Congregación?

—Las iglesias de Ni Tuosheng.

—Nunca he escuchado de él.

—Su nombre occidental era Watchman Nee. Ni Tuosheng murió el 1ro de junio de 1972, en un campamento de trabajo forzado en la provincia de Anhui. Había pasado veinte años en prisión. Lo recordamos cada 1ro de junio. A mi padre le encantaban sus sermones y sus libros.

Los ojos de Quan miraron a la distancia.

—El himno favorito de baba era "El cielo es mi hogar". Acostumbraba a cantarlo una y otra vez. Cuando crecí, algunas veces me cubría los oídos porque no quería escucharlo.

Quan cantó suavemente:

> *«El cielo es mi hogar.*
> *La tierra es un desierto inhóspito.*
> *El cielo es mi hogar.*
> *El dolor y la tristeza se mantienen*
> *Todo a mi alrededor.*
> *El cielo es mi patria.*
> *El cielo es mi hogar».*

—Es precioso —dijo Ben.

—Pero el hijo tonto de mi padre no lo cantaba con él. Y ahora es demasiado tarde.

———————————

Otra voz, en otro lugar, dijo:

—Incluso ahora yo lo canto contigo, mi hijo. Y lo cantaremos juntos de nuevo. Mogui te miente. No es demasiado tarde.

———————————

Dos horas después del anochecer, faros de un automóvil brillaron en la ventana del frente de la casa de Quan.

—Alguien viene —dijo Ming, con voz temblorosa.

Ben vio el largo auto negro brillante mientras se detenía junto al Mitsubishi.

Quan fue a la puerta.

—Li Quan —dijo una voz—, vinimos a buscarte.

El hombre se movió adelante y Ben vio su rostro. Lin Shan, el jefe de la policía.

Junto a él venía su esposa, que pasó a su esposo y entró por la puerta. Miró a su alrededor Y vio a Ming, después la saludó moviendo la cabeza.

Mientras Ben trataba de entender lo que estaba sucediendo, Lin Shan entró. Entonces detrás de él llegó alguien más.

Ben miró fijamente los ojos resplandecientes de una bella mujer joven. Ella le sonrió abiertamente a Quan.

—Le saludo —dijo ella—. Y le doy las gracias.

—Bienvenida, Lin Bo —dijo Li Quan.

El nombre sorprendió a Ben.

—¿Lin Bo? ¿Estás viva? —dijo bruscamente. Todos los ojos en la habitación se voltearon hacia él. Lin Bo se rió. Todos los demás se rieron con ella.

La mujer miró a Ming y extendió su mano.

—Yo soy Chaoxing.

—Minghua —dijo ella, inclinando la cabeza.

Se sentaron y contaron la historia. Unas pocas horas después que Quan y Ben se habían ido, cuando los padres de Lin Bo se acostaron, ella se despertó de repente, se levantó, bajó por las escaleras y pidió algo de comer.

—Sirvienta viene corriendo a nuestra habitación; muy temerosa —dijo Chaoxing. Después que hablaron y se rieron y lloraron, Ming cantó un canto de alabanza y les enseñó las palabras. Quan sacó su teclado y cantaron juntos.

Quan leyó de Shengjing.

«"¡Alabado sea el SEÑOR! Alaben a Dios en su santuario, alábenlo en su poderoso firmamento. Alábenlo por sus proezas, alábenlo por su inmensa grandeza"».

Después leyó del libro de Romanos: «"Todos han pecado y están privados de la gloria de Dios". Pasó a otro pasaje: «"La paga del pecado es muerte, mientras que la dádiva de Dios es vida eterna en Cristo Jesús, nuestro Señor"».

Buscó otra página: «"Si confiesas con tu boca que Jesús es el Señor, y crees en tu corazón que Dios lo levantó de entre los muertos, serás salvo"».

Chaoxing dijo:

—Yo confieso Yesu es Zhu.

Ming oró con Chaoxing, después con Lin Bo, que ansiosamente declaró su lealtad a Yesu.

—Yo vi a Zhu Yesu en la película que nos dio.

—Chaoxing y yo la vimos tan pronto ustedes se fueron —dijo Lin Shan—. Después la vimos dos veces más con Bo —miró a Quan, sus ojos rogando—. Yo, también, deseo seguir a Yesu.

Quan lo guió a confesar sus pecados, después oró:

«Yesu, hacedor de milagros, haz el milagro mayor de todos en estos corazones; haz en ellos un milagro de tu gracia».

Ellos lloraron, rieron y se abrazaron, y contaron historias por una hora más.

Cuando se levantaron para retirarse, Ming abrazó a Bo. Bo saludó con la cabeza a Quan y estrechó su mano. Entonces ella miró a Ben. Él extendió su mano y sintió su calor sutil. El delicado pero fuerte apretón confirmó la realidad de lo que él se había estado diciendo que debía ser un sueño.

—Mañana por la noche —dijo Chaoxing—, espero por primera vez tener mi propio Shengjing —hizo una pausa y miró fijamente a la silla de alto respaldo vacía. Deslizó sus dedos sobre ella, como si estuviera cautivada por ella.

———

La gran fiesta estaba llena de regocijo, canto y risa, una celebración incontrolada.

Li Manchu levantó un vaso.

—Tres pecadores más se arrepintieron. La familia Lin de Pushan, en el hogar de Li Quan el cerrajero, ¡se han vuelto parte de la familia del Rey! —explotó una gran ovación, seguida por palmadas en las espaldas y sonrisas contagiosas. Aun los ángeles, que no sonríen tan fácilmente como los hijos de Adán, fueron arrastrados por el contagioso espíritu de gozo.

25

—En las últimas dos semanas, no ha habido redadas a iglesias en ningún lugar cerca de Pushan, ¿cierto? —preguntó Ben—. Con la conversión del jefe del BSP, quizá una nueva era de libertad ha llegado para tus iglesias.

—No estoy tan seguro —dijo Quan—. Pero siento que mi viejo amigo tenga que irse mañana.

—Han pasado seis semanas. El tiempo se fue muy rápido.

Sin tocar, la puerta se abrió de repente. Ben reconoció al hombre joven de la iglesia. Estaba falto de respiración.

—Mensaje de Zhou Jin. Malas noticias. Lin Shan, jefe de policía, ya no está ahí. Transferencia repentina, así dicen. El subjefe ha sido ascendido a jefe.

Ming se cubrió la boca. Ben se imaginó al hombre de ojos de acero que siguió a Quan e hizo esa visita intimidante.

—Tai Hong es un leal miembro del partido —dijo Quan—. Su cabeza está llena de palabras vacías, apasionadas. Palabras de Mogui.

Las mejillas de Ming estaban húmedas. Ella puso un brazo alrededor de Quan y se lo acercó. Puso su dedo en la cicatriz de trece centímetros en su cuello y después en la oreja desfigurada.

—Nunca te he preguntado cómo ocurrió eso —dijo Ben. Él había querido, pero continuaba esperando que Quan diera una explicación.

—Ocurrió en la cárcel.

Ming gritó:

—¡El cuchillo de Tai Hong hizo eso!

Ella habló con temor y furia. Era la primera vez que Ben la veía enojada.

—Hemos orado por Tai a menudo en nuestra iglesia casera —dijo Quan—. Quizá tendré la oportunidad de hablarle a él de Yesu de nuevo.

———————

Más tarde esa noche, Quan se puso su chaqueta de cuero para salir y ver las estrellas. Mientras caminaba hacia la puerta, esta se abrió de golpe. Tres policías del BSP se precipitaron adentro, uno de ellos con un rifle descansando tensamente en sus brazos. Él lo apuntó hacia Ben, que levantó sus manos en el aire.

Mientras Ming se acurrucaba en una esquina con Shen, uno de los policías tiraba gavetas y las vertía en el piso, revolviendo a través del contenido. El otro volteaba cada cama. Debajo de la cama de Quan y Ming, encontró unas tablas pintadas de gris, al nivel del piso. Dio un tirón a las tablas, metió la mano y extrajo un saco. Lo volteó al revés. Salieron tres Biblias. Buscó el sello rojo de una Biblia legal. No había ninguno.

—Li Quan está arrestado —gritó el policía.

—¿De qué se le acusa? —preguntó Ben.

El hombre sacó un pedazo de papel del bolsillo de su camisa y leyó:

—"Posesión de literatura ilegal. Distribución de propaganda ilegal. Participación en reuniones religiosas ilegales. Dirige reuniones religiosas ilegales. Instrucción religiosa ilegal a un niño menor de dieciocho años. Asociación indebida con influencias extranjeras".

Sonó el teléfono celular. Ming trató de alcanzarlo, pero el policía se lo arrebató de la mano y lo abrió.

—¿Qué quiere?

Se cortó la comunicación. Él lo arrojó contra la pared, y se destrozó.

—Tai Hong dice que le diga a Li Quan que está ansioso de verlo en su sitio. Me instruyó que le diera este saludo de parte de él.

Sacó una porra de su cinturón y le pegó a Quan en la rodilla. Con el sonido del golpe aún en el aire, Quan cayó al suelo, gimiendo.

Ming gritó, Shen lloró. Los hombres arrastraron a Quan a la puerta.

—¡No! ¡No! —gritó Ming—. ¡Yesu, ayúdalo!

Uno de los soldados dio la vuelta y tropezó contra la silla de caoba. Dijo insultos y la pateó, después gritó porque se había lastimado el pie. La silla no se volteó.

Ming agarró una pequeña bolsa preempacada. Trató de dársela a Quan. El policía se la quitó, buscó dentro de ella, entonces la viró en el piso. Pantalones color canela, una camisa azul de mangas largas, ropa interior, un abrigo viejo y una manta. Hizo una seña a los otros hombres. Uno de ellos empujó a Quan hacia la puerta.

—Yo voy en paz —dijo Quan.

El hombre que se había lastimado el pie con la silla, ahora cojeando, empujó a Quan fuera de la puerta en el lodo. Los otros dos policías lo arrastraron al auto de policía, mientras Ming ponía la ropa de nuevo en la bolsa y corría detrás. Llorando, ahora de rodillas en el lodo, ella rogaba:

—Por favor tome esto para Li Quan.

El hombre la pateó de su mano. Ben corrió hacia él, lo vio levantar su porra sobre Ming, y se paralizó de repente.

—Si estadounidense importante da un paso más encontrará que su pasaporte no servirá.

———————

Empujaron a Quan dentro del auto y se fueron. Ben fue hacia Ming, aún de rodillas en el lodo, junto a la bolsa. La levantó y puso su brazo alrededor de ella. Ella apretó su rostro en su pecho, temblando.

Después de unos minutos entraron lentamente.

Cuando su madre llegó a la puerta con Ben, el rostro de Shen se estremeció, después se entristeció. Ming dejó caer la bolsa y puso los brazos alrededor de su hijo. Lloraron juntos.

Ben se sentó.

—¿Vale la pena todo esto? —preguntó.

—Minghua no comprende pregunta.

—Quiero decir el dolor que le causa a tu familia. ¿Vale la pena?

—Familia muy importante. Yesu más importante. Quan debe poner a Yesu antes que Ming y Shen. Ming debe poner a Yesu antes que Quan. Debe ponerlo a él aun antes que nuestro único hijo —mientras ella acercaba a Li Shen a su lado, sus labios temblaban.

26

LI MANCHU, Li Wen y Li Tong se tomaron de las manos, observaron, y oraron. Después se viraron hacia Lector y escucharon:

Si por la noche hay llanto, por la mañana habrá gritos de alegría. Me alegro y me regocijo en tu amor, porque tú has visto mi aflicción y conoces las angustias de mi alma. No me entregaste al enemigo, sino que me pusiste en lugar espacioso. Encomienda al SEÑOR tus afanes, y él te sostendrá; no permitirá que el justo caiga. El SEÑOR escucha al necesitado.

—Quizá comienza ahora —dijo Li Tong.

—Los hilos están siendo tejidos —dijo Li Manchu—. El tapete está tomando forma. Sin embargo, aún no podemos saber cuál será el producto final del Tejedor.

—Pero al menos ahora podemos ver la parte de arriba del tapete —dijo Li Wen—. Ellos solo pueden ver la parte de abajo.

Ben miró a Ming.

—Voy a cancelar mi vuelo. No me iré hasta que Quan salga de la cárcel.

Ming pareció sorprendida, comenzó a objetar, después asintió con la cabeza lentamente.

—¿Quizá yo me deba mudar de aquí, con Quan fuera? Quiero decir, si eso es más apropiado, tú sabes.

Ella lo miró, confusa.

—O pudiera quedarme y ayudar. Quiero decir. Shen está con nosotros. Yo puedo mover carbón con pala, hacer algunas reparaciones. Más que todo, puedo levantar el polvo, hablar con las personas apropiadas y sacar a Quan de la cárcel lo más pronto posible.

Ming sonrió ligeramente, después dijo:

—Xiexie. Minghua muy agradecida.

———

—Suenas atontado, Johnny.

—¿Ben? Son las 4:00 a.m. ¿Qué está sucediendo? ¿Dónde estás?

—China.

—¿No estabas volando de regreso ayer?

—Mi amigo Li Quan fue arrestado. El BSP irrumpió, lo maltrataron y se lo llevaron arrastrado. El nuevo jefe de la policía lo está acosando. Ni siquiera le dicen a su familia dónde está. Necesito algún apoyo legal aquí. ¿Conoces el bufete de Liao?

—Desde luego —dijo Johnny—. Es el mejor bufete de abogados en Shanghai. Getz los ha utilizado media docena de veces.

—Mencioné el nombre de Getz y fui directamente con uno de los socios principales. Le dije que necesitábamos ayuda con alguien que estaba siendo detenido sin proteger sus derechos. Llamé de nuevo ayer, y rehusaron tomar el caso.

—No me sorprende. Mira, Ben, necesitamos hablar. ¿Estás volando de regreso mañana?

—De ninguna manera. Le dije a Martin que era una crisis. No puedo dejar a la familia de Quan hasta que la situación esté bajo control.

—Bien. Revisaré por este lado. Conozco algo de las leyes chinas de negocio, tal como es, pero la ley criminal va más allá de mi conocimiento. Tengo que averiguar cuál es el proceso legal.

—Gracias, Johnny.

—Seguro. Pero la próxima vez, ¿pudieras esperar un par de horas antes de llamar?

———————

Se sentaron en silencio a la cena del jueves, con dos sillas vacías y dos platos vacíos. Después de cenar, para sorpresa de Ben, Shen desenvolvió la Biblia de su abuela, entonces se la dio a su madre. Ella la abrió y leyó.

Recuerden aquellos días pasados cuando ustedes, después de haber sido iluminados, sostuvieron una dura lucha y soportaron mucho sufrimiento. Unas veces se vieron expuestos públicamente al insulto y a la persecución; otras veces se solidarizaron con los que eran tratados de igual manera. También se compadecieron de los encarcelados y cuando les confiscaron sus bienes a ustedes, lo aceptaron con alegría, conscientes de que tenían un patrimonio mejor y más permanente.

Así que no pierdan la confianza, porque esta será grandemente recompensada. Ustedes necesitan perseverar para que, después de haber cumplido la voluntad de Dios, reciban lo que él ha prometido. Pues dentro de muy poco tiempo, «el que ha de venir vendrá, y no tardará. Pero el justo vivirá por la fe.»

27

—PUSE UN POCO DE PRESIÓN sobre un proveedor que no quiere perder nuestro negocio —dijo Johnny—. Desde luego, nosotros tampoco queremos perder la relación de negocio con ellos, así que estoy caminando en una cuerda floja. De todos modos, ellos lograron obtener algo de información del BSP. Le notificaron al jefe de la policía, Tai Hong, que tu amigo tenía Biblias en su casa. Llevadas por visitantes tarde en la noche. Li Quan tiene previos antecedentes. Él es un socio conocido de alguien con extensos antecedentes criminales. Se llama… aquí está, Zhou Jin.

Ben se rió.

—Él es un anciano que está a cargo de una cerrajería. Y es pastor.

—¿Iglesia no registrada?

—Sí, pero…

—Como dije, es un criminal. Después de obtener la información comenzaron a seguir a Quan. Él apareció en un video de un hotel. Aparentemente los tienen colocados detrás de espejos en cada piso. Tu amigo entró con algo al hotel con lo cual no salió.

—Necesito el nombre y la dirección de la cárcel donde tienen a Quan. Han pasado seis días desde que lo arrestaron.

—No lo tengo.

—Chi me está dando una gira de la fábrica de PTE en las afueras de Shanghai mañana. Te llamaré el viernes. Necesitamos encontrarlo. Yo no sé qué hacer, Johnny. Debería estar de regreso en casa.

—Sí, Martin menciona eso como tres veces al día.

—Pero no puedo abandonar a la familia de Quan —dijo Ben—. ¿No comprende él eso?

—Él comprende que estamos tratando de manejar una empresa multinacional, y su ejecutivo al frente en el campo está atado en el otro extremo del mundo, en una aldea insignificante que nadie conoce porque sucede que su viejo amigo de la universidad es miembro de una secta ilegal.

Ben condujo hacia Shanghai. Era lunes, pero él no podía pensar en revisar las metas de su carrera.

Won Chi le dio instrucciones para llegar a la fábrica de PTE al oeste de Shanghai. Lo último que él quería hacer era ir a una gira de la planta. Pero al menos le podía decir a Martin que lo había hecho; para probar que no estaba siendo totalmente irresponsable al extender su estancia en China. Entró a la oficina del gerente de la planta para reunirse con Chi, siendo saludado respetuosamente por cada trabajador que vio.

Ben caminó con el gerente de la planta y Won Chi por un puente de cuerdas sobre el piso de la fábrica, seis metros más alto que donde estaban los trabajadores. Viendo a las personas desde arriba le daba una sensación extraña. Se sentía como que estaba por encima del mundo.

Todos los obreros en la fábrica principal parecían ser hombres. Había una sección separada, más pequeña, con mujeres. Pero no parecía haber acceso de una sección a otra. Los obreros estaban concentrados y eran eficientes. Pero su pobreza era imponente. Aunque usaban uniformes de la fábrica, estaban harapientos, como sus rostros.

Chi lo llevó a otra sección separada, donde unas pocas decenas de hombres trabajaban con semiconductores. Ben admiró su habilidad. Observó a un hombre armando un componente, sus manos moviéndose tan rápido como las de un cirujano. Ben se preguntó sobre la familia del hombre, quién era, en qué tipo de casa vivía, cómo era su vida. Deseaba poder entrevistarlo.

—Por aquí —le dijo Won Chi a Ben.

Estaba por seguir a Chi cuando el hombre abajo movió su cabeza para observar más cuidadosamente el componente que estaba armando. Aun desde seis metros de distancia Ben notó la oreja desfigurada y debajo de ella una cicatriz rojiza…

—¿Li Quan?—gritó Ben.

El obrero miró hacia la voz alta que venía de arriba y dijo asombrado:

—¿Ben Fielding?

28

—BIEN —dijo Johnny—. Una vez que le dije que tú habías identificado positivamente a tu amigo en la fábrica, mi fuente se encargó de averiguar. Descubrió que Li Quan había sido transferido hacía una semana de Pushan a una prisión a treinta kilómetros al oeste de Shanghai. Pero entonces mi fuente se secó. Parecía nervioso. No quería perder su empleo.

—Nadie quiere. Chi afirmó que él no sabía nada al respecto. Yo le creo, porque de otra manera no me hubiera llevado en la gira en primer lugar. Pero no me permitió bajar a hablar con Quan. Él y el gerente de la planta me llevaron a una oficina, y casi inmediatamente estaban tratando de sacarme de ahí. Insistí en regresar a donde estaba Quan. Para entonces él ya no estaba. ¿Qué está sucediendo, Johnny? ¿Por qué está Quan trabajando en una fábrica, y mucho menos una de las nuestras?

—Ben, escucha… esta no es la mejor forma de discutir esto. Debemos hablar cara a cara. Volaré a Hong Kong el jueves. El sábado tomaré un vuelo a Shanghai.

—Te veré en el aeropuerto —dijo Ben—. Solo dame el número de vuelo.

———————————

Ben y Johnny se sentaron en un restaurante lujoso de Shanghai, en una esquina separada sin ninguna persona comiendo cerca. Vieron el menú y ordenaron rápidamente.

Tan pronto como el mesero se fue a la cocina, Ben dijo:

—Bien, Johnny, dímelo. ¿Por qué no podías hablarme acerca de esto por teléfono?

—Es el *Laogai* —susurró Johnny.

—¿El qué?

—Laogai. Operaciones de trabajos forzados. Disidentes políticos y religiosos son arrestados. Algunos van a juicio, otros no. El gobierno piensa, ¿por qué debemos pagar casa y comida para los prisioneros? ¿Por qué no utilizarlos productivamente? Quizá no es una mala idea si fueran criminales graves y los trataran apropiadamente.

Johnny tomó su maletín grande de cuero y sacó un archivo grueso titulado *Vacaciones*.

—Me dijeron que esto era material muy sensitivo para traer al país. Así que elegí un título inofensivo —empujó el archivo hacia Ben, pasando la salsa de soja.

—Es una página de un libro publicado por Ferrocarriles Chinos. Se llama economía Laogai. Tú quizá puedes leer el mandarín, pero yo no pude, así que la siguiente página es la traducción.

Ben leyó en voz alta.

—"La producción Laogai sirve como un medio de castigar y reformar prisioneros. Sirve como una unidad económica produciendo bienes para la sociedad. Este doble logro (reformar prisioneros a ser nuevos hombres y la producción de bienes materiales) deben ser avanzados a través del proceso completo de producción Laogai".

Ben miró la página fijamente, después miró a Johnny.

—Hasta principios de los noventa había muchos libros como ese —susurró Johnny—. Pero con la presión internacional para que China limpie sus antecedentes sobre los derechos humanos, publicaciones como esta fueron restringidas de repente. Aún se utilizan internamente. Pero lo que está frente a ti es clasificado oficialmente como "secretos de estado".

Ben pasó unas pocas páginas mientras Johnny movía su silla para poder ver por encima del hombro de Ben.

—Esa es del *Manual de Reforma Criminal* —dijo Johnny—. Mira la primera página; es una publicación oficial del estado. Lo que estás leyendo no es lo que dice un disidente sobre el Laogai. En realidad, es un documento del gobierno.

Ben leyó en voz alta, poco más que un susurro:

—"El objetivo fundamental de nuestras operaciones Laogai es castigar y reformar criminales, organizándolos en trabajo y producción, de esa forma creando riqueza para la sociedad".

—Esas son sus propias palabras —dijo Johnny.

—¿De cuántos prisioneros estamos hablando? —preguntó Ben.

—Nadie sabe. Al menos decenas de miles. Quizá millones. He escuchado de una fuente confiable que al menos la tercera parte del té de China es producido en campos laogai —vio algunas notas escritas a mano—. El sesenta por ciento de las sustancias químicas para vulcanizar caucho en China se producen en un solo campo laogai en Shenyang. Uno de las fábricas más grandes de tuberías de acero en el país es un campo laogai. Y la lista continúa. "Trabajo forzado es el medio; reforma del pensamiento es el objetivo". Eso es de su propio material. El laogai no es solo un sistema de prisión; es una fuente de trabajo gratis.

—¿Y esto que tiene que ver con PTE?

—Parece que ellos hicieron algún trato con el gobierno para emplear prisioneros. Excepto que a ellos no les pagan. Se le paga a alguien; *siempre* se le paga a alguien. Pero de seguro no es a los trabajadores.

—¿Así que… tú me estás diciendo que Quan está en una prisión que transporta diariamente a sus trabajadores a la fábrica de PTE para hacer trabajo forzado para nuestros más cercanos socios de negocio en China? ¿Getz Internacional está asociado con esto?

—Sin saberlo, sí. De una manera chistosa, tu amigo Quan está trabajando para nosotros.

—*Chistosa* no es la palabra que me viene a la mente. Y ya no somos ignorantes, ¿no es así? Estamos involucrados en trabajo de esclavos, Johnny. No lo puedo creer.

—Pero, Ben —dijo Johnny—, a final de cuentas, esto es un asunto interno de China. El resto del mundo no sabe de eso y los que lo saben no les importa. Y aquellos a los que les importa no pueden hacer nada al respecto. Tú eres el que siempre dice que no podemos intimidar a China. Podemos tratar de ayudar a tu amigo, pero no podemos cambiar un sistema corrupto.

—¿Eso crees? —dijo Ben—. Solo observa —apretó su teléfono celular tan fuerte que le dolieron los dedos.

———

«¿Hasta cuándo, SEÑOR, hasta cuándo habrán de ufanarse los impíos? Todos esos malhechores son unos fanfarrones; a borbotones escupen su arrogancia. A tu pueblo, SEÑOR, lo pisotean; ¡oprimen a tu herencia! Matan a las viudas y a los extranjeros; a los huérfanos los asesinan. Y hasta dicen: "El SEÑOR no ve; el Dios de Jacob no se da cuenta."»

Toda la reunión de mártires, incluyendo Li Manchu y Li Tong, gritaban a una gran voz: «¿Hasta cuándo, Soberano Señor, santo y veraz, seguirás sin juzgar a los habitantes de la tierra y sin vengar nuestra muerte?»

El Rey miró desde el trono y le dijo al grupo: «Mi justicia se acerca. Pero deben esperar un poco más… hasta que el último de sus hermanos sea muerto por su fe».

———

«Hola, esta es la residencia de los Fieldings, habla Kim. Mi mamá y yo no estamos en casa ahora, así que por favor deje un mensaje y nos comunicaremos enseguida con usted. Gracias».

«Ah, hola, Kimmy, este es tu papá. Espero que hayas recibido mi correo electrónico hace unas semanas. Iba a regresar a casa, sabes, pero ha habido algunos problemas. Estoy bien, pero me tuve que quedar más tiempo. Quería verte alrededor del día de Acción de Gracias, pero como aún estoy en China, obviamente eso no va a suceder. Solo quería decirte que te amo. Y escucha, no tengo el número nuevo de Melissa, así que ¿le pudieras decir que le envío saludos a ella también? Y Pam, si escuchas esto, espero que estés bien. La familia Li en Pushan te envía saludos. Tengan un buen día de Acción de Gracias. Y por favor, saluda a todo el mundo en la reunión…» Antes que él pudiera decir «familiar» el mensaje se cortó terminando en la palabra «reunión».

Ben se recostó contra la cabecera de la cama en la habitación del hotel Zuanshi donde había ido para tomar una ducha caliente y una buena noche de sueño. No podía recordar sentirse más solitario.

29

—Déjalo así, Ben —dijo Martin.

—Fuimos embaucados a participar en trabajo de esclavos. ¿Cómo puedo dejarlo así?

—Trabajo de esclavos es muy extremista, ¿no crees? También es *participar*. Nunca estuvimos de acuerdo sobre esto. Nunca supimos de esto. Y nos aseguraron que no sucederá de nuevo, ¿no es así? Chi dice que todo está resuelto —Martin suspiró—. Además, es una cultura diferente. Los prisioneros en Estados Unidos trabajan, ¿no es así?

—Pero ellos pueden elegir. Y les pagan, aunque no sea mucho. Al menos los llevan a través del proceso legal y son declarados culpable y condenados. Y las condiciones son apropiadas. No es lo mismo. Quan no es un violador de la ley.

—No lo será en tus ojos. Pero recuerda, ese no es *tu* país, ¿o sí?

—¿Me estás diciendo que esto no molesta tu conciencia?

—Mira, Ben, lo siento por tu amigo y su familia. Pero si tratamos de forzar asuntos de derechos humanos, Inglaterra, Francia y Alemania, sin mencionar una docena de compañías estadounidenses, están ahí para tomar nuestro negocio. Tú has dicho a menudo que el libre comercio es un derecho humano y que las personas sufrirán si tratamos de castigar a su gobierno. "El negocio está por encima de la política". Tú dijiste eso. ¿Recuerdas?

—Todavía estoy de acuerdo con algo de eso. Pero quizá yo estaba parcialmente… equivocado.

Hubo una larga pausa mientras ambos hombres consideraban palabras que Ben nunca había dicho antes.

—Bueno —dijo Martín, su voz apenas comedida—, ¿qué esperas que yo haga? ¿Que vaya a la junta directiva y le diga que Getz Internacional se va a salir de China porque el compañero de cuarto universitario de Ben Fielding fue arrestado por quebrantar leyes chinas?

—No tenemos que salirnos de China. Pero no podemos mantenernos aparte y permitirles perseguir a Quan solo porque es cristiano.

—Quizá tu amigo es el problema. Tú eres el que despidió a Doug Roberts, ¿no es así? ¿No fue porque su religión lo hacía tan aborrecible que la gente no quería trabajar con él?

—No es la misma cosa —Ben estaba tratando de convencerse a sí mismo—. A Quan lo han metido en la cárcel. Y está haciendo trabajo de esclavo.

Martin suspiró.

—Yo tengo un negocio que manejar, en la ausencia de mi vicepresidente principal, y tú pareces estar dispuesto a poner la compañía en riesgo. ¿Qué es lo que tú quieres de mí, Ben?

—Won Chi está negándose a contestarme. Está ocultándolo. Dame el visto bueno para llevar esto directamente a Dexing o alguien más de los altos ejecutivos de PTE. Envíame a nombre de Getz al jefe del BSP, al carcelero de Pushan, al alcalde, al teniente de alcalde, al perrero, a cualquiera, a todo el mundo.

—¡Mantente alejado de la oficina del alcalde! No quiero un escándalo —Martin suspiró de nuevo—. Bien, ve con Dexing. Le enviaré un correo electrónico y le diré que solo estás verificando las cosas. Pero escúchame, Ben, y escúchame bien. No quiero que hagas nada que ponga en riesgo a Getz. Entiéndelo bien, si te aprovechas de tu posición para explotar a nuestros socios por tus propios asuntos, destruirás tu credibilidad y la reputación de Getz Internacional se destruirá al mismo tiempo.

No voy a permitir que eso suceda, Ben. Dalo por seguro. Nuestra amistad solo te puede llevar hasta cierto punto. Y, créeme, estás muy cerca del límite.

———————

Ben cortó un árbol muerto, haciendo movimientos amplios y disfrutando la oportunidad de pegarle a algo duro. Rellenó las reservas de carbón. En cuatro días más sería diciembre, dos meses desde que había dejado su casa. Se imaginó a Pam, Melissa y Kim, probablemente todas en la casa de la madre de Pam por el día de Acción de Gracias. Se preguntó… ¿estaría alguna de ellas pensando en él?

Ming estaba sentada en el suelo viendo fotos familiares. Él la vio poniendo su dedo sobre una foto de Quan en la cerrajería.

Ben se sentó en el suelo.

—Tú y Quan, parece que se aman mucho.

Su rostro se sonrojó.

—Sí —dijo con voz de niña—. Muchísimo.

—Pam y yo estuvimos enamorados también, una vez. Parece que fue hace mucho tiempo.

—Quan los conoció a ambos en la universidad —dijo Ming lentamente—. Él no comprende por qué ustedes se divorciarían.

Ben encogió los hombros.

—Las personas cambian. Dejamos de amarnos. Vivíamos nuestras propias vidas. Yo tenía mi carrera, golf, tenis. Ella tenía su escritura, ejercicios aeróbicos, las niñas. Tú sabes cómo es.

Ming lo miró fijamente, su rostro en blanco. Era obvio que ella no sabía cómo era.

—¿No los acercaban las niñas el uno al otro?

—Por un tiempo, creo.

—¿Y ustedes no enfrentan dificultades juntos, hostilidad del mundo, persecución que los hace enfrentarlas juntos?

—Tuvimos tiempos difíciles. Muy difíciles. ¿Pero hostilidad o persecución? No. Esas cosas no son comunes en Estados Unidos.

Ming asintió con la cabeza.

—Quizá ese era problema. Esposa y esposo deben ser más que amantes. Deben ser camaradas, soldados peleando uno junto al otro por alguna enorme causa. Madre de Ming dice: "Esposa y esposo deben no solo acostarse cara a cara sino pararse hombro con hombro". Deben enfrentar juntos lo peor que Mogui les puede hacer. Y cuando extraen fortaleza de Yesu, él une juntos.

—¿Es eso lo que les sucedió a ti y a Quan?

—Dependemos el uno del otro, necesitamos el uno al otro. Quan dice que parejas en Estados Unidos hablan muy francamente del amor. Pero también que pierden amor y se mueven de persona a persona. Esto yo no comprendo. Ming echa de menos a Quan como amante —dijo ella, con voz temblorosa—. Pero en especial, como amigo y camarada.

Ben pensó en su pobre compañero de cuarto fracasado, cuyos sueños profesionales fueron frustrados, que ganaba cien veces menos que él y ahora estaba en una horrible prisión. Lo que asombraba a Ben era el sentimiento peculiar que tenía hacia Quan en ese momento. Sentía envidia.

———————————

—Buenas noticias —dijo Johnny—. Como resultado de nosotros enfocar una luz sobre esta cosa, mi fuente me dice que transfirieron a Quan de regreso a la Instalación Seis en Pushan.

—El jefe de la policía de Pushan le tiene odio. No sé cuánta influencia él tiene sobre la cárcel, pero…

—Si me estás diciendo que él hubiera estado mejor trabajando en la fábrica, estás un poco tarde.

—Disculpa, Johnny. Aprecio mucho todo lo que has hecho. Estaré en la Instalación Seis mañana.

30

Después de una hora en la recepción de la Instalación Seis, mencionando sus credenciales de negocio y demostrando su conocimiento de mandarín. Ben fue escoltado por un guardia armado hasta la orilla de una cerca de alambre de tres metros de altura con un alambre de púas zigzagueado a través de cada abertura de la cerca. El guardia afuera habló con uno adentro, que desapareció a través de una puerta oscura hacia el área de celdas.

Ben sabía que su oportunidad de ver a Quan se basaba en que él era un prominente estadounidense que trabaja en un negocio que genera ganancias para China. Si no fuera por su asociación con Getz, nunca hubiera llegado tan lejos.

Aun aquí, a doce metros del edificio más cercano, el área de celdas olía como un colchón de vagabundos. Después de diez minutos, el guardia apareció de nuevo, escoltando a un hombre pálido, encorvado. ¡Li Quan! Al momento de verlo, Ben sintió al mismo tiempo alivio y asombro. Su meticuloso compañero de cuarto todavía usaba las mismas ropas que tenía puestas cuando lo arrestaron hacía dos semanas y media. Solo que ahora estaban sucias y llenas de tierra.

Quan pasó su dedo índice a través de la cerca. Ben lo apretó.

—¿Cómo estás?

Quan sonrió y asintió con la cabeza.

—Zhu Yesu es fiel.

—Te traje ropa de parte de Ming —Ben alzó la bolsa, después la abrió y sacó una camisa azul claro de mangas largas, pantalones color canela, calcetines, y zapatos casuales de piel marrón. Los ojos de Quan se alumbraron cuando vio una manta dentro de la bolsa.

—Espero que me permitan quedarme con ellas. Hace frío.

—Buscaré la manera —dijo Ben—. Hay una botella grande de agua aquí, también.

—Agua fresca será buena. Mis compañeros de celda lo agradecerán —miró a Ben a los ojos—. ¿Por qué estás aún en China?

—¿Crees que te dejaría en la cárcel sin hacer algo para sacarte?

—Ben Fielding es aun más poderoso de lo que pensaba si me puede sacar de una cárcel china.

—Ming tenía tu bolsa empacada la noche que te arrestaron. Ella dijo que tú sabías que venían.

—Uno de nuestros… amigos en el BSP vio mi nombre en una lista de arresto. Me pasaron la información.

—¿Pensaste en escapar?

—Solo por un momento. Pero no quiero que acosen a Shen y a Ming. Será bastante difícil para Shen en la escuela. Yo sé qué tan difícil.

—¿Por qué te arrestaron?

—Cuando subes la montaña demasiado a menudo, finalmente encuentras al tigre. Era solo cuestión de tiempo antes que me apresaran. Pero he sido arrestado antes. Cada vez me han dejado salir. ¿Cómo está mi familia?

—Están bien. Ellos te extrañan.

—Diles que yo los extraño, por favor. Y diles… que no es del todo malo aquí. Hay muchos cristianos. Puedo predicar el evangelio y tengo hermanos con quienes adorar. Algunos guardias son muy crueles. Otros no son tan malos. Oramos por ellos. La prisión no está tan mala. Comparado con el invierno de persecución en los tiempos de mi padre, esto es primavera.

—Aún no puedo creer esta cosa del laogai —dijo Ben.

—Yo he hecho trabajo comercial en la cárcel anteriormente. Hace dos años fui arrestado en un seminario en un huerto. A los otros prisioneros y a mí nos pusieron a trabajar pegando cajas. Cada uno de nosotros tenía que hacer doscientas cajas diarias, o le pegaban. Hace cinco años estuve en otra prisión. Cada día armaba luces de Navidad.

—¿Luces de Navidad?

—Mi cuota era tres mil luces por día. Cuando sobrepasé mi cuota dos días consecutivos, la aumentaron a cuatro mil. Tenía dificultad para ver claramente y no pude alcanzar mi cuota. Me pegaron. Al siguiente día comencé al amanecer y trabajé hasta las 11:00 p.m. a la luz de una vela. Lo hice cada día por diecisiete horas.

—Esta es la época del año en que se ponen luces de Navidad allá en casa. Pero yo ni siquiera sabía que los chinos las utilizaban; ¿obviamente no por Navidad?

—Me dijeron que esas las enviaban a Estados Unidos, para venderlas allá. ¿Utilizas luces de Navidad, Ben?

—No he celebrado la Navidad en los últimos años. Pero cuando Pam y yo y las niñas estábamos aún juntos, sí, poníamos luces de Navidad.

—Entonces quizá pusiste luces armadas por tu antiguo compañero de cuarto.

Ben lo miró fijamente, considerando las palabras.

—¿Fallaron algunos de los bombillos? —preguntó Quan.

—Sí, Cada año teníamos unos cuantos problemas.

—Ah, entonces no fueron los que yo armé —dijo, sonriendo—. Porque Li Quan era el mejor armador de luces de Navidad en toda China.

—Estoy seguro de que así era —dijo Ben.

El guardia puso la mano sobre el hombro de Quan y tiró de él, después lo llevó hacia la entrada de ladrillos.

—Yo te sacaré —gritó Ben—. Te lo prometo.

Quan desapareció en la oscuridad de la entrada. Ben se acercó al guardia externo, a dos metros de distancia. Le preguntó si llevaría la bolsa a la celda de Li Quan. El hombre negó con la cabeza. Ben sacó tres billetes de veinte dólares americanos de su bolsillo y se los dio. El guardia asintió con la cabeza y tomó la bolsa.

———————

Ben se recostó contra el árbol de ginkgo mientras un grupo de mujeres oraba con Ming en la casa. Shen estaba en la escuela.

Finalmente las mujeres salieron de la casa como un enjambre de risueñas abejas, tres en bicicleta, cuatro más caminando por la calle hacia la carretera principal. Ben entró.

—Me alegro que tengas mujeres con quienes orar. Pero siento que necesito hacer más.

—¿Qué más podrías hacer que orar? —preguntó Ming.

—Necesito sacudir a algunas personas.

Ella levantó la cabeza al escuchar palabras que no entendió.

—No hay tanto frío hoy. ¿Le gustaría a Ben Fielding tomar té junto al árbol de ginkgo?

Minghua hizo el té verde, lo vertió y llevó dos tazas en una pequeña bandeja al árbol. Se sentaron debajo del corazón tallado con las iniciales de Ming y Quan. Ming parecía cómoda por el silencio. Ben no lo estaba.

—¿Cómo es aquí, para las mujeres? —preguntó Ben—. Cuando la conferencia internacional sobre la mujer se condujo en Beijing, hubo mucha controversia. Algunas delegadas de los países occidentales dijeron que las mujeres aquí son oprimidas. Uno de los grandes temas era cómo la religión, especialmente el cristianismo, ha mantenido a las mujeres oprimidas.

—Yo no comprendo.

—Los presentadores dijeron que el cristianismo enseña que los hombres son superiores y las mujeres son inferiores.

Ming miró a Ben sin poder creerlo.

—¿Quizá ellos hablan de confucianismo? Antiguo proverbio dice que cuando hijo nace debe dársele un pedazo de jade para jugar. Pero cuando niña nace se le debe dar solo piezas rotas de cerámica. El budismo y el comunismo tienen misma opinión de las mujeres.

—Debe haber sido difícil crecer con ese punto de vista de las mujeres.

Ella inclinó la cabeza.

—Yo no crecí con ese punto de vista de las mujeres. Me crié en un hogar cristiano. Padre y madre de Minghua le dieron jade —ella rió—. Desde luego, no podíamos comprar jade. Pero mi hermano y yo éramos iguales. Nunca sentí padres me amaban menos. En la conferencia en Beijing, ¿no hablaron de cómo misioneros enseñaban chinos a respetar las mujeres?

—Ah, en realidad, yo creo que esas conferencias ven a los misioneros como… una gran parte del problema.

Ella movió la cabeza negándolo.

—Con el evangelio vino primera enseñanza que hombres y mujeres iguales a los ojos de Dios. Los misioneros insistieron que se diera tanto cuidado médico a mujeres como a hombres. Se aseguraron que las niñas recibieran tanta educación como los niños. Los misioneros abrieron primera escuela para niñas. Más tarde, comenzaron universidades para mujeres.

—Pero yo pensé que el gobierno chino construyó las primeras escuelas para mujeres.

—Ah, no. Ellos hacen escuelas solo después de misioneros.

—Dime acerca de la política de un solo niño.

—Muy dura. Muy cruel —ella miró hacia abajo—. Después de dar a luz a Shen ellos esterilizaron a Chan Ming.

—Lo siento.

—Misioneros eran muy bondadosos con niños chinos. Creían que eran muy listos y obedientes.

—Extraño. Todo lo que he escuchado acerca de los misioneros es que ellos no respetaban la cultura china.

—Ellos no respetaban práctica cruel de vender pies. No respetaban enseñanza que mujeres eran inferiores y no debían ser educadas. No respetaban novias niñas o prostitución. Los misioneros eran principalmente mujeres, sabes.

—No sabía. Creo que hay mucho que no sé acerca de China; en especial acerca de los cristianos.

—Como los misioneros enseñaron a mujeres igual que a hombres, cuando la mayoría de los hombres pastores enviados a cárcel y campos de trabajo, mujeres tomaron sus lugares. Gobierno pensó si arrestan hombres, iglesia muere. Muy equivocados. Desearía que tuviéramos más pastores hombres. Pero cuando hombres están en prisión, mujeres deben moverse adelante. Iglesia es único lugar donde hombres y mujeres verdaderamente iguales —Ming sonrió—. En China, gobierno ha dado a mujeres cerámica rota. Yesu nos ha dado jade.

31

AUNQUE HABÍA FRÍO AFUERA, la celda de Quan estaba cerca del calentador. Cuando estaba encendido, la celda cambiaba rápidamente de congelante a caliente. El sudor corría de Quan, quemando sus ojos.

El toser alto a unas pocas celdas lo despertó. Sonaba como tuberculosis. Sin embargo, eso podía ser una bendición para un prisionero, sabía Quan. Los guardias no estaban ansiosos de interrogar o pegarle a prisioneros con enfermedades contagiosas.

Quan escuchó a Tai Hong y se estremeció. Su voz tenía un tono desconcertante, un sonido feroz, áspero con una resonancia fría, como del otro mundo. Ahora Quan escuchó un grito, después un gemido bajo. Como siempre esto despertaba sus oraciones. Al principio los gritos y gemidos no se podían distinguir, pero después de un rato comenzó a reconocer las voces y hasta los gemidos. Les dio nombres a las voces, estimó a cuántas celdas de él estaba cada uno. Oró por ellos con los nombres que les había dado.

Pero esta era una nueva voz. Y, sin embargo,... sonaba familiar. Era voz de barítono, distintivamente áspera. ¿Dónde había él escuchado la voz de Silas?

Oyó el golpe seco de una porra pegando sobre carne seguido de los gemidos de Silas. Quan oró por él. Pero no podía soportar pensar que el hombre pudiera morir sin haber escuchado de Yesu. De repente, Quan se movió hacia la apertura y gritó: «Cree en Zhu Yesu Jidu y serás salvo».

Escuchó al guardia moviéndose por el maloliente corredor. Alguien trató de abrir la puerta, maldiciéndolo. Quan tosió fuerte, escupiendo mientras el hombre entraba. Él miró fijo a los ojos de Tai Hong.

—No me engañas con esa tos, Li Quan. Tú no tienes una enfermedad… ¡excepto tu religión enferma!

Tai Hong movió su rostro a tres centímetros del de Quan y gritó casi sin mover los labios. Hong levantó una porra gruesa de roble, después la volteó y movió el brazo por debajo, pegándole a Quan en el estómago. Mientras Quan aún estaba respirando con dificultad, Tai Hong lo pateó en la ingle. Después le pegó debajo de la cintura.

El rostro de Tai Hong era terso, sin defectos, el rostro perfecto, plácido de la maldad.

Cuando Quan miró a ese rostro vio un enorme hoyo negro, como la boca de un túnel de ferrocarril que desaparece en la oscuridad. Li Quan le tenía temor a la muerte y estaba avergonzado de su temor. El grito que ahora escuchó era el suyo.

Solo dos docenas de hombres podían escuchar su grito. Cinco de ellos oraron por Li Quan, incluyendo el de la voz profunda y áspera, llamado Silas por Quan, en el otro extremo del grupo de celdas.

———————————

—Ellos no conocen a la persona por quien están orando —dijo Li Tong.

—Pero conocen a Quien le están orando. Eso es lo que importa —dijo Li Manchu.

Li Ton miró al Carpintero, a treinta metros de ellos, las manos con cicatrices, levantadas hacia el portal, lágrimas corriendo por su rostro.

—¿Pero quién enjugará sus propias lágrimas?

—Cuando las lágrimas de sus hijos desaparezcan, también las suyas desaparecerán.

Li Manchu susurró:

—¿Hasta cuándo, Señor, hasta cuándo?

—Mientras más tarda la noche —dijo Li Wen—, más sueñan los hombres con el amanecer.

—*Zhen jin bu pa huo lian* —dijo Li Tong—. El oro verdadero no le teme al fuego. Mi hijo es oro verdadero.

Cayeron de rodillas, de frente al Hombre de Sufrimientos que era su Rey. Hablaron a favor de su siervo Li Quan.

———————

Tai Hong rondaba sobre el cuerpo quebrantado de Li Quan.

—¿Crees tú que le tengo miedo a tu Dios? Si no cesas de hablar sobre tu religión, veré que te pongan en las celdas más abajo, incomunicado, ¡donde puedes hablar contigo mismo!

Antes de salir de la celda, echó hacia atrás su pesada bota y pateó a Li Quan en las costillas una vez más.

Una pregunta se repetía en la dolorida mente de Li Quan.

¿Es este el día en que muero?

———————

—Bien, Won Chi. Ya que parece tan importante, te devolveré el auto para el sábado. ¿Supongo que no tienes otro auto que pueda utilizar?

—Todos los otros autos necesitan en PTE.

—Había suficientes y de repente todos se necesitan, ¿no es así?

No hubo respuesta.

—Mira Chi, no voy a retroceder en esto. Hablé a la oficina del alcalde e hice docenas de otras llamadas. Si tengo que llamar a los recogedores de basura, lo haré. Así que, sí, puedes tener tu auto de regreso. Yo rentaré uno. Pero le puedes decir a cualquiera con quien has estado hablando que no estoy abandonando a Li Quan. Tengo una nueva serie de metas en mi vida. La número uno es sacar a mi amigo de la cárcel.

32

DESPUÉS DE DOS DÍAS de llamadas telefónicas y visitas a oficinas de gobierno en Pushan, Ben condujo hacia la Instalación Seis.

Se estacionó atrás, fuera de la vista, como un oficial de la prisión le dijo por teléfono. Localizó tres ladrillos rotos cerca de una verja de alambre, los levantó y puso debajo un sobre con el dinero. Entonces fue a través de la verja y pasó dos guardias que movieron la cabeza ligeramente. Caminó por la parte trasera hacia la cerca alta a través de la cual había hablado con Quan. Ben vio a un prisionero adentro, recogiendo basura con un palo puntiagudo. El hombre se acercó a la cerca, miró a Ben, entonces utilizó el palo para dibujar en la tierra arenosa. Dibujó el símbolo de un pescado.

Detrás del prisionero vino un guardia alto, delgado, mirando por encima del hombro del hombre hacia el suelo. El guardia tomó el palo del hombre, miró en ambas direcciones, puso el palo en el suelo y dibujó su propio pescado.

El guardia fue hacia el edificio de celdas, inclinó la cabeza y desapareció. En cinco minutos salió Quan, esta vez con esposas en las muñecas.

—¿Por qué te pusieron esas?

—Tai Hong lo ordenó para hacerme sentir incómodo o humillarme. Pero me las quito mientras duermo. Li Quan es muy bueno con cerraduras.

—Pero estás aún atrapado en una celda.

—Zhu Yesu me liberará en su tiempo.

Quan y Ben ambos miraron al guardia alto y delgado que caminaba de un lado a otro, tres metros detrás de él.

—Ese guardia es cristiano —dijo Ben—. ¿Pero cómo puede justificar ser guardia en un lugar como este?

—Él nos sirve desde adentro. Él trajo un cuenco de arroz adicional anoche. Además, es un cristiano joven. Él dobló su rodilla a Yesu en una celda hace solo siete días.

—¿Tú dices que él se hizo cristiano en una celda? ¿Cuál celda?

—La celda de Li Quan, asistente de cerrajero.

El guardia obeso empujó a Quan hacia abajo por los escalones oscuros, entonces empujó su cuerpo desplomado en una celda bajo tierra en los grupos de celdas bajas. No había luz. El piso estaba mojado, el olor nauseabundo. Quan vomitó en la basura oscura a su alrededor. Escuchó algo en el piso. Una rata pequeña o una cucaracha grande, supuso. A medida que sus ojos se adaptaban, tocó en la oscuridad. No había cama o retrete. Si iba a dormir, sería acostado o sentado sobre el desperdicio de otros que habían estado ahí antes. Sintió algo cálido corriendo por su cuello y su espalda, y se dio cuenta que aún estaba sangrando de la paliza de Tai Hong.

Sus oídos zumbaban, sentía como que iban a reventar.

Por favor, Yesu, dame silencio.

Estaba tranquilo ahora. En la oscuridad todo lo que podía oír era el latido de su corazón. En silencio, él habló.

«Zhu Yesu, *ganxie ni*. Te doy gracias por tu misericordia. Oro por la iglesia. Oro por mis compañeros de prisión. Por favor ayúdalos. Traigo a Minghua y a Shen ante ti. Sé su esposo y su padre en mi ausencia. Ayúdalos a no sentir rencor. Ayúdalos a no…

estar avergonzados de mí». Lloró en la oscuridad de las manos que cubrían su rostro.

«Tú nos enseñas: "Amen a sus enemigos y oren por quienes los persiguen". Así que oro por los guardias. Oro por Tai Hong. Quizá tú aun lo hagas el apóstol Pablo de China. Oro por Ben Fielding. Pon tu mano sobre mi amigo. Hazlo un guerrero para tu reino. Ayúdalo a desistir de sus metas inferiores por las tuyas superiores. Enséñale que los anhelos más profundos de su alma solo se pueden satisfacer en ti».

Los ojos de Li Quan se adaptaron a la oscuridad. Vio algo débilmente escrito en la pared. Los escurridizos caracteres parecían haber sido escritos con jabón. Cubrían toda la pared. Para leerlos, se tuvo que mover más cerca frente a ellos.

«Espero al SEÑOR, lo espero con toda el alma; en su palabra he puesto mi esperanza. Espero al SEÑOR con toda el alma, más que los centinelas la mañana».

Sintió que alguien más estaba en la celda, que no estaba solo en la oscuridad.

En la otra esquina de su celda, Li Quan descubrió dos cubos viejos: uno para desperdicios, el otro, juzgando por el olor a jabón, para lavarse, aunque no había agua ni jabón con qué lavarse. Volteó el cubo de lavar al revés y lo puso como a un metro frente a él. Volteó el otro cubo al revés para utilizarlo como una silla, entonces se sentó, mirando al primer cubo ligeramente visible.

Aunque las paredes eran gruesas y era difícil escuchar, él oyó una voz áspera, de barítono. Por lo visto, también habían bajado a Silas de categoría a las celdas bajas.

Li Quan habló quedamente al amigo sentado en el cubo vacío, después le cantó. Cantó más alto, y pronto otros se unieron, débil y distante al principio, pero aumentando en fortaleza, elevando sus almas por encima de la oscuridad y la inmundicia de las tierras de las tinieblas.

33

HUBO UN TOQUE, después una pausa, después tres toques sucesivos. Respiraron con facilidad. La persona que estaba en la puerta había señalado que hay un Dios, en tres personas.

Ming abrió la puerta a un muchacho adolescente empapado por la lluvia.

—Huang, ¿qué ha sucedido?

—Ellos dicen que Li Quan firmó una confesión. Un amigo adentro de la Instalación Seis hizo una copia de la firma en la confesión. Zhou Jin pide que tú digas si es o no su firma.

Él abrió el papel y lo ofreció.

Ben señaló abajo y le preguntó a Ming lo que estaba seguro que él sabía la respuesta:

—¿Es esa la firma de Quan?

Ella asintió con la cabeza, después atrajo a Shen hacia ella.

—¿Dónde está la confesión? —le preguntó Ben al niño.

—No tiene todavía. Solo enviaron firma. Zhou Jin ha pedido ver confesión completa.

34

Recostado contra la pared de piedra en la oscuridad, Li Quan trató de repetir las palabras escritas en su mente. Al mismo momento, el gran Observador dijo las mismas palabras, y con él Li Manchu, Li Wen, y Li Tong.

¿Hasta cuándo SEÑOR, hasta cuándo? Vuélvete SEÑOR, y sálvame la vida; por tu gran amor, ¡ponme a salvo! Cansado estoy de sollozar; toda la noche inundo de lágrimas mi cama, ¡mi lecho empapo con mi llanto! Desfallecen mis ojos por causa del dolor; desfallecen por culpa de mis enemigos. ¡Apártense de mí, todos los malhechores, que el SEÑOR ha escuchado mi llanto! El SEÑOR ha escuchado mis ruegos; el SEÑOR ha tomado en cuenta mi oración.

Ming colgó el teléfono.

—Zhou Jin quiere que vayamos a su casa. Él tiene copia de confesión de Li Quan.

Ben ayudó a Shen a cerrarse su chaqueta y, subiéndolo sobre sus hombros, se inclinó en la puerta y caminó rápidamente hacia el auto en la lluvia fría. Condujeron en silencio, se detuvieron de repente, entonces corrieron a la puerta.

—Leeré la confesión de Li Quan —dijo Zhou Jin—. Ha sido escrita a máquina. Su firma está al final.

Zhou Jin leyó en mandarín, pero Ben aún pensaba en inglés, así que hizo la traducción:

—"Yo confesando que Li Quan criminal terrible, títere de diablos extranjeros gweilos y distribuyendo literatura ilegal, no aprobada por gobierno. Yo culpable de crímenes terribles contra pueblo y partido. No merecer libertad, mis crímenes confieso".

Después de una pausa momentánea, Ben se rió.

—O bien a Quan se le ha olvidado totalmente la gramática china, o él no escribió esto.

—Desde luego él no lo escribió —dijo Ming.

—Lo hicieron firmar otra cosa —dijo Zhou Jin—. Pueden haber escrito algo con lápiz, hacer que él lo firmara con tinta, después lo borraron y escribieron en máquina sobre eso. Quan sabe de no firmar papel en blanco.

—Se lo hicieron a su padre —dijo Ming—. Por un tiempo Quan cree que él ha negado fe. Fue solo más tarde que descubrió verdad —ella miró a Shen—. Pero Li Shen siempre ha sabido que su padre nunca negará a Zhu Yesu.

Todos los demás hablaron mientras Ben se sentó en silenciosa tristeza. Cuando era hora de retirarse, Ben ayudó a Ming a ponerse su chaqueta de cuero.

—Lo siento, Ming —susurró.

—Chan Minghua ha sido compañera de cuarto de Li Quan mucho más tiempo que Ben Fielding —susurró ella contestándole—. Yo pienso ella lo conoce mucho mejor.

———

Mientras conducían de regreso de la casa de Zhou Jin, Ben preguntó:

—¿Qué les parece si nos detenemos para bing xi lin?

Los ojos de Shen se hicieron grandes y aplaudió. Diez minutos más tarde estaba disfrutando su helado. Contaron historias y se rieron. Pero de repente, lágrimas corrieron por su rostro.

—¿Qué sucede, Shen? —preguntó Ben.

—No le dan a baba helado, ¿no es así?

—No lo creo —dijo Ben.

—Pero baba quiere que Shen disfrute bing xi lin —dijo Ming—. Él siempre quiere lo mejor para su único hijo.

Shen se limpió el rostro y terminó su helado.

Mientras regresaban al auto para ir a la casa, el cielo oscuro los presionaba, sangrando una lluvia gris, fuerte. Ming y Shen cantaron cantos. Al acercarse a la casa, Ben aminoró la marcha. Algo no estaba bien. La casa parecía bien pero… ¿qué era? Desde luego. El árbol de ginkgo.

Al virar en la esquina Ben podía ver la tierra donde había estado el árbol. Ahí estaba. Acostado en el suelo.

Ben se estacionó. Al detenerse el auto, había silencio en el asiento trasero. Él saltó y corrió al árbol. De pie en la fuerte lluvia, vio la madera amarilla del ginkgo donde había sido cortado por una sierra de cadena. Un árbol de doscientos años cortado. ¿Por quién? ¿Por qué?

Ming y Shen se detuvieron junto a él, sin decir palabra. Ming dobló su rodilla junto al árbol y tocó la cepa; después se levantó y buscó algo más alto en el árbol. Encontró el grabado y pasó su dedo sobre él.

Ben tomó la mano de Shen, después lo llevó a la casa. La puerta estaba abierta. Los muebles habían sido volteados, la ropa tirada en el suelo. Ben levantó la silla con el respaldo alto, después miró alrededor de la habitación, preguntándose qué hacer después. Miró por la puerta abierta a la pequeña Ming, la lluvia corría por su chaqueta de cuero, las rodillas enterradas en el lodo suave, su cabeza descansaba en un árbol caído que ya no le daría el alivio de la sombra, la seguridad del amor, o los suaves susurros de una belleza distante.

35

EL GUARDIA OBESO entró en la celda del prisionero. Quan se encogió instintivamente.

—Tu visitante está aquí.

Quan tropezó pasando por un bombillo solitario colgado del techo por un alambre deshilachado. Viró en la esquina hacia las escaleras. Viendo la luz del día arriba, ascendió ansiosamente, añorando no solo ver a su amigo sino contemplar el cielo y respirar aire fresco. Al salir afuera, descubrió, para su deleite, que estaba lloviendo. Al momento que el aire frío y mojado le pegó, respiró profundo y sonrió abiertamente.

—Hola, viejo amigo —dijo Ben desde el otro lado de la cerca.

—Tu rostro se ve dolorido —dijo Quan.

—No puedo soportar verte sufrir así.

Quan deslizó sus dedos por su rostro mojado.

—Tú hablas como si el sufrimiento es poco común. No lo es. Shengjing nos dice: "Queridos hermanos, no se extrañen del fuego de la prueba que están soportando, como si fuera algo insólito. Al contrario, alégrense de tener parte en los sufrimientos de Cristo, para que también sea inmensa su alegría cuando se revele la gloria de Cristo."

Mientras las palabras de Quan flotaban en el aire, Ben sentía dos voces luchando dentro de él. Una decía que Quan estaba en lo correcto, que él tenía una perspectiva que Ben carecía y que necesitaba con desesperación. La otra voz discutía que Quan era un tonto bien intencionado por creer algo tan ridículo. En ese momento, la segunda voz hablaba más alto.

Ben le contó la historia del árbol de ginkgo derribado.

—Tai Hong ordenó que cortaran el árbol —supuso Quan—. Él envió un mensaje que sin importar qué antigua es la herencia de fe de mi familia, se puede destruir. Mi familia será eliminada. La vida de Li Quan terminará. Las vidas de mi esposa y mi hijo pueden terminar también. No habrá sombra, ni habrá alivio del sol del sufrimiento.

—¿Crees eso?

—Yo creo que ese es el mensaje de Mogui. Casi tuvo éxito en destruir mi fe cuando yo era joven. Oro que no atrape a Shen como lo hizo conmigo.

———————

Li Quan recitó de memoria:

«Angustiada está mi alma; ¿hasta cuándo, SEÑOR, hasta cuándo? Vuélvete, SEÑOR, y sálvame la vida; por tu gran amor, ¡ponme a salvo!»

Él no podía escuchar las voces de los ángeles y de los santos haciendo la misma pregunta:

«¿Hasta cuándo, SEÑOR, hasta cuándo?»

Tampoco podía escuchar las palabras de Aquel juntando las oraciones de sus siervos en una botella, y atesorándolas. Desde el trono vino una voz tranquila y débil, que por un breve momento escuchó Li Quan: «No mucho más, mi hijo. No mucho más».

———————

Un guardia se apresuró a la celda de Quan, con Tai Hong en sus talones. Lo levantaron, abrieron las esposas, después le pusieron las manos en la espalda y se las esposaron. Lo inclinaron hacia delante, poniendo su cabeza contra la pared de manera que cargara con todo su peso. Tai Hong movió los pies de Quan más hacia atrás para aumentar la presión.

—Debes mantener tu cabeza contra la pared, o te pegaremos y no te daremos de comer —dijo Tai Hong—. ¡Veremos lo que su Dios hace por Li Quan! Si decides negar a tu Dios, recurre a la misericordia de Tai Hong. Quizá él te libere. Porque de seguro estás en sus manos.

———————

Dieciocho horas más tarde, Quan cayó al suelo, inconsciente. Un guardia lo pateó, le pegó, y lo inclinó de nuevo contra la pared. Se cayó de nuevo.

—Ya no se puede parar —le reportó el guardia a Tai Hong.

—¡Entonces siéntalo en una silla y recarga su cabeza contra la pared!

—Ya hemos circulado una confesión de él, ¿no es así?

—Él en realidad no confesó. ¡Me aseguraré que lo haga! No le permitiré decir que me ha derrotado.

Cuando el guardia regresó a la celda, trayendo una silla con él, Quan aún yacía amontonado en una esquina. Él simuló estar inconsciente. El soldado dejó la silla, cerrando la puerta y dándole al prisionero tiempo para recuperar sus fuerzas antes de la próxima ronda de tortura.

Quan se sentó en la oscuridad. Miró fijamente la silla con alto respaldo por varios minutos, después estiró la mano para tocarla, como uno trata de alcanzar lo que puede ser un espejismo. Cuando pudo palparla, cayó sobre la silla, abrazándola, lavándola con sus lágrimas.

36

LI QUAN SALIÓ, como un topo de su cueva, entrecerrando sus ojos por la brillantez. Cuando vio a Ben, caminó rápidamente hacia él. Se tambaleó, recogió un palo del suelo, después se recargó en él.

—¿Qué sucedió? —dijo Ben.

—Tai Hong hizo otra visita.

—Si pudiera agarrar en mis manos a ese hombre, lo mataría.

—Entonces espero que no lo puedas agarrar en tus manos. No querría que te volvieras como Tai Hong. Un antiguo proverbio dice: "El que busca venganza, debe recordar cavar dos tumbas."

—Puede valer la pena si él está en una de ellas.

Quan negó con la cabeza.

—¿Es casi Navidad?

—Faltan dos días —dijo Ben.

—¿Recuerdas el mercado junto a la pescadería donde vimos al desollador de anguilas? El dueño del mercado es un amigo. Algunas veces me puede conseguir una naranja alrededor de Navidad, muy difícil de encontrar aquí. Yo se la doy a Shen y a Ming la mañana de Navidad. Ellos la dividen. Insisten en que yo coma algo de ella, pero mi gozo no radica en comerla sino en observarlos a ellos comérsela. Por favor, ¿podrías tratar de conseguirles una naranja?

Ben tragó en seco.

—Desde luego —él no mencionó que ya había comprado un bello suéter para Ming y un traje de deportes para Shen.

—Ahora, por favor cuéntame de Ming y Shen.

Ben decidió no decirle de las varias veces que los había llevado a comer fuera. Pero sí mencionó que fueron a un buen restaurante. Cuando lo dijo, los ojos de Quan se iluminaron. Él no mostraba celo, sino gran placer y gratitud. Ben se sintió aliviado pero molesto. Sabía que él no hubiera reaccionado de la misma manera. Eso le recordó qué tan diferente él era de su viejo amigo. No le gustó la diferencia.

—¿Y cómo está mi amigo Ben Fielding?

—Aún haciendo llamadas telefónicas, teniendo reuniones. Tratando de sacarte y tratando de desenredar a Getz de este lío del laogai.

—No, no. Dile a Li Quan acerca del corazón de Ben Fielding.

La petición tomó a Ben por sorpresa.

—¿Qué quieres que diga? El negocio es mi asunto. Ponme en una junta directiva o en una reunión de ventas y estoy flotando en el aire. Ponme con mi familia y soy un perdedor. Vengo a China, rico y triunfador, y primero me siento triste por mi antiguo compañero de cuarto cuando descubro que es un pobre asistente de cerrajero y todos sus sueños se volvieron cenizas. Ves, Quan, yo soy dueño de la casa de tus sueños, de un par de ellas, para ser sincero. Comparado a mí, tú no tienes nada. Pero después veo a Ming y a Shen, y cómo ellos te adoran, y estoy celoso de mi antiguo compañero de cuarto. Tú estás en la cárcel, te están apaleando, y de cierta manera deseo tener lo que tú tienes. Comparado a ti, yo soy el que no tiene nada.

Quan asintió con la cabeza.

—Bueno, esa es la horrible realidad. Tu antiguo compañero de cuarto es un ostentoso éxito en los negocios y un terrible fracaso en todo lo que vale la pena. Y cuando vi a mi mejor amigo haciendo trabajo forzado para una fábrica china que yo ayudé a construir, me tuve que preguntar qué tan triunfador he sido en los negocios.

—¿Es Li Quan tu mejor amigo?

—Bueno, no por los últimos veinte años, pero antes de eso, seguramente. Y ahora, como que me siento de la misma forma de nuevo. ¿Recuerdas cuando discutimos mis metas, y tú preguntaste: "¿De qué sirve ganar el mundo entero si se pierde la vida?"

—Recuerdo.

—Sé sincero conmigo, Quan. ¿Crees que estoy perdido? Quiero decir, si yo muriera hoy, ¿iría al infierno?

Quan miró a Ben, escudriñando sus ojos. Después de una pausa de diez segundos dijo:

—He considerado tu pregunta. No estoy seguro de saber la respuesta. Una vez creí que eras cristiano. Y yo aún creo que aquellos en la mano del Padre son sostenidos ahí por su gracia. Sin embargo, he conocido a muchos que piensan que son cristianos, pero temo que no lo son. Yesu dijo que sus seguidores se conocerán por su fruto.

Ben asintió con la cabeza, preparándose.

—Yo te pregunto, Ben, ¿has estado produciendo el fruto de Yesu? No creo que nadie pudiera contestar esa pregunta mejor acerca de Li Quan que Ming o Shen o Zhou Jin. Así que, te pregunto, qué dirían Pam, Melissa y Kim si les preguntaran: "¿Es Ben Fielding un verdadero cristiano?" ¿Qué dirían tu secretaria y tus empleados y socios de negocio?

Ben vio una hilera de rostros, especialmente de Pam, Kim, Melissa y Doug.

Ellos dirían que no.

El guardia agarró el hombro de Li Quan, pero esta vez él se mantuvo firme. Estiró el palo y dibujó la señal del pescado en la arena.

—Feliz Navidad, Ben —dijo Quan sonriendo.

El guardia lo empujó. Quan se cayó. El guardia lo pateó, después miró rápidamente a Ben, como dándose cuenta que necesitaba restringir lo que hacía mientras lo estaban observando. Ben apretó sus dedos en la cerca, agarrando parte del alambre de púas y sacándose sangre. Quería atacar al guardia, pero sabía que no podía. Observó a Quan siendo empujado hacia el edificio de celdas. Quan lo miró de nuevo. Sonrió de oreja a oreja. Antes de llegar a la puerta del edificio de celdas, Li Quan estaba cantando esa canción sobre la Patria. «El cielo es mi patria. El cielo es mi hogar». Tres prisioneros que estaban trabajando en el patio se unieron. Cantaron más y más alto, las sonrisas más y más grandes. Tres guardias se miraron unos a otros, sin saber qué hacer. Uno de los guardias, el alto, abrió su boca y se unió al canto.

Ben vio la sangre en su dedo, se lo limpió en su saco, después se lo puso en la boca. Se detuvo allí observando, escuchando y anhelando. Mientas escuchaba a estos prisioneros cantar, sintió por un momento que estaba en la presencia del Gozo mismo, como si estuviera casi a su alcance. Casi.

———————

Li Quan apretó su rostro contra las barras.

—¡Guardia! —llamó. Cuando no vino, llamó más alto—. ¡Su Gan!

El guardia vino y sacudió la puerta con violencia.

—¿Quién te dijo mi nombre? ¡Cállate o entraré y haré que te calles!

—Su Gan, señor, por favor, Tengo una petición para usted. Esta prisión está tan asquerosa. Hay desperdicio por dondequiera. Las ratas y las cucarachas se alimentan de ello. Usted no es un prisionero, pero se debe sentir como si lo fuera. Su Gan tiene que respirar este aire maloliente, caminar con cuidado por lo que sale de las celdas. Li Quan lo puede ayudar. Permítame ir a las celdas una por una y limpiar este asqueroso lugar. Deme agua, un cepillo y jabón, ¡y le mostraré lo que puedo hacer! Mi padre, Li Tong, era barrendero, un gran limpiador de pisos. El mejor de China. ¡Y yo soy hijo de mi padre!

37

Ben estaba de pie en el aire frío de invierno. Como siempre, esperaba nervioso, tratando de mantenerse caliente y deseando que Li Quan saliera del hoyo negro. Estaban sacando a alguien del edificio, un hombre más viejo, débil, con una cojera pronunciada y piel amarilla.

Ben sintió su corazón congelarse.

—¿Quan? —trató de disimular su horror. Se tocaron los dedos índices derechos a través de la cerca—. Tú hueles a... jabón.

—Sí —Quan sonreía ampliamente, su rostro y su voz animados—. Es mejor que como yo olía la vez anterior, ¿sí? ¡Tengo maravillosas noticias! Debes decirles a mi familia y a la iglesia casera. Dios ha contestado oración. ¡Él me ha dado un ministerio!

—¿Qué?

—Voy de celda en celda, llevando el mensaje de Yesu a los otros hombres. La mayoría nunca ha recibido a nadie más en su celda excepto para pegarles. Yo los ayudo y les sirvo mientras limpio sus celdas. Les llevo el amor de Yesu. He visitado doce hombres. Cuando dejé sus celdas, seis no se quedaron solos. Yesu estaba con ellos. Tres ya eran creyentes, uno de ellos un pastor. ¡Él conoció a mi padre, Li Tong! Tres más doblaron sus rodillas a Yesu, que promete nunca dejarlos ni abandonarlos. Cuando paso por sus celdas en camino a limpiar otras, les canto "El cielo es mi patria". Cuando termino de limpiar todas las celdas comienzo de nuevo.

—¿Los guardias te permiten hacer esto?

—El olor que antes se pegaba a los guardias casi ha desaparecido. Sus zapatos no se echan a perder. Los prisioneros están emocionados porque ya no están solos. Emocionados al darse cuenta de que aun si mueren aquí, tendrán vida eterna. Aquellos en prisión no están tan distraídos como los que están afuera. Ellos piensan más acerca de la muerte. Preguntan: "¿Es este el día?" Yo les digo acerca de Yesu y su cielo, y escuchan ansiosamente, con mucha más intensidad que la mayoría de los hombres libres con los que hablo en la cerrajería. Por favor, dile a Ming y Shen y Zhou Jin acerca del ministerio de Li Quan.

—Les diré con una condición. Hay una pregunta que tienes que contestar primero. Tienes que decirme acerca de la silla de caoba, la silla vacía, con el respaldo alto. Ming y Shen dicen que tú tienes que decirme. No puedo sacar una palabra de ellos.

—Li Wen construyó la silla. Él era un maestro artesano. Le tomó más de un año. La construyó primero en honor a su padre Li Manchu. Pero entonces se volvió para él la silla de Yesu. Cuando otros afirmaban regir el mundo, le recordaba a él quién era el verdadero Rey.

—¿Es por eso que es casi como un trono?

—Un trono muy modesto. Pero sí. Hay solo uno que es digno de sentarse en él. Ese mismo está siempre presente en la casa de Li. La silla es un recordatorio del linaje de creyentes de la familia Li, desde Li Manchu. Pero más importante, la silla es un recordatorio de la promesa de Yesu de siempre estar con sus hijos. En cada comida, recordamos que él está con nosotros. Cuando nos sentamos en la noche, cuando nos acostamos a dormir, recordamos que él está ahí, cuidándonos.

—¿Nunca se ha sentado nadie en la silla?

—Mi padre decía que su padre, Li Wen, le enseñó que Yesu estaba en la silla, que aunque él estaba en todas partes y la silla no era más que un símbolo, era un símbolo muy importante.

Como Li Wen nunca permitió que nadie se sentara en ella, tampoco lo permitió Li Tong. Él decía que si nos sentábamos en la silla olvidaríamos su significado. Cuando teníamos muchos invitados, la silla se mantenía vacía mientras que mi padre o yo nos sentábamos en el suelo. Yo lo resentía por esperar que yo me sentara en el suelo en lugar de en una buena silla. Yo era un joven tonto.

—Mejor un joven tonto que un viejo tonto —dijo Ben.

—Sí —Quan sonrió—. Esto haría un buen proverbio chino. Hay esperanza para Ben Fielding. Dime, viejo amigo, ¿cómo estuvo Navidad?

—Conseguí naranjas para Ming y Shen. Y plátanos y uvas.

—Ben Fielding es un hacedor de milagros —dijo Quan. Sus ojos se llenaron de lágrimas y corrieron por sus mejillas—. Ellos deben haber estado muy contentos —miró hacia el cielo—.Gracias por esta bondad, Yesu.

Ben empujó su mano con más fuerza en la cerca de alambre y apretó los dedos de Quan con los suyos. En ese momento llegó el guardia y empujó a Quan hacia el hoyo negro. Li Quan caminó de regreso a su celda desolada, cantando. Ben Fielding, se dio cuenta que él nunca había dado gracias a Dios por un pedazo de fruta, regresó a su bello auto, desesperado.

38

—Tía MING, Zhou Jin dice que puedo confiar en Ben Fielding. ¿Es cierto?

Ming asintió con la cabeza, aunque no tan rápido como Ben hubiera deseado.

Li Yue miró a Ben.

—¿Recuerda usted el seminario que mencioné?

—¿Nanjing?

—No, un tipo de seminario diferente, el que estoy ayudando a organizar. Mientras hablamos, están preparando ese seminario. Algunos han viajado por días para llegar aquí —le hizo una señal con la cabeza a Ben—. Usted irá conmigo.

—¿Para qué? ¿Necesita que lo lleve?

—No, caminaremos. No lejos. Pero nos enseñaron que después de asistir a la iglesia casera y mantenerse junto a la familia de Li Quan, Ben Fielding debe venir y ver por sí mismo lo que hay que aprender en nuestro seminario especial. Quizá encontrará respuestas a sus preguntas.

—¿Qué preguntas?

—Las preguntas que todos los hombres se hacen en lo profundo de su alma. Ha sido decidido. Usted nos acompañará.

El sobrino de Quan, aunque joven y delgado, era tan testarudo como su tío.

—¿Cuándo?

—Mañana por la noche.

—¿Pero dónde se reúnen?

—No necesito decir. Es una escuela con los lugares y los tiempos de reunión siempre cambiando. Tío Li Quan ha asistido como estudiante y como maestro. Es lo más cerca que ha llegado a ser un profesor.

—¿De dónde viene la gente?

—De todas partes. Algunos caminan sesenta kilómetros. Otros viajan doscientos kilómetros en bicicleta. De algunos no sabremos hasta que lleguen. Habrá un maestro visitante mañana en la noche. Incluso cuando un hombre como ese ha predicado hasta quedar exhausto, los estudiantes, que son principalmente campesinos y obreros de fábricas, no están dispuestos a permitirle descansar. Lo animan para que continúe enseñando la Palabra de Dios.

—¿Quién es este maestro visitante?

—Él viene de Estados Unidos.

—No me diga. ¿Cuál es su nombre?

—No necesito decir. Lo averiguará mañana por la noche.

—Es parte de mi reeducación —dijo Quan, mientras Ben observaba las marcas en su rostro—. Pero no parece estar dando resultados. No soy su mejor estudiante.

—¿Pudieras quejarte un poco, para yo sentirme mejor sobre mí mismo?

—No está tan mal. Tengo dos pequeños compañeros de cuarto. Les nombré Yin y Yang.

—¿Qué?

—Son cucarachas —él se sonrió.

—¿Estás bien, Quan?

—No estoy perdiendo mi mente. En la cárcel un hombre aprende a apreciar las cosas pequeñas. Kongzi dice: "Todo tiene belleza, pero no todo el mundo la ve". Cuando te privan de

mucho, aprendes a ver la belleza en poco. Kongzi estaba equivocado en ciertas cosas, pero tenía razón en esto.

—¿Quién es Kongzi?

—¿No has oído hablar de Confucio?

—Desde luego. Me olvidé de su nombre chino.

Quan sonrió.

—No problema.

—Yin y Yang, ¿no es así?

—No son los primeros compañeros de cuarto raros que Li
Quan ha tenido.

—Muy simpático —Ben se relajó un poco—. ¿Cómo man-
tienes tu salud mental?

—Toco Beethoven, Mozart y Schubert. Una noche toqué la
obra completa de El Mesías.

—¿Tienes acceso a un piano?

—No dije eso. Mi padre me enseñó que la mente es libre
incluso cuando el cuerpo está encadenado. Así es como me siento en la clase de Biblia todos los días, con Zhu Yesu como mi
maestro y Shengjing como mi libro de texto.

—¿Tienes una Biblia?

—Tengo una en mi corazón.

—¿Estás… solo?

—¿Por Ming y Shen y nuestra iglesia casera? Sí. ¿Y por mi
amigo Ben Fielding? Sí, aunque le doy gracias a Dios por el
milagro de tus visitas. Pero Yesu está conmigo. Y he conocido
muchos hermanos de otras áreas. He lavado los pisos y los pies
de quince prisioneros. He aprendido los nombres de hombres y
se los dije a otros hombres. Pedí que me permitan limpiar el
grupo de celdas arriba, para poder servir aun más. Estoy retrasa-
do ahora en mi trabajo por… lo que me hicieron hace poco.
Pero conocí a un médico arrestado por "alterar el orden social"
porque le continuaba diciendo a sus pacientes del amor de Yesu.
Y también a tres pastores.

—¿Tres?

—Todos ellos son líderes de iglesias caseras en esta provincia. Uno de los pastores ha bautizado a más de dos mil nuevos creyentes. Él trabaja en una zona donde las personas son tan pobres que tienen solo una muda de ropa cada una. Él bautiza solo en la estación cálida, o se congelarán. Dos hombres fueron descubiertos en una reunión de un seminario ilegal en una casa cueva.

—Hablando de eso… Li Yue me informó que asistiré a un seminario esta noche.

—¿Te invitaron? Eso es muy extraño.

—No lo llamaría una invitación. Más como una exigencia.

Quan se sonrió ampliamente, y Ben notó que le faltaba un diente y otro estaba doblado.

—El riesgo de ellos es mucho mayor que el tuyo. Es hora que te vayas de China de todos modos; no será tan malo si las autoridades te envían a casa. Pero a los cristianos chinos no nos patean hacia fuera. Nos patean hacia dentro. La mayoría de los hermanos atrapados en seminarios clandestinos han sido enviados a prisión, al menos por algunos meses. Uno ha estado aquí por seis años. Muchos han sido torturados. Ellos cuentan historias de mártires en sus áreas, historias que nunca se reportan en los periódicos.

—¿Cómo qué?

—Ha habido mutilaciones y crucifixiones. Otras cosas vergonzosas; en una ciudad se han comido la carne de cristianos.

—¡No puede ser! No puedo creer eso.

—Uno de los pastores insiste que es cierto. Cree lo que tú quieras, Ben Fielding. Pero esto yo sé: Mogui odia a los débiles, a los inocentes, y a todos los hijos de Dios. Atacándolos a ellos, toma su venganza en Yesu. ¿Piensas tú que es un poder humano lo que está detrás de la política de un solo niño, los abortos forzados, los decretos de esterilización y el encarcelamiento y tortura de creyentes? —Quan se estremeció y puso su mano en un lado de su rostro.

—¿Qué te han hecho a ti?

—Wang Mingdao es el padre del movimiento de iglesias caseras. Él dice: "Días de gran prueba están por venir. La misma agua que flota un bote lo puede también voltear".

—Quan, dime lo que te hicieron.

—No es importante.

—Es importante para mí.

—Los hermanos no desean lástima sino oración. Y Biblias, que los sedientos puedan beber.

—Tú necesitas mucho más que oraciones y Biblias.

—No estoy seguro de eso.

—Tú necesitas salir de aquí.

—Decir sí a Yesu es decir sí al sufrimiento. Además, un hombre debe subir a las montañas para ver los valles.

—¿Qué más puedo hacer por ti, Quan?

—Pídele a mi Ming y Shen y Li Yue y Zhou Jin que oren por Dewei, Dingbang, Hop, Jun, y Ho en sus celdas. Ellos ahora todos son mis hermanos. ¿Y son los tuyos, Ben Fielding?

Ben fingió no escuchar la pregunta mientras sacaba su libreta y escribía los nombres.

—¿No es difícil para ti confiar en un Dios que hace a sus siervos sufrir? —preguntó.

—Zhu Yesu es un león feroz. Sus garras están afiladas. El hecho que el León se volvió un cordero inmolado no significa que él ha dejado de ser el León. Él no es un león domesticado, Ben. Sus caminos están por encima de los nuestros. Los dioses de nuestra imaginación nunca nos sorprenden. Yesu sí. Porque él es mucho más grande de lo que nos imaginamos; es por eso que él puede llenar el vacío en nuestros corazones que los dioses hechos por el hombre no pueden llenar.

—El león en tu mesa, ¿es un símbolo de Yesu?

—Estás descubriendo muchas cosas. Mi compañero de cuarto estadounidense no es tan tonto como parece. ¡Solo bromeando! El león es una figura común en China, así que el BSP no sabe que cuando vemos al león pensamos en él. La mano del león esta sobre una bola. Esa bola es la tierra. El mundo está en la garra del león. Ni siquiera el dragón puede quitársela.

—Pero si él es un león, ¿cómo sabes que no… te comerá?

Quan pensó por un momento.

—Prefiero que él me coma que ser comido por cualquier otro.

Ben lo miró fijamente, sin estar seguro de qué decir.

—El sufrimiento nos recuerda que estamos en una guerra espiritual. Sabemos por quién estamos luchando. Sabemos quién es el enemigo. Aun en nuestras celdas oramos por los creyentes fuera de China, especialmente en Estados Unidos. En su afluencia y libertad quizá ustedes se olvidan que están en una guerra.

—Yo obtendré tu libertad.

—Alguien más ya lo ha hecho. El León.

—Estoy hablando de verdadera libertad.

—Yesu dijo: "Conocerán la verdad, y la verdad los hará libres." Shengjing dice: "Si el Hijo los libera, serán ustedes verdaderamente libres." Esa es la verdadera libertad. Un hombre está dentro de una prisión y es libre. Otro hombre está fuera de prisión y permanece en esclavitud. ¿No es esto cierto, Ben Fielding?

———

Su Gan abrió la celda para permitir que Quan entrara, después la cerró de nuevo detrás de él. Li Quan no vio a nadie pero sintió una presencia en la esquina más oscura, donde el hedor parecía peor.

En sus manos y sus rodillas, mojando una esponja grande en el cubo de agua con jabón, Quan se presentó al inquilino. Cuando comenzó a fregar el piso de cemento, el hombre se movió un poco más cerca, y un rayo de luz iluminó su rostro. Quan se estremeció, esperando que el hombre no lo hubiera notado. Él estaba pálido y torcido, encogido, casi irreconocible como un ser humano. Su rostro parecía como la máscara que el padre de Quan había usado después de muchos años en prisión.

—¿Cuánto tiempo ha estado usted aquí? —preguntó Quan.

El hombre no dijo nada, después se aclaró la garganta, como tratando de recordar cómo hablar.

—Yo… no sé.

—¿Ha estado solo?

—Por dos años estuve con otros, en celdas superiores. Pero después caí en desgracia. Soy un disidente político —dijo con desaliento—. Un guardia me escuchó hablar contra el partido. Me torturó. Me puso aquí. Eso fue… ¿quizá hace tres años? No sé.

—¿Cómo se llama?

Él hizo una pausa como si tratara de recordar.

—Wan. Mi nombre es… Wan Hai.

—Yo soy Li Quan —él extendió su mano. El hombre retrocedió hacia la oscuridad. Quan dejó su mano extendida y Wan Hai se acercó poco a poco, después extendió lentamente lo que parecía ser un palo. Su brazo. Quan tomó con delicadeza la frágil mano encostrada.

—Es un honor para Li Quan conocer a Wan Tai. Cuando termine de limpiar su piso, él pide lavar los pies del honorable Wan Tai. Entonces Li Quan le contará historias, historias verdaderas, de un Rey que vino a lavar los pies de los hombres.

39

LA NOCHE ERA SIN LUNA, las estrellas brillantes. Solo unas pocas nubes pequeñas parecían tenebrosas, tratando pero sin lograr oscurecer los grandes puntos de luz.

Ben caminó a través del bosque siguiendo a Li Yue que llevaba una linterna. Ben continuaba tropezándose en rocas y ramas caídas. Comenzó a enterrarse en un hueco de lodo. Dijo maldiciones dos veces, esperaba que Yue no supiera esas palabras en inglés. Él tenía la Biblia en inglés de Quan en su mano izquierda, ya que Li Yue insistió que la llevara. Él deseaba tener su propia linterna en lugar de eso.

De repente Li Yue se detuvo y apagó su linterna. A su izquierda, alguien salió de atrás de un árbol. Ben se dio vuelta, levantando sus manos.

—Ni hao —alguien susurró. Li Yue lo abrazó.

Este hombre también tenía una linterna. Un kilómetro más adelante alguien más se unió a ellos, haciendo tres luces en la oscuridad. Ben era el único sin su propia luz, forzado a caminar en la luz de otros. El camino era más claro ahora, más fácil de caminar. Ben podía ver los hoyos de lodo, las rocas y ramas, y evitarlas. Su destino final no estaba aún a la vista, pero caminando en el grupo lo hacía mucho más fácil.

—Deténganse —uno de los caminantes sin nombre dijo con una voz de anciano—. Apaguen las luces de los hombres —todas las linternas se apagaron—. Esperen y cierren los ojos unos minutos.

¿Qué está sucediendo?

—Ahora abran los ojos y miren arriba.

Ben miró hacia arriba al cielo negro cubierto de estrellas. Era el cielo más bello que jamás había visto. Las estrellas parecían como puntas de alfiler, color azul, rojo y blanco brillante, como si hubiera detrás del velo negro un horno enorme a punto de explotar a través de las puntas de alfiler y consumir a la tierra en su calor y luz. Ben sintió como si esos puntos de luz fueran flechas apuntadas hacia él. Él anhelaba ser traspasada por ellas, sin embargo, estaba en guardia para prevenir exactamente lo mismo.

—Contemplen —dijo el anciano—, el rostro de Dios.

Pushan estaba bloqueada por la colina que habían cruzado. Ben no podía ver la luz de ninguna casa.

—El rostro de Dios es bloqueado con facilidad por las luces de los hombres —dijo el anciano—. Está ahí para nosotros cada noche sin nubes. Sin embargo, muy pocas veces lo vemos.

Después de detenerse por varios minutos, Li Yue dijo:

—Debemos irnos ahora.

—Siempre, los jóvenes deben irse ahora —murmuró el anciano.

Li Yue guió el camino otros dos kilómetros a una pequeña casa construida contra una enorme roca. La luz de velas se veía un poco detrás de las cortinas de la única ventana. Li Yue los guió alrededor de la casa, donde Ben vio una docena de bicicletas. Entraron en la casa, siendo recibidos cálidamente.

La casa era mucho más grande de lo que parecía desde afuera. A la derecha, donde Ben esperaba ver piedra, había una habitación a la que se entraba a través de la boca de una cueva. La casa fue construida contra ella. A la luz de las velas Ben podía ver verduras marchitas, sugiriendo que ese espacio había sido utilizado para almacenar vegetales. Ben tuvo que inclinarse para poder pasar. El aire olía a cerrado y se sentía húmedo, orgánico.

Un anciano con una larga barba en el mentón lo llevó hacia delante. Ben vio luz de velas al final, después olió y sintió otras personas entre las sombras. Sus ojos escudriñaron la habitación. Cuando hubo suficiente luz vio rostros sonrientes. Tres hombres estaban de pie, extendiendo sus manos hacia él. Ellos usaban chaquetas, camisas y pantalones, zapatos viejos sin calcetines. Ropa de trabajo. El anciano lo llevó a sentarse cerca de un bombillo, que colgaba de un azadón recostado contra la pared de piedra.

Comenzaron a cantar un canto con palabras extrañas, más como un libreto de una historia que una letra:

> *Desde el momento en que la iglesia primitiva apareció el día de Pentecostés, los seguidores del Señor todos se sacrificaron a sí mismos voluntariamente.*
> *Decenas de miles han sacrificado sus vidas para que el evangelio pueda prosperar.*
> *Como tales han obtenido la corona de la vida.*

Yue fue a sentarse junto a Ben, apretándose entre él y otro hombre. Ben estaba apretado de ambos lados y por atrás. Yue susurró:

—Este canto se llama "Ser un mártir por el SEÑOR". Es muy popular en iglesias caseras.

Ben escuchó mientras el canto continuaba:

> *Esos apóstoles que amaron al Señor hasta el final voluntariamente siguieron al Señor por el camino del sufrimiento.*
> *Juan fue exiliado a la solitaria isla de Patmos.*
> *Esteban fue aplastado hasta la muerte por piedras de la multitud.*
> *Mateo fue cortado hasta morir por la gente en Persia.*
> *Marcos murió cuando sus dos piernas fueron separadas por caballos.*

El doctor Lucas fue ahorcado cruelmente.
Pedro, Felipe y Simón fueron crucificados en la cruz.
Bartolomé fue desollado vivo por los impíos.
Tomás murió en India cuando cinco caballos separaron su cuerpo.
El apóstol Santiago fue decapitado por el rey Herodes.
El pequeño Santiago fue cortado por una sierra afilada.
Santiago el hermano del SEÑOR fue muerto a pedradas.
Judas fue atado a una columna y murió por flechas.
A Matías le cortaron la cabeza en Jerusalén.
Pablo fue un mártir bajo el emperador Nerón.

El canto tenía un ritmo pegajoso, pero Ben encontró las palabras extrañas y atemorizantes. Él se preguntaba cómo las personas podían cantarlas con tanto entusiasmo.

Yo estoy dispuesto a tomar la cruz y seguir adelante,
a seguir a los apóstoles por el camino del sacrificio.
Que decenas de miles de almas preciosas puedan salvarse,
yo estoy dispuesto a dejarlo todo y ser un mártir por el SEÑOR.

Las voces se intensificaron mientras cantaban el coro:

Ser un mártir por el SEÑOR.
Ser un mártir por el SEÑOR.
Yo estoy dispuesto a morir gloriosamente por el SEÑOR.

Cuando el canto terminó, Yue dijo:

—Las casas cavernas son maravillosas. Podemos cantar y orar tal alto y por tanto tiempo como queremos. Nadie nos puede escuchar.

El anciano le susurró algo a Yue, el cual a su vez le dijo a Ben:

—Han orado por tres horas antes que llegáramos nosotros.

—¿Entonces la reunión debe estar por terminar?

—No. Está comenzando. Creyentes chinos tienen lema: "Poca oración, poco poder. Cero oración, cero poder".

Yue señaló varios sacos.

—Cada persona trae una pequeña bolsa con comida para contribuir a los dos o tres días que están aquí. Algunos tienen Biblias, otros no. Algunos dirigen varias congregaciones. Son campesinos, pescadores, maestros, obreros de fábricas, carpinteros. Trabajadores de todas clases. Hay un pequeño descanso ahora. No tenemos que susurrar.

Ben los vio sentados hombro con hombro, las rodillas apretadas contra las espaldas de los que estaban sentados frente a ellos. Vio a un hombre sonriéndole ampliamente. ¡Zhou Jin, el pastor de Quan! Ben devolvió su sonrisa.

El anciano susurró ansioso a Yue, pero Ben no podía escucharlo.

—Él dice que seis personas no están aquí. Deben haber pensado que los estaban siguiendo. Al menos dos de los pastores sirvieron como señuelos.

—¿Señuelos?

—Cuando queremos reunirnos en un lugar, unas pocas horas antes del momento de salir, ellos van a otro lugar y son seguidos por el BSP. Esto deja a los otros más libres para viajar.

Zhou Jin ahora se acercó a Ben, apretándose contra él en el otro lado mientras alguien más tomó su lugar. Señaló a un hombre con una gorra, y susurró:

—Ese es Chiu Yongxing. Caminó ciento cuarenta kilómetros.

Ben hizo el cálculo; más de ochenta millas.

—Pueden haberlo seguido al principio, pero después de treinta kilómetros por lo general es seguro. Ellos se cansan de seguir. Él evitó puntos de control de la policía por las carreteras principales.

—¿Cuánto tiempo le tomó?

—Cinco días.

Yue señaló a otro hombre, como de cincuenta años, de ropas gastadas, pero ojos y sonrisa brillantes, aunque sus dientes eran de un color amarillo pardusco.

—Me dicen que este pastor perdió su camino. Pero cuando llegó estaba radiante. Dijo que mientras estaba sentado junto al fuego, un hombre se le apareció de la nada.

—¿Qué?

—El hombre le dijo que tenía que cambiar de dirección. Le explicó cómo llegar aquí. Después desapareció.

Ben trató de no parecer tan escéptico como se sentía.

—¿Se reúnen siempre aquí?

—No. Si la reunión es grande, algunas veces en un campo. Podemos subir la ladera de una montaña. Uno de nuestros lugares favoritos es un huerto lejos de carreteras y ojos fisgones. Esto funciona mejor en el invierno.

—¿Por qué?

—Cuando está muy frío el BSP no nos sigue, y los infiltrados normalmente no vienen. Uno debe querer venir para soportar tanto frío.

Otro hombre se puso de pie. Li Yue le susurró a Ben:

—La reunión está comenzando de nuevo. Él es un pastor también, de... lo siento, no necesito decir.

El hombre delgado y encorvado estaba de pie detrás de una mesa toscamente tallada, con solo un vaso de agua encima. De repente su rostro parecía furioso. Tomó el vaso y lo miró, apretándolo fuertemente, sacudiéndolo y derramando agua. Lo agarró tan fuerte que Ben pensó que se rompería. Las venas en sus sienes estaban hinchadas.

¿Le está dando un ataque? ¿Ha perdido la mente?

Tiró el vaso al piso a un metro enfrente de Ben, entonces lo pisoteó, rompiéndolo en pedazos. Ben saltó de pie y se movió hacia atrás, después se dio cuenta que él era el único de pie excepto el hombre enojado. Todos los otros observaban atentamente. Con una apariencia de regocijo en su rostro, el hombre trituró más vidrio bajo su tacón, marchando alrededor en un círculo, celebrando. Miró alrededor con aire satisfecho.

Ahora el hombre escudriñaba el polvo y vio algo. Se inclinó a recogerlo. Era un fragmento de vidrio. Después encontró otro fragmento, y otro, y astillas por aquí y por allá. Los pisoteó de nuevo, creando más vidrio. Caminó a través de la cueva, después miró en las suelas de sus sandalias y recogió vidrio de ellas. Mientras más pisoteaba el vidrio, a más distancia se extendía. Ahora él trataba frenéticamente de reconstruir el vaso, como juntando los pedazos para poder tomarlo en su mano de nuevo. Pero era imposible. Por último, disgustado tiró los pedazos al suelo de nuevo, levantó sus manos en frustración, empujó a las personas a un lado y salió con paso airado a la habitación frontal.

Ben miró sin poderlo creer.

¿En qué me he metido?

Dichosos los pobres, porque el reino de los cielos les pertenece.

Dichosos los que tienen hambre ahora, porque serán saciados.

Dichosos los que lloran ahora, porque reirán.

Dichosos serán ustedes cuando por mi causa la gente los insulte, los persiga y levante contra ustedes toda clase de calumnias.

Alégrense y llénense de júbilo, porque les espera una gran recompensa en el cielo.

Mientras veía a su hijo consumirse en prisión, Li Tong recitó las palabras, susurrando su consuelo, esperando que de alguna forma Quan las sintiera.

Su compañero puso la mano sobre el hombro del hombre.

—¿Y qué de tu fe, Li Tong, ahora que has recibido tu gran recompensa, o más bien, el comienzo de ella?

—Desearía haber visto entonces con mayor claridad. Sí encontré paz. A veces me regocijé. Pero no recuerdo haber saltado de júbilo.

—Pero ahora saltas de júbilo, ¿no es así?

—Todos los días. La tierra era salir al frío y cortar la leña y añadir carbón con pala. El cielo es sentarse junto al fuego con familia y amigos, disfrutar el calor, reír y soñar en el mañana sin temer lo que traerá.

Li Tong alcanzó las manos de su compañero, las levantó e inspeccionó.

—Pero sepa que nunca olvidaré el precio pagado por mi regocijo.

Mientras Ben estaba sentado ahí, aún anonadado, había muchas sonrisas, gruñidos de afirmación y algunos aplausos. Tres hombres más jóvenes trataron lo mejor posible de recoger fragmentos de vidrio, después los pusieron con cuidado en un pañuelo de seda. Ahora el pastor anciano entró de nuevo a la cueva, sonriendo y asintiendo con la cabeza.

Ben se inclinó hacia Li Yue.

—¿Qué acaba de suceder?

Mientras cantaban otro canto, Li Yue puso sus labios en el oído de Ben y susurró:

—Hace muchos años a Ni Tuosheng, Watchman Nee, le pidieron que hablara en una reunión. Él sabía que en la multitud había muchas autoridades esperando arrestarlo tan pronto como él hablara de Yesu o de la iglesia. Cuando se puso de pie, había un vaso de agua junto a él. De repente lo tiró al suelo, entonces lo trituró con su tacón. Pero mientras más violentamente lo trituraba, más se esparcía el vidrio. Dondequiera que dejó caer su pie, el vidrio se esparcía más. Entonces se sentó. Los no creyentes pensaron que se había vuelto loco. Pero los creyentes comprendieron. Era un sermón sin palabras. No lo arrestaron; ¿cómo pueden arrestar a un hombre por predicar cuando no ha dicho nada?

—¿Pero qué significaba?

—En su intento por destruir la iglesia, el gobierno la ha extendido. En lugar de tener la iglesia segura en sus manos, el estado ha perdido el control de ella, ya que la iglesia se multiplica bajo el comunismo igual que Israel se multiplicó bajo la tiranía del faraón. El gobierno de China está desesperado por retomar el control sobre la iglesia. Pero mientras más acechan y pisotean, más extienden la iglesia con sus propios tacones. Encierran a hombres en prisiones, y ellos llevan el evangelio allí. Envían a mujeres a granjas reformatorios en el campo, y ellas llevan el evangelio allí. El vidrio no será controlado. Se esparce por todas partes. El mismo estado que persigue a la iglesia es un instrumento en las manos de Dios para hacer crecer la iglesia.

—Una gran ilustración.

—Tío Quan acostumbraba a utilizarla a menudo.

—¿Acostumbraba?

—Tía Ming le dijo que por favor no lo hiciera más; ¡estaba rompiendo todos sus vasos!

—Estamos listos para que nos enseñen Shengjing —dijo el hombre barbudo—. Permitan al maestro abrirnos la Palabra de Yesu.

La habitación se llenó de murmullos. Ben miró a su alrededor, buscando en la oscuridad al estadounidense visitante.

—¿Dónde está el maestro? —le susurró a Li Yue.

—Está aquí.

—¿Dónde?

—Está al pasar adelante.

—¿Quién es?

—Su nombre es… Ben Fielding.

40

Su GAN, con sus puños sangrientos, le pegó a Quan en el rostro de nuevo.

—¡Escriba una confesión!

—¿Qué confesaré?

—Traición. Todos sus crímenes contra el estado.

—Pero no hice nada malo, es decir, no esos crímenes de que me acusa. Hice muchas cosas malas por mi propia cuenta. Esas he confesado a mi Dios —los ojos de Quan estaban oscuros de pesar—. ¿Qué puedo escribir?

Su Gan le pegó de nuevo y le dio un lápiz y un cuaderno.

—Reuniones ilegales. Propaganda ilegal. Proselitismo de niños.

Quan tomó el lápiz, su cabeza punzando y su visión parcialmente nublada. Las palabras comenzaron a salir en el papel. Escribió más y más rápido. Su Gan retrocedió, observando en silencio. Comenzó a sonreír.

Después de diez minutos, Li Quan terminó de escribir. Le entregó la confesión a Su Gan. El guardia la tomó, abrió la puerta y se marchó a la oficina del carcelero.

Los ojos que todo lo ven, un momento antes lagunas profundas de gracia y paciencia, miraron a Su Gan y se transformaron en algo explosivo y aterrador. Aquel que segundos antes parecía listo a alcanzar, tocar y sanar, ahora parecía más propenso a tomar una espada y dejarla caer sobre la tierra, cortándola en dos.

De la misma forma que los ojos húmedos de compasión habían visto a Li Quan, ahora los ojos hirvientes como un volcán miraban fijamente a Su Gan. Él miró sobre todo el planeta silencioso, el mundo en un tiempo verde y azul que ahora parecía gris ceniza.

La Gracia parecía estar a punto de exhalar fuego, y la tierra parecía como papel seco a punto de incendiarse. Li Manchu, Li Wen y Li Tong sostuvieron su respiración, preguntándose si el momento había llegado.

Entonces los ojos del Rey se suavizaron de nuevo. El azul y el verde regresaron a la tierra. El planeta que había parecido al borde de la destrucción permanecía intacto.

Por ahora.

—Dios le ha enviado de Estados Unidos para hablarnos a nosotros. Estamos listos.

—Pero… Yo no soy… Usted no comprende. No hay manera que yo pueda…

Li Yue ayudó a Ben a ponerse de pie.

—¿Es esto algún truco? ¿Qué tengo yo que decir a estas personas?

Le habló a Yue en inglés, esperando que nadie más entendiera. Parecía que no. En la pausa silenciosa, cada persona en la cueva lo miraba a él… esperando… a la expectativa.

De repente, como por indicación de una dirección escondida, toda cabeza se inclinó y varios oraron con fervor. Una ondulante ola pasó a través de Ben. ¿Debía él hacer esta cosa imposible?

—Bienvenido —alguien gritó—. Enséñenos la Palabra de Dios.

—¿Qué se supone que yo enseñe? —le preguntó Ben a Yue—. La única materia que conozco es el negocio.

—Yesu lo ha traído para enseñarnos. No acerca de negocios, sino la Palabra de Dios.

Li Yue se dio vuelta hacia el grupo y habló en chino.

—¿Qué quisieran ustedes que el estadounidense Ben Fielding les enseñe? —siguió una discusión animada, algo de la cual Ben no pudo entender. El pastor que había caminado cinco días parecía tener algunas opiniones fuertes, al igual que Zhou Jin.

—A ellos no les importan los negocios —dijo Yue finalmente—. Ellos quieren que usted enseñe la Biblia. Ahora están decidiendo cuál libro.

—¿Por qué solo los ancianos están hablando?

—Porque ellos son *Lao Da*, Los Primeros Hermanos. Conocen bien Shengjing. Ellos se han ganado el derecho de decidir. Muchos pasaron largos años en prisión.

—Enséñenos —dijo un Lao Da—, libro de Juan.

Ben pasó las páginas de la Biblia de Quan en inglés, sin recordar si Juan estaba en el principio, en el medio, o al final. Finalmente miró en la tabla de contenido. Ahí estaba. Con rapidez buscó la página 927.

—Creo que solo puedo leerlo.

—Sí, lea cada versículo y después enséñenos lo que significa —dijo Yue—. Para nosotros entender, usted debe entender. Solo léalo en voz alta hasta que lo comprenda.

—Pero… ¿dónde comienzo?

—Al principio.

Rostros sonrientes se inclinaron hacia delante en expectativa, casi la tercera parte de ellos con sus propias Biblias, y los otros leyendo con ellos. Ben miró a Zhou Jin el viejo pastor elocuente bajo cuya enseñanza estuvo por varios domingos. ¿Por qué no estaba hablando él?

—Hable mandarín o inglés —dijo Yue—. Yo puedo traducir.

Ben cambió Biblias con Yue, entonces comenzó a leer en mandarín. Le costó trabajo, aún no familiarizado con algo del vocabulario particular de la Biblia.

> *En el principio ya existía el Verbo, y el Verbo estaba con Dios, y el Verbo era Dios. Él estaba con Dios en el principio. Por medio de él todas las cosas fueron creadas; sin él, nada de lo creado llegó a existir. En él estaba la vida, y la vida era la luz de la humanidad. Esta luz resplandece en las tinieblas, y las tinieblas no han podido extinguirla.*

Li Yue abrió en oración, pidiéndole a Dios que le diera poder a Ben Fielding para abrir su Palabra. Ben miró a los ojos de los veintiún hombres y cinco mujeres en esta cueva. Notó por primera vez a un hombre en el frente, con un rostro anhelante, que tenía una larga cicatriz a través de su frente.

Mientras leía, ellos asentían con la cabeza solemnemente. Ben podía ver que las palabras significaban mucho más para ellos que para él. Continuó leyendo hasta llegar al versículo 18. Se detuvo porque la Biblia en mandarín tenía un subtítulo ahí.

Ben habló en inglés.

—Bueno, creo que está hablando acerca de cómo… la Palabra era con relación a Dios y que era… bueno, que era… Dios, creo, o algo como eso. Y… que todo, o al menos casi todo llegó a existir a través de ello… o él, o lo que sea. Quizá todo ocurrió en la gran explosión o algo. De todos modos, ¿saben ustedes lo que estoy diciendo?

Una mirada a Li Yue le indicó que él no lo entendía. Ben se había inclinado hacia Yue para que tradujera. Lo que obtuvo en su lugar fue una mirada de total desconcierto.

Yue trató una traducción al mandarín que también era titubeante, pero Ben notó que sonaba mucho mejor que su original.

Escuchando la versión mejorada de Yue, esperaba que él lo rescatara para que Ben no pareciera tan idiota como se sentía. Ben trató de leer, después expresarlo de otro modo y comentar acerca de cada versículo. En su desesperación, comenzó a orar que recordara cosas que había escuchado hacía largo tiempo, en los estudios bíblicos en la universidad y en la iglesia. Batalló para expresar de otro modo lo que las palabras mismas parecían indicar.

Ben trató de hablar en chino de nuevo, pero se dio cuenta rápidamente que cuando él hablaba inglés y Li Yue traducía, ellos respondían mucho mejor. Cuando comentaba, regresaba al inglés, que era menos presión y le permitía pensar qué decir después mientras Yue traducía. Regresando un poquito, continuó leyendo los versículos directamente de la Biblia china.

—"Y el Verbo se hizo hombre y habitó entre nosotros. Y hemos contemplado su gloria, la gloria que corresponde al hijo unigénito del Padre, lleno de gracia y de verdad."

Los murmullos eran poderosos. Los hombres y las mujeres miraban a Ben como si él fuera un maestro profundo.

¡Pero todo lo que estoy haciendo es leer! Después se dio cuenta. *Es el libro lo que los toca, no mis comentarios.*

Cuando regresó a sus comentarios, ellos se calmaron. En ese momento le penetró el significado. *La Palabra es Yesu. Cristo es la Palabra.* Ben estaba leyendo acerca de Jesús. *Eso es lo que esta Palabra es: ¡Jesús!*

Aprendiendo del comentario de Yue, Ben comenzó a ver a Jesús a través de los versículos. Para cuando llegó al capítulo 2, la traducción de Yue era más cercana a lo que Ben decía realmente, porque lo que Ben decía iba más de acuerdo con el libro. Sus palabras parecían superfluas, pero veía que cada persona recibía cada frase acerca de Jesús con solemnidad al igual que regocijo.

Ben leyó del capítulo 3:

Porque tanto amó Dios al mundo, que dio a su Hijo
unigénito, para que todo el que cree en él no se
pierda, sino que tenga vida eterna. Dios no envió a
su Hijo al mundo para condenar al mundo, sino para
salvarlo por medio de él.... Esta es la causa de la
condenación: que la luz vino al mundo, pero la
humanidad prefirió las tinieblas a la luz, porque sus
hechos eran perversos. Pues todo el que hace lo
malo aborrece la luz, y no se acerca a ella por temor
a que sus obras queden al descubierto. En cambio,
el que practica la verdad se acerca a la luz....

Ben leyó y leyó de nuevo cada versículo, tratando de trans-
mitir el significado. Continuó a través de los capítulos 4 y 5.

Cerca del final del capítulo 5, leyó:

—"¿Cómo va a ser posible que ustedes crean, si unos a otros se
rinden gloria pero no buscan la gloria que viene del Dios único?"

De repente Ben sintió gotas de sudor en su frente. Estaba
mareado. Miró su reloj. Eran las once y treinta. Había estado
hablando por más de tres horas.

—Necesito sentarme.

—Sí. Pero continúe enseñando —dijo un Lao Da.

Una de las mujeres le trajo una silla antigua de mimbre,
tropezando con cabezas en el camino. Otra le trajo agua. Después
del primer trago, solo fingió tomar. Supuso que el agua no estaba
hervida y sabía que su estómago estadounidense no la toleraría.

Sentado, Ben leyó a través del capítulo 6:

El pan de Dios es el que baja del cielo y da vida al
mundo.

—Señor —le pidieron—, danos siempre ese pan.

—Yo soy el pan de vida —declaró Jesús—. El que
a mí viene nunca pasará hambre, y el que en mí cree
nunca más volverá a tener sed.

Ben se salió de leer el texto para hacer una pregunta.

—¿Alguna vez han estado verdaderamente hambrientos? —ellos asintieron con la cabeza.

Momentos más tarde una mujer le trajo un panecillo duro de maíz amarillo y arroz con caldo caliente vertido sobre él. Todos se rieron. Ella pasó comida para los otros también.

Aunque algunos no comieron nada, otros tenían sus propios cuencos, y los palillos se movían con rapidez mientras él hablaba. Cuando Yue traducía, Ben tomaba mordidas rápidas. La comida ayudaba, pero sus labios estaban resecos. La taza estaba frente a él, pero no se atrevía a tomar agua contaminada.

Ben comenzó a perder su enfoque. Pero continuó leyendo y leyendo de nuevo a través del capítulo 7.

En el último día, el más solemne de la fiesta, Jesús se puso de pie y exclamó:
—¡Si alguno tiene sed, que venga a mí y beba! De aquel que cree en mí, como dice la Escritura, brotarán ríos de agua viva.

—¿Alguna vez han estado verdaderamente sedientos? —preguntó Ben, lamiéndose los labios. Todos asintieron con la cabeza y gimieron confirmándolo—. Quizá solo los que han tenido profunda sed pueden valorar estas palabras —Ben sintió su cabeza sacudirse hacia la izquierda.

—El maestro debe descansar —anunció Yue, poniéndose de pie.

Una de las mujeres fue hacia delante con algo en su mano. ¡Agua embotellada! Debe haber sido comprada en una tienda. Ella le abrió la botella. Escuchando el sonido de la frescura, la agarró ansiosamente, se la puso en la boca, echó su cabeza hacia atrás y tragó. Estaba fresca, pero lo más importante, estaba mojada. No podía recordar nada con mejor sabor. Sin darse cuenta que todos lo observaban, permitió que su cabeza cansada cayera hacia atrás y el agua cayera en su boca. Un poco salpicó de sus labios y cayó en su camisa. Un momento más tarde, la botella estaba vacía.

Esto generó estallidos de risa y muchos gestos con la cabeza y murmullos.

Yue le dijo a Ben.

—Tú les hiciste *a ellos* una pregunta. Puedes comer o descansar mientras ellos responden.

Ben preguntó en mandarín:

—¿Por qué vienen desde tan lejos y continúan hasta tan tarde en este seminario?

—Muchos de nosotros con educación teológica somos muy ancianos —dijo un Lao Da—. Sin instrucción bíblica apropiada, la herejía es un gran problema. Seminarios Triple Autonomía no suficientes o no suficiente buenos. Líderes de iglesias caseras no pueden ir. La iglesia crece muy rápido. No podemos mantener el crecimiento.

—Los nuevos creyentes no tienen discernimiento —dijo el hombre de poderoso cuerpo y voz profunda con la cicatriz sobre su frente—. Ellos abrazan enseñanzas extrañas. Se debe enseñar a los líderes jóvenes a reconocer la herejía.

—¿Qué clase de herejía? —preguntó Ben.

Los Lao Da se miraron unos a otros como preguntándose por dónde comenzar.

Un hombre pequeño, sin la mayoría de sus dientes, habló.

—Un hombre que estaba desobedeciendo a Yesu cayó en un antiguo pozo mientras caminaba en un campo desierto. Cayó de cabeza, atrapado en el pozo. No era lo suficiente grande para poder voltearse, así que comenzó a orar: "Señor, si me sacas de aquí, te seguiré para siempre." Pidió ayuda, pero sabía que era inútil. La sangre continuaba fluyendo hacia su cabeza. Finalmente estaba muy débil para gritar. De repente escuchó voces.

Sintió una soga alrededor de sus piernas. Pronto lo sacaron, y él respiró aire fresco.

—Eso es maravilloso —dijo Ben.

—Lo que no es tan maravilloso es esto: él ahora dirige una secta de más de diez mil que creen que la única forma de orar es parado de cabeza.

—Está usted bromeando.

—Muy serio —dijo otro Lao Da—. Lo que los comunistas no pueden hacerle a la iglesia, lo puede la herejía. La mayoría del problema no viene de ateos que dicen que Dios no existe, sino de aquellos que adoptan ideas extrañas por falta de entrenamiento en Shengjing. Hay millones de nuevos creyentes sin Shengjing. Algunos son dirigidos por personas que se hacen llamar cristos o profetas. Algunos enseñan que los creyentes se deben divorciar de sus cónyuges no creyentes. Otros dicen que la evidencia de la conversión debe ser clamar a Dios en voz alta por tres días y tres noches.

—En mi pueblo —dijo un hombre—, dos mujeres trataron de sacrificar a sus hijos, imitando la historia de Abraham e Isaac. No tenían otras porciones de la Biblia.

—Todo esto hace que el gobierno no confíe en las iglesias caseras —dijo Li Yue—. Sin embargo, el gobierno causa la herejía prohibiéndonos tener Biblias, empujándonos a ser clandestinos, forzándonos a que no nos enseñen Shengjing o a arriesgar nuestra libertad reuniéndonos de esta manera.

—Quizá esto cambiará —dijo otro hombre. —Escuché que el gobierno está comenzando a permitir transmisiones de radio que enseñan Biblia, para que si las personas deben creer en Shengjing, al menos no caigan en errores que ponen a otros en peligro.

—Yo soy el pastor Fu Chi —dijo el hombre del cuerpo poderoso con la cicatriz en su frente—. Yo soy del pueblo de An

Ning al otro lado de la montaña. He conocido a su amigo Li Quan. Un hermano excelente.

Ben asintió con la cabeza, sorprendido de sentir sus ojos húmedos. Miró al hombre con la cicatriz de nuevo.

—Espere. ¿Es usted del que habla Wang Shaoming?

—¿El guerrero montañés de Yesu? Eso es lo que llamamos a Wang Shaoming —dijo Fu Chi, sonriendo. Otros gimieron en afirmación—. Yo vine a la montaña buscando más entrenamiento en Shengjing. Hace cuatro semanas, mi hijo fue arrestado por distribuir literatura sobre el evangelio que le dio Shaoming. No regresaré a mi pueblo hasta averiguar lo que le ha sucedido a mi único hijo.

—Comprendo —dijo Ben.

—Pero usted hizo una pregunta —dijo Fu Chi en su voz potente y profunda—, y aquí está mi respuesta. Las personas tienen más hambre por el alimento espiritual que por arroz y pan. Sin tener la habilidad de discernir la verdad, pueden ser atraídos fácilmente a grupos con enseñanzas erróneas. Un hombre de un pueblo cercano me dijo: "Yo debo escuchar la voz, yo debo escuchar la voz…" Los ancianos de su iglesia le habían dado hasta el día veintidós del mes para escuchar la voz de Dios. Si no escuchaba la voz, sería condenado eternamente. No es extraño que él estuviera afligido, ¡porque ya era casi medianoche del día veintiuno! Más tarde, nos enteramos que se había suicidado.

Fu Chi bajó la cabeza.

—Él pertenecía a una de las sectas de la voz audible. Su fundador solo tenía un pasaje de la Escritura. El fragmento de Hechos 9, la historia de la conversión de Pablo en el camino a Damasco. Sin otros pasajes que ver, concluyó el pastor, "así es cómo sabemos que somos salvos, cuando Jesús nos habla con voz audible".

—Usted ve por qué necesitamos su ayuda —dijo otro Lao Da—. Necesitamos entrenamiento teológico. La persecución no es el peor problema que enfrentamos. Es la herejía. Celo sin conocimiento. Es una crisis.

—El maligno es un engañador, un mentiroso —dijo Fu Chi—. Si no puede prevenir que las personas sigan a Yesu, él hará todo lo posible por torcer su servicio. Nuestro país es tan grande, las personas tan pobres. Demasiado pobres para viajar a clases de discipulado. Personas en el campo solo han terminado escuela primaria. En algunas provincias rurales el analfabetismo es aún el ochenta por ciento. Los nuevos creyentes vienen del chamanismo. La brujería y la hechicería son comunes. Sin una buena enseñanza bíblica, ¿cómo podemos esperar que ellos dejen esas cosas atrás?

Hablaron sobre esto por treinta minutos. Ben estaba tan fascinado por sus historias que tenía que recordarse comenzar a comer de nuevo. Ahora hablaron de informantes e infiltrados en las iglesias.

—Algunas veces —dijo Fu Chi, frotando inconscientemente su larga cicatriz— tenemos que tomar medidas extremas para asegurarnos de eliminar infiltrados.

—Pero algunas veces —dijo Zhou Jin, mirando a Fu Chi—, las medidas que se toman son demasiado extremas.

—¿Ya terminó de descansar? —le preguntó una mujer a Ben—. Le hacemos preguntas ahora. ¿Es usted pastor en Estados Unidos?

—No.

—¿Anciano? ¿Diácono?

—No.

—¿Cómo sirve a su iglesia?

—Bueno, yo… ah…

—Usted buen maestro. ¿Enseña usted en su iglesia?

—No.

—¿Ayuda a necesitados a nombre de iglesia?

—Bueno, no exactamente.

—¿Cómo sirve a su iglesia, entonces?

—Permitamos que nuestro amigo descanse unos minutos más —dijo Li Yue—. Él está cansado. En iglesias en Estados Unidos no enseñan por tanto tiempo. Él debe recobrar fortaleza para ponerse de pie de nuevo y enseñar palabras de Yesu.

—¿No hemos terminado todavía? —preguntó Ben.

Después que cantaron y oraron por media hora, Ben leyó de nuevo hasta que estaba cabeceando. Li Yue insistió que la reunión terminara por esa noche. Él oró una bendición final. Eran casi las tres de la mañana.

—Terminado por ahora —le dijo Yue a Ben—. Algunos dormirán afuera. Usted es el maestro, así que usted duerme en cama. En la mañana, desayunaremos. Entonces usted enseña.

—¿De nuevo?

—Ellos solo se irán cuando usted haya terminado el libro de Juan.

—Pero solo estamos en el capítulo 9. ¿Cuántos capítulos son?

—Veintiuno.

Ben tenía una mirada vacía, no lograba substraer nueve de veintiuno.

—Usted es afortunado —dijo Li Yue, sonriendo—. Los he visto confiscar el equipaje del maestro de Biblia para no permitirle que se fuera. Están ansiosos de que les enseñe.

Ben dio traspiés hacia la cama que habían preparado para él. Estaba seguro de que una vez que se durmiera, nunca despertaría de nuevo. Pero si lo hiciera tenía que apresurar el paso de su enseñanza. Ben Fielding puso su cabeza desgreñada en la cama, sin almohada. Antes que pudiera decidir si estaba cómoda y encontrar la posición apropiada, se quedó dormido.

41

QUAN SENTÍA QUE LA CABEZA LE LATÍA. No había tenido agua por un día y medio.

Él esperaba ansioso la siguiente visita de Ben. Con seguridad vendría pronto. Oró que esta vez pudiera encontrar las palabras apropiadas que decir, palabras que Yesu pudiera utilizar para tocar el corazón de su viejo amigo. Él también se hacía una pregunta:

«¿Es este el día?»

Quan recitó un salmo: «"Cual ciervo jadeante en busca del agua, así te busca, oh Dios, todo mi ser"». Después habló las palabras de Yesu: «"¡Si alguno tiene sed, que venga a mí y beba!"»

Li Quan casi sentía el agua en su boca.

Por un momento, podía ver la pared al otro lado de su celda de dos metros. De alguna manera, de algún lugar, una luz difusa llenaba la celda. Él sentía como si le estuvieran hablando a él. Y aunque no podía entender las palabras, podía ver su luz y sentir su consuelo. La sed aún era real. Pero él casi podía probar el agua fresca de un arroyo escondido. Casi.

Los Observadores escudriñaron la tierra, sus ojos examinaban cada tienda, cueva, hueco y calabozo. El Rey miró a los continentes, sus ojos buscando de lugar en lugar. Hacía una pausa periódicamente, observaba y asentía con la cabeza.

En Holanda una iglesia pequeña estaba reunida de rodillas para orar por los perseguidos. En Australia una iglesia tomó una ofrenda especial para asistir a un ministerio llevando Biblias a países cerrados. En Corea una iglesia hizo planes para cruzar la frontera. En Singapur un hombre dejó su familia para abordar un avión hacia un destino remoto. Los ojos del Rey ahora descansaban sobre una escuela dominical de quinto grado de primaria en Estados Unidos, mientras los niños recogían dinero.

—Esto es todo lo que gané el verano pasado podando césped —dijo un niño.

—Este es el dinero que estaba reuniendo para comprar una bicicleta —dijo una niñita, sonriendo.

Otro niño le entregó orgullosamente un sobre a su maestra. Ella lo abrió y después lo miró y le dijo:

—¿De donde vino esto?

—Yo le dije a papá y mamá que habíamos estado hablando acerca de cristianos perseguidos y cómo ayudarlos. Les dije que todos estábamos haciendo un sacrificio para recaudar dinero para ayudar. Mis padres dijeron que ellos querían ayudar también. Así que les dije que no teníamos que ir a Disneyland. Quizá podíamos ir a la playa por el fin de semana. Eso es lo que hicimos. Nos divertimos mucho. Este es todo el dinero que hubiéramos gastado, para los boletos de avión, hoteles y boletos de admisión y todo lo demás.

El Rey observó, asintiendo con la cabeza y sonriendo. Él susurró algo. El susurro del Rey era tan poderoso que todo el cielo lo escuchó.

—Gracias —le dijo a los niños de la clase de escuela dominical. Se dio vuelta hacia los hombres, mujeres y ángeles de los cielos que observaban—. Todo lo que hicieron por uno de mis hermanos, incluso por el más pequeño, lo hicieron por mí.

El Rey miró a Escritor.

—Está grabado en mi mente. Nunca lo olvidaré. Pero escríbelo, que todo La Gracia nunca lo olvide tampoco.

Él miró de nuevo al planeta oscuro, a las personas en sus rodillas, el hombre en el avión de Singapur, la iglesia tomando la ofrenda, los niños en la clase de escuela dominical.

—Nunca olvidaré lo que ustedes han hecho por mí, nunca se olvidará nadie. ¡Tendrán una gran recompensa!

Lo siguiente que Ben supo, fue cuando algo cálido tocó la punta de su nariz. La luz de la mañana a través de la ventana quemaba sus ojos, iluminando el cuenco de arroz que sostenía una mujer china. Su rostro le hizo recordar que estaba enseñando Shengjing versículo por versículo dentro de una cueva. ¿Había sido un sueño? No. Los rostros y los olores eran demasiado reales, al igual que el rumor y el contorno borroso de cuerpos, ahora alrededor de él en la habitación,

En menos de treinta minutos de despertar, con una taza de té en una mano y la Biblia en su regazo, Ben se sentó en la silla de mimbre y leyó lentamente en voz alta Juan 10. Leyó cada versículo y lo leyó de nuevo una y otra vez hasta que sentía que tanto él como todos los demás comprendían. De vez en cuando, hacía preguntas. ¿Había algunos de ellos cuidado ovejas? Dos dijeron que sí. O podía pedirles que explicaran lo que significaba para Yesu ser un pastor y para los hombres ser sus ovejas. Sus respuestas eran perspicaces. Ben escuchaba como nunca lo había hecho antes. Escuchando su sabiduría aprendió cosas que jamás había pensado. Y mientras ellos hablaban él sentía un fuerte deseo, un empujón, como si un momento maravilloso y, sin embargo, aterrador se estaba acercando. Era como observar nubes de verano desarrollarse en una tarde calurosa, nubarrones acumulándose antes de la tormenta.

Dos horas más tarde leyó:

—"No se angustien. Confíen en Dios, y confíen también en mí. En el hogar de mi Padre hay muchas viviendas; si no fuera así, ya se lo habría dicho a ustedes. Voy a prepararles un lugar. Y si me voy y se lo preparo, vendré para llevármelos conmigo. Así ustedes estarán donde yo esté".

—Creo que está hablando acerca… del cielo, ¿no es así?

Cincuenta minutos más tarde, comenzó el capítulo quince.

Yo soy la vid verdadera, y mi Padre es el labrador. Toda rama que en mí no da fruto, la corta; pero toda rama que da fruto la poda para que dé más fruto todavía…. Permanezcan en mí, y yo permaneceré en ustedes. Así como ninguna rama puede dar fruto por sí misma, sino que tiene que permanecer en la vid, así tampoco ustedes pueden dar fruto si no permanecen en mí. Yo soy la vid y ustedes son las ramas. El que permanece en mí, como yo en él, dará mucho fruto; separados de mí no pueden ustedes hacer nada. El que no permanece en mí es desechado y se seca, como las ramas que se recogen, se arrojan al fuego y se queman.

Ben miró fijamente las palabras. Le dijo al grupo:

—Veo que la comida está lista. Comeremos ahora y después explicaré estos versículos.

Aunque tenía hambre, Ben solo quería ganar tiempo. Si iba a explicar esos versículos, quizá él podría utilizar el descanso para tratar de descifrar lo que significaban.

———

¿Dónde estaba Ben? ¿Había regresado a Estados Unidos? Quan quería hablarle de su necesidad espiritual. Él había orado que Ben viniera esta mañana. ¿Por qué Dios no contestaba su oración?

Randy Alcorn

La desesperación cayó sobre Quan como un peso del cielo. Sin dormir toda la noche, con un dolor terrible, estaba lleno de pavor y odiándose a sí mismo, temor por Shen y Ming, y desesperación por el alma de Ben Fielding. Se retorcía y temblaba en la oscuridad, llorando de desesperación. «Ayúdame, Yesu».

Después, se puso de pie y tambaleándose a través de su celda, gritó en alta voz:

«¡Apártate de mí, Mogui! Li Quan no es tuyo para destruirlo. Él pertenece a otro: Aquel que aplastó tu cabeza. Invoco la sangre de Yesu para que quites tus garras del alma de Li Quan», levantó la silla, como si estuviera utilizándola para rechazar una gran bestia. «Tú no tienes poder sobre mí, Satanás. Tu batalla es con mi Rey. ¡A Él tú no lo puedes vencer!»

Li Quan cayó al suelo como un muñeco de trapo, todavía agarrando la silla con una mano. En ese instante, la mano invisible de otro le dio el regalo del sueño.

———

Después de una larga tarde y una cena corta, Ben se puso de pie y continuó donde se habían detenido, a mediados de Juan 19, a dos capítulos del final.

—Aquí tienen a su rey —dijo Pilato a los judíos.
—¡Fuera! ¡Fuera! ¡Crucifícalo! —vociferaron.
—¿Acaso voy a crucificar a su rey? —replicó Pilato.
—No tenemos más rey que el emperador romano —contestaron los jefes de los sacerdotes.
Entonces Pilato se lo entregó para que lo crucificaran.

Como Ben había leído las palabras en mandarín, Li Yue no tenía que traducir. Pero Ben se detuvo de todos modos. Las palabras se le atravesaron en la garganta. Él se sentó.

Li Yue habló por unos minutos, dijo:
—Solo Yesu es César.

Después comenzó a enseñar en el capítulo 20, que hablaba de Cristo apareciendo después de la resurrección. Finalmente, Ben indicó que estaba listo para continuar. Se puso de pie y leyó:

Luego le dijo a Tomás:
—Pon tu dedo aquí y mira mis manos. Acerca tu mano y métela en mi costado. Y no seas incrédulo, sino hombre de fe.
—¡Señor mío y Dios mío! —exclamó Tomás.
—Porque me has visto, has creído —le dijo Jesús—; dichosos los que no han visto y sin embargo creen. Jesús hizo muchas otras señales milagrosas en presencia de sus discípulos, las cuales no están registradas en este libro. Pero éstas se han escrito para que ustedes crean que Jesús es el Cristo, el Hijo de Dios, y para que al creer en su nombre tengan vida.

Ben sentía un gran peso sobre sus hombros y un doloroso vacío dentro de su pecho. Le hizo señas a Li Yue para que tomara su lugar de nuevo. Se recostó contra la silla. Mientras salía le dijo entre dientes al grupo:

—No me siento bien. Li Yue terminará.

Ben pasó a través del aire húmedo y pesado de la íntima reunión, después salió por la puerta bajo el cielo de la noche. Otro cielo sin luna. Respiró profundamente.

Caminó alejándose de la casa, acercándose a un solitario árbol de ginkgo que se elevaba tan alto que parecía penetrar el cielo. Miró las estrellas y le dijo muchas cosas a su Creador. Habló de las cosas terribles que había hecho, deshonestidades, abandonos y traiciones; cosas que hasta hacía poco pensaba que había tenido muy buenas razones para hacerlas. Mencionó el nombre de Pam, Melissa, Kimmy y Doug entre aquellos que había herido. Ben Fielding cayó de rodillas, sin tomar en cuenta la apariencia de su ropa.

«Es difícil para mí creer en ti, Jesús. Sin embargo, creo lo que está escrito. Suena como la verdad. Tú eres de quien he tratado de escapar. Tú eres lo que he deseado todos estos años. Quizá nunca creí, aun en la universidad cuando pensé que creía. Tú eres el Rey, no yo. Estoy cansado de tratar de controlar mi vida. No estoy capacitado. He echado todo a perder. Yo creo ahora que Jesús es el Cristo, el Hijo de Dios. Yo te pido la vida que tú prometiste. Pido tu Espíritu Santo dentro de mí. Por favor, lávame de mis pecados. Por favor, llena el vacío en mi corazón, Jesús. Por favor, sé para mí lo que siempre he deseado. No puedo hacerlo por mí mismo. Te necesito».

En una celda oscura a quince kilómetros de distancia, un prisionero solitario oraba por el alma de Ben Fielding. Dentro de la iglesia casera a veinte metros de distancia, mientras la enseñanza continuaba, muchos oraban que el maestro de Estados unidos fuera sanado. Afuera, bajo el cielo nocturno, bajo el rostro de Dios, sus oraciones estaban siendo contestadas.

En otro lugar, explotó una gran ovación y regocijo. Gritos, risas y celebración llenaron el ambiente. Ben, aún de rodillas, miró hacia arriba, pensando por un momento haber escuchado algo en la brisa, algo del otro lado de la colina. Por primera vez, que él pudiera recordar, se sentía como que no estaba solo.

42

QUAN ENTRÓ A LA CELDA donde estaba la voz áspera de barítono que él reconoció vagamente pero no había podido identificar. Él lo llamaba Silas y oraba por él todos los días.

Quan se sorprendió por lo que vio. Un cuerpo que parecía que una vez había sido poderoso yacía deshecho. Su pierna izquierda y su brazo derecho fueron destrozados. Tenía una herida enorme a través de su frente, infectada y supurando. Quan hizo todo lo que pudo por ayudarlo, tomándolo en sus brazos y deseando que él tuviera entrenamiento médico.

Finalmente Silas le preguntó a Quan:

—¿No me reconoce?

Quan se quedó mirándolo. Al principio la herida le recordó la larga cicatriz de Cejacortada. Pero era más que eso; sí, vio el rostro del joven teniente en la redada de la iglesia casera.

—¿Es usted el hijo de Fu Chi?

Él asintió con la cabeza.

—Fu Liko, único hijo de Fu Chi, pastor del pueblo de An Ning. Quizá yo tendré una cicatriz como la de mi padre.

Quan lo sujetó cerca de él y le cantó suavemente. Después habló palabras escritas en su corazón:

—"No harán ningún daño ni estrago en todo mi monte santo, porque rebosará la tierra con el conocimiento del SEÑOR como rebosa el mar con las aguas".

—Le pido de nuevo que me perdone —susurró Fu Liko—. Siento lo que hicimos esa mañana. En especial haber atemorizado a su hijo. Él es un niño valiente. Yo tengo una hija de su edad.

—No necesita pedir perdón dos veces —dijo Li Quan—. Nuestro Dios escucha y perdona la primera vez.

—Yo nunca regresé a mi pueblo —dijo Fu Liko—. No he visto a mi hija en tres meses. Quizá no la veré de nuevo en este mundo.

—*Zhen jin bu pa huo lian* —le susurró Quan a Fu Liko.

El hombre joven asintió con la cabeza.

—El oro verdadero no le teme al fuego —Quan levantó la cabeza de su hermano, descansándola de nuevo contra su pecho. Cantó suavemente «El cielo es mi patria…» y acarició el cabello del único hijo de Cejacortada.

———————

—El carcelero verá a Li Quan —dijo el guardia, abriendo la puerta.

—Usted me llamó por mi nombre, Su Gan. ¿Me he vuelto una persona para usted?

Su Gan no dijo nada pero le dio un pequeño empujón a Quan.

Entraron a la oficina grande del carcelero. Dos guardias estaban de pie allí con tres hombres que él no conocía.

El carcelero se estremeció, su rostro rojo. Se puso de pie detrás de su escritorio.

—¿Usted le llama a esto una confesión? ¿Cómo se atreve a escribir tales cosas?

Quan no contestó.

—Hable o lo mataré donde está parado.

Quan respiró profundamente.

—Usted solo puede matarme si Yesu lo permite, pero usted no puede matar su iglesia. Los primeros cristianos dijeron: "La sangre de los mártires es la semilla de la iglesia". Cuando cada mártir muere, mil cristianos se levantan a tomar su lugar.

El carcelero, sus ojos oscuros y tenebrosos, caminó al frente de su escritorio, acercándose a metro y medio de Li Quan, después sacudió la cabeza de lado a lado amenazadoramente, como un perro rabioso.

—¡Escuchen la confesión de Li Quan!

El carcelero levantó la carta a la luz y leyó:

—"Yesu creó a todos los hombres. Ellos eligen su propio camino y se vuelven pecadores, separándose de su Creador. Pero él los ama tanto que se volvió uno de ellos, y murió en la cruz por sus pecados. Él invita a cada hombre a confesar sus pecados y aceptar su regalo de salvación. Todos los que no hacen esto van a un infierno eterno, sus pecados no son perdonados. Todos los que aceptan el regalo de Dios en Yesu se vuelven parte de su iglesia. Vivirán con él para siempre en el cielo. Doblen sus rodillas delante de él hoy, antes que sea demasiado tarde".

El carcelero sacudió la cabeza con tanta furia, que una salpicadura de saliva voló de un lado de su boca. Arrojó el papel al piso y lo pisoteó. Quan se preparó para ser apaleado.

El gran general se acercó al lado derecho del trono. Caminó sobre el mármol marrón transparente, teniendo vista hacia los continentes de la tierra. Él tuvo cuidado de no pisar la larga alfombra roja con líneas de oro, porque era un camino estrictamente reservado para otros.

Se arrodilló al frente, a la derecha del trono de su Comandante, con el continente de Tierra de Arco, en la tierra llamado Suramérica, directamente debajo de él.

—Bienvenido, Miguel —dijo el Rey—. ¿Qué escuchas de tus camaradas, y qué ves de la raza de Adán?

—La petición de tus soldados continúa siendo la misma. Que les permitas salir a destruir a tus enemigos y elevar tus normas reales en su sangre. Tus siervos desean invadir el planeta oscuro y pelear finalmente la guerra santa. Ellos no desean ver una gota más de sangre inocente. Ellos anhelan enterrar para siempre a los torcidos que insultan a su Rey y usurparían lo que es solo tuyo.

El Rey asintió con la cabeza.

—Yo los veo caminando de un lado a otro como leones enjaulados, ansiosos por desatar mi juicio.

—Mi Señor, ¿no es la destrucción de la maldad y el establecimiento de la justicia lo que tú mismo has ordenado?

—Sí —el Rey asintió con la cabeza—. En el momento apropiado —se puso de pie y caminó, Miguel siguiéndolo un paso atrás y a su derecha—. El momento en que yo llevo justicia y alivio todo sufrimiento es el momento en que su destino eterno es sellado. Ni uno más se unirá a mí entonces. Será el final de la oferta de gracia; una gracia que me deleito en ofrecer, una gracia violenta que me costó inmensamente.

—No queremos que los malvados se queden sin su castigo.

—No se quedarán.

—No queremos que los justos se queden sin su recompensa.

—No se quedarán.

—Queremos que tus siervos sean consolados.

—Yo los consuelo a cada hora. Y el día de eterno consuelo vendrá con toda seguridad, envolviéndolos como una frazada cálida. He soportado el dolor de mi corazón por elección. También será aliviado cuando el último de mis hijos que sufre es liberado. Pero no hasta entonces. Yo sé la hora. No es para ti o para ellos saberla.

—Ellos claman a ti, día y noche —dijo Miguel—. Suplican por tu intervención, por tu regreso. Escucho a muchos preguntar:

"¿Dónde está Él? ¿No le importa a Él? ¿Por qué Él permite que suframos?"

El Rey suspiró.

—Demasiado rápido ellos llaman a la providencia al tribunal de la razón. La noche continuará solo por un tiempo antes que sea tragada completamente por la mañana —miró a Miguel—. Yo les susurro esto a mis siervos mientras duermen.

El arcángel asintió con la cabeza.

—Ellos no comprenden que no solo estoy obrando aquí, preparando un lugar para ellos, sino que estoy obrando allá, preparándolos a ellos para ese lugar —Él miró a Miguel—. ¿No está claro mi propósito?

—No, mi Rey. Lo siento. No lo está —puso su rodilla izquierda en el piso y miró al piso transparente, una tierra sangrienta esparcida bajo él.

—Está bien, siervo fiel —el Rey puso su mano en el gran hombro del general—. Porque mi propósito está claro para mí. Es el consejo de los Tres el que yo tomo en cuenta. Ningún otro.

Yesu miró hacia abajo a la multitud de hombres que sufren a través del oscuro planeta. El Rey levantó sus manos con cicatrices, heridas grotescas, hacia los continentes debajo. Susurró al silencio del espacio cósmico.

—Grabada te llevo en las palmas de mis manos.

43

EL SOL BRILLABA más que de costumbre, pero era una mañana helada. Ben temblaba mientras caminaba de un lado a otro. Había estado esperando por lo menos media hora.

Al momento que él vio a su amigo, se le cayó el alma a los pies. El cuerpo de Quan estaba encorvado. Cuando llegó junto a la cerca, el olor era abrumador. Ben resistió moverse hacia atrás. Había planeado decirle a Quan inmediatamente de su conversión, pero no ahora.

—¿Qué hicieron?

—Encadenaron mis tobillos y mis muñecas juntos. La cadena es muy corta. He estado encorvado por cinco días. Me alegro que hayas venido. Ellos me zafaron y me dieron de comer.

Ben trató de tocar el lado izquierdo del rostro de Quan, que tenía una herida abierta. Su camisa estaba desabotonada al final, y la brisa mostraba terribles marcas rojas que parecían quemaduras.

—Yo no esperaba que me permitieran verte de nuevo —dijo Quan—. No así.

Los instintos de Quan estaban correctos. A Ben le dijeron que no podía ver a Quan. Él pagó doscientos dólares americanos para hacerlos cambiar de opinión.

—¿Qué sucedió? ¿Quién hizo esto?

—Tai Hong.

—¿Cómo?

—Yo creo que tú lo llamarías un aguijón de ganado.

Ben lo miraba sin poderlo creer. Él quería gritar, contratar un ejército de mercenarios para atacar esta prisión y quemarla completa.

—Me importas tú, Quan, pero esto no es solo acerca de ti. Estas son violaciones a los derechos humanos. El mundo necesita saberlo.

—A los creyentes chinos no nos importan tanto nuestros derechos como nuestra responsabilidad de servir a Yesu. Pero no me malentiendas. Los esfuerzos de nuestros hermanos por nosotros significan mucho, como los tuyos significan para mí. Pero sus oraciones significan aun más.

A Ben le parecía que habían puesto una máscara pálida de cuero sobre el verdadero rostro de su amigo. Casi no podía mirarlo, pero se forzó a hacerlo. De repente vio aparecer una sonrisa en el rostro de Quan.

—Te debo contar noticias maravillosas —dijo Quan, parándose en las puntas de los pies, recordándole a Ben de Li Shen. En ese instante, él había sido transformado de un anciano a un niñito—. Hay un hombre llamado Wan Hai. Un disidente político que ha estado aquí por quizá cinco años, los dos últimos en solitario. He limpiado su celda dos veces. Le he dicho dos veces del amor de Yesu. La segunda vez, justo antes que me encadenaran, él confesó sus pecados y abrazó a Yesu. Siento su sufrimiento. Y, sin embargo, si todavía fuera un hombre libre con una vida fácil, no creo que Wan Tai se hubiera vuelto un seguidor de Yesu. El sufrimiento temporal es un pequeño precio que pagar por la felicidad eterna.

Ben miró a su amigo.

—Quan, esas son noticias maravillosas. Pero yo también tengo buenas noticias. Algo me ha ocurrido. He estado leyendo las palabras de Shengjing. Y yo las creo.

—¿Qué?

—Yo creo las palabras de Dios.

En ese momento, el guardia caminó hacia Quan.

—Espera —dijo Ben—. Tengo que decirte. Yo me he vuelto… un seguidor de Yesu. Y esta vez es en serio.

Mientras el guardia tiraba de su brazo, Quan miró hacia atrás sonriendo ampliamente, mostrando sus dientes faltantes. Él gritó:

—¡Alabado sea Yesu! —entonces comenzó a cantar. El guardia lo abofeteó. Él cantó más alto.

Lo último que Ben vio antes que desapareciera Li Quan fueron las lágrimas de su amigo. Él sabía que no habían sido causadas por la bofetada.

———————

—No puedo regresar a casa todavía, Martin. Quan aún está en la cárcel, está siendo maltratado, y su esposa y su hijo están en problemas.

—¿Qué te sucede, Ben? ¿Has perdido el sentido del tiempo? Estamos a mediados de enero, ¡por Dios! Esas personas se pueden cuidar por sí mismas. ¡Tú estás con Getz Internacional, no Amnistía Internacional!

—Ellos me necesitan.

—*Nosotros* te necesitamos. Y en caso de que te hayas olvidado, ¡nosotros pagamos tu sueldo!

—No estoy en unas vacaciones de lujo. En primer lugar, fue tu sugerencia que yo me quedara con mi antiguo compañero de cuarto.

—¿Crees tú que no me arrepiento de eso? ¡Me he arrepentido todos los días por los últimos dos meses! Vamos, Ben. Siento que ya casi no te conozco. ¿Qué está sucediendo?

—Lo que está sucediendo es que, yo tengo un amigo que está en un gran problema. Sus derechos están siendo pisoteados.

—Tú no puedes resolver los problemas del mundo. Getz está haciendo veintiocho millones de dólares al año en negocios con China, con el potencial de triplicarlo en los próximos cinco años. ¿Recuerdas el hombre que me dio esas cifras? Su nombre es Ben Fielding, y desearía que ese hombre regresara a la tierra. No voy a sugerirlo más, Ben. La junta directiva lo ha puesto muy claro, que si tú sacrificas a Getz por motivos personales, perderás más que llegar a ser director general. Perderás tu empleo.

—Creo que necesito decirte algo, Martin.

—Estoy escuchando.

—Me he convertido en cristiano.

Hubo un largo silencio.

—Ah… hombre. Tienes que estar bromeando. Ah, eso es lo que *realmente* necesitaba escuchar, Ben. Eso es increíble. Simplemente *increíble*.

44

Ben, Ming y Shen estaban todos sentados en el suelo, escribiendo con plumas en el mismo pedazo de tela color canela. Ben miraba a la Biblia, escribía unas palabras, después seguía viéndolas de nuevo para asegurarse de que lo había hecho bien. Shen copiaba palabras también. Ming escribía rápido pero con cuidado, pero pocas veces tenía que mirar a Shengjing para saber qué escribir después.

El veintidós de enero, Ben llegó a la prisión con una bolsa en la mano. El guardia externo se acercó a él, con símbolos de dólares en sus ojos.

Ben le dio la bolsa. El guardia extrajo una camiseta Prince color canela con la imagen de una raqueta de tenis azul y una pelota amarilla. Él abrió el cuello para examinar las etiquetas. Ben tragó en seco. El hombre señaló las etiquetas.

—¿Extra grande? Prisionero no es extra grande.

—A él le gustan las camisas holgadas —dijo Ben.

—Usted tendría que hacerlo que valga la pena para que yo haga esto.

—¿Treinta dólares?

—Antes, usted me dio cien dólares americanos para llevarle ropa a él.

—Bien —Ben abrió su cartera y le dio cinco billetes de vein-te dólares, junto con la camiseta—. Pero dele estas dos botellas de agua, por favor. Y vea que tengamos un poco más de tiempo para hablar, ¿está bien? —el guardia asintió con la cabeza. Ben caminó hacia su lugar de visita en la cerca, culpándose de ser tan mal negociante por haber ofrecido cien dólares la última vez.

Después de cinco minutos, Quan salió.

—Gracias por la camisa —dijo él—. La voy a disfrutar muchísimo —miró a Ben—. ¿Estás pagando soborno para visi-tarme?

Ben encogió sus hombros.

—No importa cuántas llamadas telefónicas y cuántas visitas hago, no te puedo sacar.

—Debes orar y ser paciente y no tratar de hacer tanto que te opones a los propósitos secretos de Dios.

—¿Sí? Bueno, si yo pudiera hacerlo, asaltaría este lugar con un montón de cámaras de televisión occidentales para exponer toda esta corrupción.

—Yo pronostico muchas cámaras rotas y huesos rotos y nin-guna película saliendo de China. Antiguo proverbio: "Debes cruzar el río antes de decirle al cocodrilo que tiene mal aliento".

—Sí, bueno yo conozco otro proverbio chino: "Hombre que espera que pato asado vuele a su boca debe esperar un largo tiempo".

Quan se rió.

—Ben Fielding tiene razón. Algunas veces no debemos solo esperar, sino ¡tomar acción! Pero ahora antes que me lleven de regreso, debo pedirte que le lleves un mensaje a Zhou Jin. Él sabrá cómo hacérselo llegar a las personas al otro lado de las montañas. Es un mensaje para un pastor llamado Fu Chi de su hijo Fu Liko. Un segundo mensaje es para la joven esposa de Fu Liku y su pequeña hija. Es muy importante que les hagas llegar estos mensajes.

—Trataré —Ben sacó su libreta y pluma del bolsillo interior de su chaqueta.

—Escríbelos con cuidado. El mensaje para Fu Chi es: "Te veré de nuevo, pronto".

—¿Él está saliendo? ¿Por qué no puede ir a su hogar y darles el mensaje él mismo?

—Él ya está en su hogar.

—No te comprendo, Quan.

—Fu Liko murió hace dos noches. Un momento antes, me permitieron entrar en su celda para limpiarla. Él sabía que estaba al morir. Él dijo que les dijera a su esposa y su hija tres cosas. Su hija es solo una niña, así que su esposa le debe enseñar estas cosas a medida que crezca. Las he repetido para que no se me olvidaran. Escribe, Ben Fielding.

—Estoy listo.

—Estos son los tres mensajes de Fu Liko: Nunca te olvides que Yesu es Rey. Nunca te olvides que tu hogar está en otro mundo. Nunca te olvides que tu padre estará esperando para verte de nuevo.

—Haré todo lo posible para hacerles llegar el mensaje.

—Escribe estas palabras en tu corazón, Ben Fielding, no solo en papel. Porque no son solo para la familia de Fu Liko. Son también para mí y para ti.

45

EL MENSAJERO le entregó el sobre sellado a Minghua. Él insistió que ella firmara por él, después desapareció en su bicicleta.

Minghua lo abrió y miró la carta.

Se la dio a Ben. Él leyó en voz alta.

—"Bajo el artículo diecisiete del código de justicia de Pushan, a causa de crímenes cometidos por Li Quan, él ha perdido el derecho de propiedad a partir de la fecha de su encarcelamiento. Todos los residentes de esta casa son notificados que deben evacuar este sitio en un máximo de diez días".

—Están tomando nuestra casa —dijo Minghua débilmente—. Quan dijo que podía suceder algún día. Pero... ¿a dónde iremos? —se puso de pie, mirando alrededor de la habitación, después comenzó a organizar cosas en su cómoda.

—Ming, espera. Aún tienes diez días. Llamaré a Johnny, nuestro abogado de la empresa. Trataremos de pelear esto.

Ming miró a Ben.

—¿Cómo pelea el ratón contra el tigre?

———

Li Quan estaba sentado en la celda de Wan Hai, lavando sus pies. Cuando terminó se quitó su camiseta, la viró al revés, y la puso en un lugar seco donde la mayor luz posible cayera sobre ella. Las palabras parecían saltar de la tela con una luz propia.

Quan señaló la hermosa escritura.

—Esta es la Palabra de Dios, copiada por ella a la cual tengo el honor de llamar mi esposa, Chan Ming. Este es Filipenses, capítulo 2. Escrito por el gran apóstol Pablo. Yo te enseñé acerca de su conversión en el camino.

—Camino a Damasco —dijo Wan Hai, sonando como un niño ansioso.

—Sí, Wan Hai es buen estudiante. Esta carta la escribió Pablo cuando él estaba en la cárcel. Él estuvo en la cárcel muchas veces. Dios utiliza bien a las personas en la cárcel. Él desea hacer buen uso de Li Quan, y de Wan Hai también. Ahora comenzaremos en el versículo uno.

Después de media hora el guardia aún no había sacado a Quan de la celda. Su Gan estaba enfermo, y el guardia alto y delgado era su sustituto. Él estaba de pie afuera en el pasillo, escuchando cada palabra.

—Ahora es tiempo para que Wan Hai lea los versículos.

Quan movió la camiseta, tratando de encontrar luz. De repente, una luz la iluminó. Ellos miraron hacia la ventana. El guardia sonriente detenía la linterna. Ambos prisioneros asintieron con la cabeza.

Wan Hai comenzó a leer:

La actitud de ustedes debe ser como la de Yesu, quien, siendo por naturaleza Dios, no consideró el ser igual a Dios como algo a qué aferrarse. Por el contrario, se rebajó voluntariamente, tomando la naturaleza de siervo y haciéndose semejante a los seres humanos. Y al manifestarse como hombre, se humilló a sí mismo y se hizo obediente hasta la muerte, ¡y muerte de cruz! Por eso Dios lo exaltó hasta lo sumo y le otorgó el nombre que está sobre todo nombre, para que ante el nombre de Yesu, se

doble toda rodilla en el cielo y en la tierra y debajo
de la tierra, y toda lengua confiese que Yesu Jidu es
el Señor, para gloria de Dios Padre.

Los hombres estaban callados, meditando en las palabras. ¿Qué podía cualquiera de ellos decir que pudiera ser tan poderoso como las mismas palabras?

Veinte minutos más tarde Quan señaló una parte de la camisa donde la escritura lucía diferente.

—Esta porción del capítulo fue copiada por Li Shen, mi único hijo. Él tiene ocho años de edad.

—Su escritura es muy buena —dijo Wan Hai.

—Sí. Y él ya es un estudiante de Shengjing.

Hablaron y discutieron por otra hora. Wan Hai hacía preguntas y Li Quan citaba Shengjing para contestarlas. El guardia se ocupaba de otras obligaciones, después regresaba y escuchaba de nuevo.

—Así que Pablo dijo que su vida sería derramada como un sacrificio, pero se alegrará aun en su prisión, y buscará compartir su alegría con otros. El que moraba en Pablo en esa prisión romana es el que mora en Li Quan y en Wan Hai aquí en la Instalación Seis de Pushan, ¿no es así?

Wan Hai asintió con la cabeza.

—Él le dio este gozo a Pablo. ¿Lo retendría de Li Quan o de Wan Hai?

—No.

—Y ahora llegamos a la parte final del capítulo —volteó la camiseta de un lado.

—¿Qué es eso? —Wan Hai preguntó—. ¿Esas marcas raras?

—Eso es inglés —dijo Li Quan.

Wan Hai torció su rostro.

—Es muy extraño. No tiene sentido. ¿Cómo pueden ellos leerlo?

—No, no es tan bueno como el chino. Pero me recordará las palabras correctas —dijo Quan—. Esto fue escrito por mi amigo Ben Fielding. Él entiende mandarín, pero no lo escribe muy bien. Así que utilizó inglés. Fue Ben Fielding el que nos trajo estas Escrituras a la prisión. Ahora escucha lo que dice el apóstol…

Wan Hai se inclinó hacia delante, un hombre sediento bebiendo cada palabra.

—Él es un buen maestro —dijo Li Tong a su compañero—. Tú lo has dotado.

—Sí —dijo Aquel que se había bajado de su trono para caminar con su amigo en su jardín favorito—. En todo Pushan no hay mejor maestro que el profesor Li Quan.

—Mi fuente visitó la prisión —dijo Johnny—. A tu amigo no le va muy bien.

—Eso lo sé. Les estoy pagando a los guardias para verlo una vez a la semana, algunas veces dos. Están apaleando a Quan, Johnny. Incluso lo han torturado.

—No puedo creer que continúan permitiéndote verlo. A los extranjeros no les permiten esa clase de acceso. Yo no soy un hombre religioso, pero es un milagro que has podido ver a tu amigo en esa condición.

—Quizá *es* un milagro —dijo Ben—. Quizá hay muchos milagros a nuestro alrededor que ni siquiera reconocemos. ¿Qué dijo tu contacto acerca de Quan?

—Parece que uno de los guardias tuvo misericordia y le dio una silla.

—¿Sí? Eso es bueno.

—No. Él dice que todos los días cuando el guardia viene y lo ve, tu amigo está sentado en el suelo, hablándole a la silla.

Ben se rió.

—Lo digo en serio, Ben. Él no está *sentado* en la silla. ¡Le está *hablando*!

Ben se rió de nuevo.

—Me estoy comenzando a preguntar acerca de ti, Ben. Quizá Martin tiene razón. Quizá tu amigo no es el único que se está volviendo loco.

———

El Rey escudriñó el planeta silencioso, sus ojos ardiendo por sus hijos necesitados.

—Él espera el último mártir —dijo Li Manchu.

—Quizá lo está viendo ahora —dijo Li Wen.

—Pudiera ser Li Quan —dijo Li Tong.

—O quizá Li Shen.

—Quizá aun Ben Fielding.

—¿Será mi hijo un mártir? —preguntó Li Tong.

—¿Será él el último mártir? —preguntó Li Manchu.

—Solo Uno sabe la respuesta —dijo Li Tong—. Aquel cuyos ojos son un fuego consumidor.

———

—Martin. ¿Qué está sucediendo?

—Me estás matando, Ben. He tenido dos quejas presentadas contra ti desde que hablamos la semana pasada. Recibí una llamada de un oficial que casi no podía entender, alguien alto en el BSP o en el partido, no puedo decirte con seguridad. De todos modos, están furiosos por el revuelo que has estado armando. Dicen que si no fuera por la alta estima que le tienen a Getz Internacional tú hubieras sido deportado hace varias semanas.

Ellos están tomando esto muy en serio. Fue una llamada telefónica muy desagradable, al menos la parte que yo pude entender.

—¿Dijiste que había una segunda queja?

—Zhang, en el Grupo Ling. Él me recordó que no somos la única compañía de semiconductores o microchip en el planeta. Comenzó a nombrar a nuestros competidores. Ben, te estoy diciendo, si perdemos el contrato con ellos, Getz se pudiera ir abajo. Travis y sus partidarios en la junta directiva continúan recordándome que esta es la clase de situación que me advirtieron podía suceder. Estamos apalancados. Estamos dependiendo de las cuentas de China. El asunto del trabajo forzado ha sido arreglado. Necesitas dejarlo a un lado. Es historia antigua.

—¿Cómo sabemos eso? Ellos ni siquiera me dan acceso a los archivos de empleados en nuestra propia fábrica. ¿Por qué piensas que es eso?

—Tú no tienes la distancia emocional para ver esto de manera objetiva.

—Estás en lo cierto sobre eso. Ya se me ha acabado la distancia emocional.

—Es su cultura. No supongas que puedes decirles lo que deben hacer.

—Esto no es un asunto cultural. Es un asunto moral. Hay una gran diferencia.

—Échate para atrás, Ben. Tú me debes eso. Yo he sido tu mayor apoyo en GI. Y últimamente, créeme, has necesitado ese apoyo. Este es un asunto interno. De ellos, no tuyo. ¡Permite que ellos lo manejen!

—¿Como los campos de concentración eran un asunto interno de Alemania? ¿Como los gulags eran un asunto interno de Moscú?

—¡Escúchate a ti mismo! Estás perdiendo el control. ¡Estás hablando de nazis y de la KGB! ¿Es esto parte de tu nuevo pasatiempo de religión? Yo voy a la iglesia, pero tú te estás volviendo loco. ¡Contrólate!

—Martin, mira, yo solo necesito…

—Se acabó, Ben. Yo esperaba no tener que tomar cartas en el asunto, pero has forzado mi decisión. He sido más paciente de lo que debía haber sido. Pero ya no más. ¡Tienes que dejar esto a un lado o *te* voy a tener que despedir! ¿Comprendes lo que te estoy diciendo? Empaca tus maletas y regresa a casa. Esto no es una petición. Te quiero de regreso en una semana. Eso es enero 31. No más tarde. Sal en los próximos dos días y puedes llegar a tiempo para el campeonato nacional de fútbol. Estoy enviando a Jeffrey para limpiar tus desastres. No hagas este trabajo más difícil que lo que ya has hecho. ¿Entiendes?

Un ciclista entregó un sobre sellado con el nombre «Ben Fielding». El niño se lo dio a Ben, y él le dio algunos yuanes. El niño sonrió y se fue, mirando el tesoro en su mano.

Ben abrió el sobre y leyó: «*Ben Fielding es por este medio expulsado de China por tomar parte en actividades incompatibles con una visa. Él debe reportarse al BSP de Pushan y salir de China no más tarde de febrero 2*».

Vaya. Ellos me dieron un par de días más que lo que me dio Martin.

La casa de Quan estaba casi vacía. Ming y Shen ya se habían ido, habiéndose instalado en su mitad de la diminuta casa de Zhou Jin. Ben se sentó en su cama, la única de las tres que aún estaba allí. Él estaba listo a hacer el último viaje de mudanza a la casa de Zhou Jin. Solo la cama, la silla de caoba y unas pocas cosas faltaban.

El aire frío era peor sin muebles y cuerpos. A pesar de su chaqueta y la manta que cubría sus pies, Ben estaba temblando.

Después de unos pocos minutos se levantó, cruzó la habitación y se arrodilló frente a la silla vacía. Lloró. Abrió su Biblia frente a él y leyó de nuevo una frase de Primera de Pedro que había subrayado, una que Ming le había mostrado esa mañana. «"Depositen en él toda ansiedad, porque él cuida de ustedes"».

Después que hizo todo lo que él podía pensar, y aún sin obtener los resultados deseados, Ben recostó la cabeza en el suave fieltro intacto de la silla y se sintió consolado.

Bueno, creo que si no estoy en control, la segunda cosa mejor es saber que tú estás en control. Pensándolo bien, eso es mucho mejor, ¿no es así?

Él le habló más al Dueño de la silla.

46

MIENTRAS QUAN ESTABA DE PIE TEMBLANDO del otro lado, Ben arrojó la frazada, atada en un bulto, sobre la cerca. Misericordiosamente, el guardia cristiano lo había escoltado y miró hacia el otro lado. El aire estaba tan frío que le quemaba el rostro a Ben.

—Ming tiene un mensaje para ti —Ben le entregó un pedazo de papel. Quan lo leyó, bloqueándolo con su cuerpo de la vista de los guardias.

—¿Qué dice? —preguntó Ben.

Quan se sonrojó. Se lo enseñó a Ben, que lo leyó en voz alta:

—"Yo te amo, Li Quan. Gracias por nunca haberme dado cerámica rota y siempre haberme dado jade".

—Yo te he fallado —dijo Ben—. No sé cómo decirte esto, pero están confiscando tu hogar. A causa de las reuniones ilegales y las Biblias. Tratamos de bloquearlo con medidas legales, pero nada dio resultado. Yo no tengo influencia aquí. Saqué todo de tu casa ayer. Yo me estoy quedando en un hotel ahora. Ming y Shen están con la familia de Zhou Jin.

—Eso es bueno —Quan miró a sus zapatos—. No fue nunca nuestro hogar.

—¿Qué quieres decir?

—La casa en que vivíamos no era nuestro hogar. Como tampoco esta cárcel es mi hogar. Minghua sabe eso. Shen sabe, o pronto lo sabrá. Nuestro hogar está en otro lugar. Yo oro por Ming y Shen. Las paredes de la prisión no pueden detener mis oraciones.

—Lo siento que no pude evitar que sucediera.

—Nosotros solo somos hombres, Ben Fielding. No podemos hacer que la tierra gire. Nuestro Padre la hace girar sin nuestra asistencia. Y él tiene sus bromas de providencia, bromas que no interpretamos hasta mucho más tarde, si alguna vez. Juntándonos en Harvard fue uno de esos, yo creo. Y ahora, todos estos años después, él nos ha juntado de nuevo, para sus propósitos. Cuando yo fui a Estados Unidos, si no hubiera sido por mi compañero de cuarto que me llevó a esas reuniones, yo quizá nunca me hubiera convertido en un seguidor de Yesu.

—Y cuando yo vine a China, si no hubiera sido por mi compañero de cuarto que me llevó a esas reuniones, yo quizá nunca me hubiera convertido en un seguidor de Yesu. Sí, lo veo. Una broma de la providencia.

—¿Has estado leyendo Shengjing?

—Todos los días. Zhou Jin ha sido una gran ayuda.

—¿Has estado orando a Yesu?

—Cada hora.

—Entonces Ben Fielding no me pudo haber traído mejores noticias. Esto es mucho mejor que decirme que me van a dejar en libertad.

Él vio a Li Quan y sabía que lo decía en serio.

—Mi jefe me ha dado un ultimátum. Tengo que estar en casa en seis días. También recibí una notificación de evicción del BSP. No te puedo decir si es una deportación oficial, pero no voy a pelearla.

—Es tiempo que te vayas.

—Anoche cuando oré, estaba de rodillas, con mi cabeza descansando en la silla vacía. Espero que eso estaba bien.

—El dueño de la silla estaba contento, estoy seguro. Cuando pusiste tu cabeza en esa silla, la pusiste en el regazo de Yesu.

—He estado deseando preguntarte algo: cuando se quemó la casa de tus padres, ¿dónde estaba la silla?

—En la misma habitación donde casi todo lo demás fue destruido. Pero la silla sobrevivió. Tenía el olor del fuego, pero eso era todo. Es el tesoro terrenal más grande de nuestra familia. Quizá es nuestro único tesoro además de la Palabra de Dios misma. No quiero ofenderte respecto a las chaquetas de cuero que nos trajiste. O el disco volador.

—Desearía no tener que dejarte aquí.

—Mi padre acostumbraba a decirme que un buen seguidor de Yesu es como un buey: listo para el arado o para el altar, para servicio o para sacrificio. Yo no sé que nos espera en esta tierra. Yo sí sé que algo más grande nos espera más allá de ella. Eso es para lo que yo elijo vivir. Tú estás libre para irte, Ben Fielding. Yo oraré por ti.

—Yo también oraré por ti. Esta vez lo haré —Ben lo miró—. Cuando oras por mí, ¿qué pides?

—Que enfrentes persecución y que a través de ella crezcas. Que aprendas a permanecer fuerte. Que sepas que estás en una guerra, y que te pongas tu armadura y aprendas a usar la espada del Espíritu, la Palabra de Dios.

—¿Así que, mientras yo oro que tú sufras menos, tú estás orando que yo sufra más?

—Ambos debemos orar que el otro vivirá de una manera agradable a Yesu. Yo no deseo ver a mi amigo sufrir. Pero creo que puede ser la única manera que tú aprendas cómo servir. En las iglesias caseras tenemos poco en qué confiar excepto en nuestro Dios. En los Estados Unidos, tú tienes mucho en qué confiar además de Dios. Nadie sino él puede cargar el peso de nuestra esperanza. Pero eso es a menudo olvidado. La prueba de la prosperidad no se pasa fácilmente.

—Espero poder verte de nuevo antes que me vaya. Si no, entonces esta es nuestra despedida.

—Te esperaré una vez más. Ahora debo pedirte que le des un mensaje a Li Shen. Dile "No te avergüences de las cadenas de tu padre".

—Él no está avergonzado de ti, Quan.

—Él es un hijo mejor que lo que fui yo. Cuando yo era joven, estaba avergonzado de mi padre —Quan ahogó las palabras e inclinó la cabeza.

—Ming extraña a su pequeño saltamontes —dijo Ben.

Quan se sonrojó.

—Salúdala de mi parte. Comunícale mi amor —se detuvo cuando escuchó su voz cambiando.

—Ella es una mujer extraordinaria —dijo Ben.

—Ella es la mujer más admirable que jamás he conocido —dijo Quan—. Ella sostiene más de la mitad de su pequeño cielo.

—Tu cielo es más grande de lo que piensas, mi amigo —dijo Ben—. Mucho más grande que todos los cielos que jamás he soñado.

—¿Hasta ahora? —preguntó Quan.

—Hasta ahora —dijo Ben.

Quan sacó tres dedos a través de la cerca de alambre y tocó la cabeza de su amigo. Él oró en voz alta, con una pasión que pasó a través de Ben como una corriente eléctrica.

—Bien, Ben, detente por un segundo. ¿Estás bien? —preguntó Pam Fielding.

—Sí. Sí, estoy bien. Por primera vez en años, estoy bien.

—¿Has estado bebiendo?

—Agua hervida con té verde, eso es todo.

—¿Es esto alguna broma o algo?

—No, Pam. Estoy bien, y no estoy bebiendo —Ben hizo una pausa por un segundo para ordenar sus pensamientos—. Te estoy diciendo que me he arrepentido. He entregado mi vida a Jesús. Él es mi Señor y Salvador. Yo no sé otra forma de decírtelo. Ocurrió hace un par de semanas. Te diré acerca de ello cuando llegue a casa.

—Bien, bien, permíteme entender esto, asegurarme que no estoy soñando— dijo Pam. Ben se la imaginó sentada en la cama, frotándose el rostro, aún tratando de despertarse—. Este es mi ex esposo, Ben, cuya voz no he escuchado por cuatro meses excepto en un contestador de llamadas. Me despierta a las cuatro de la madrugada llamando desde China. ¿Me pide que ore por Quan, que está en la cárcel, y después que haga llamadas para tratar de encontrar una docena de Biblias chinas que alguien pudiera pasar por la casa y recoger?

—Ah, sí, creo que eso es todo.

Pam se rió. Su risa aún lo hacía sonreír.

—Bueno, *seguro*, Ben. ¿Por qué no? ¿Algo más que pueda hacer por ti?

—Sí, saluda a Melissa y a Kim de mi parte.

—Haré mejor que eso: Kimmy está aquí de pie, preguntándose si es una emergencia. Creo que hablé un poco alto. ¿Te mencioné que son las cuatro de la madrugada? —ella se rió y pasó el teléfono, cubriéndolo y diciéndole algo a Kim que él no pudo entender.

—¿Papá? ¿Cuándo regresas a casa?

—En menos de una semana. ¿Cómo estás tú, bebé?

—Muy bien. Gracias por la tarjeta de Navidad y los regalos que enviaste. Te extrañamos mucho.

—Yo también te extraño, Kimmy. Tanto. Hay mucho sucediendo aquí. Mamá te dirá algo. Pero… ¿oraras por mí?

—¿*Orar* por ti? Desde luego que oraré por ti, papá. Creo que jamás me has pedido eso antes.

—Bueno, lo necesito en este momento. Mi amigo Li Quan está en la cárcel. Tu mamá te dirá los detalles. Te extraño, mi amor. Realmente te extraño.

—Yo también te extraño, papá. Y *oraré* por ti, ¿está bien? Mamá y yo oraremos juntas por ti, ahora mismo.

———————

—Hola, Jeffrey. Vienes a Shanghai, ¿no es así? Te veré en la reunión en el edificio Bancorp, con el Grupo Ling. Sí, yo te pasaré la batuta y te pondré al tanto de lo que ha estado sucediendo. Quiero decir, el asunto de Getz. No mi asunto personal con mi amigo, el asunto que tiene a Martin molesto conmigo. Pero escucha, Jeff, necesito que me hagas un favor. ¿Puedes pasar por la casa de Pam antes de venir? Ella va a tener una caja de libros lista para enviarme.

—¿Ella te está enviando libros? Pero tú estás por regresar a casa.

—Es para amigos aquí. Ellos necesitan algo para leer. Es algo de buena voluntad. He conocido a muchos chinos y me han ayudado mucho. Solo quería darles una muestra de mi aprecio.

—¿Qué te parece unas bonitas plumas o esas tazas de café de plástico de Getz? Esas no pesan tanto.

—No. Necesito los libros.

—Ya estoy pasado en mi equipaje.

—¿Recuerdas el año pasado cuando te saqué de ese bar en Hong Kong?

—Bien, bien. ¡Caramba! Será una caja de libros.

———————

Li Tong acompañó al recién llegado, que estaba fascinado por los observadores.

—Lector siempre habla. Pero Escritor puede contestar tus preguntas.

—¿Quién eres? —le preguntó Fu Liko.

—Yo soy los ojos de Elyon, el Testigo de las obras de los hombres. Yo escudriño el mundo oscuro por los hijos oprimidos de Elyon. Yo escribo sus obras de fidelidad, para el día del juicio y las recompensas. Miguel consulta mis archivos para desplegar soldados a su favor. Yo también mantengo un registro de todas las ofensas contra ellos… cada una de seguro tendrá su pago.

—¿Qué has estado observando? —preguntó Fu Liko.

Escritor demoró su respuesta, escribiendo con rapidez mientras otras imágenes llenaban el portal. Finalmente volvió a hablar, sin quitar sus ojos del portal.

—Lugares que conocías como Indonesia, Myanmar, Laos, Cuba, Colombia, Marruecos, Egipto, Nigeria, Arabia Saudita, Sri Lanka, Bangladesh, Vietnam, Corea del Norte, Irán, Pakistán. Y, desde luego, China. También otros.

—Hay un color rojizo en cada uno de esos países.

—Es la sangre de los mártires, siempre visible desde aquí. Los ojos del Cielo están atentos sin cesar a cualquier cosa que los ojos de Yesu están mirando. Y sus ojos siempre están sobre sus siervos que sufren.

Cuando Fu Liko miró, todo lo que podía ver eran imágenes borrosas.

—Yo no sé aún cómo ver igual que lo haces tú. ¿Qué estás mirando ahora?

—A hermanos en Laos les dicen que deben firmar un documento renunciando a su fe, o los oficiales del pueblo los forzarán a dejar sus casas, sus cultivos y sus trabajos. Los líderes del gobierno denuncian a los cristianos en los periódicos. La policía cierra iglesias. Tratan de forzarlos a pagar dinero a los sacerdotes budistas.

—¿Qué más ves?

—Veo una niña en Pakistán, bautizada hace tres horas. Hace cinco minutos le cortaron el cuello porque su bautizo es apostasía para el Islam. Creo que está al unirse con nosotros. En este momento en Indonesia dos niños están siendo quemados y torturados. Sus perseguidores ofrecen alivio solo si niegan a su Señor. Ellos rehúsan hacerlo —él continuaba escribiendo sin cesar, mientras hablaba.

Fu Liko miró a Li Tong.

—¿Pero cómo podemos ver todo esto? Yo pensaba que en el cielo todas las imágenes y recuerdos servirían solo para hacernos felices.

—¿Tú te imaginabas que la felicidad del cielo está basada en ignorancia sobre los acontecimientos en la tierra? No. Es un asunto de perspectiva, no de ignorancia. El Rey dice que él sufre con sus hijos. Aun aquí, el dolor se puede sentir.

—¿Pero no promete Shengjing enjugar toda lágrima?

—Esa promesa es para después que él derrota al pecado y termina con todo el sufrimiento y establece su reino. Ese tiempo aún no ha llegado.

—¿Cuál es ese país allí? Es uno de los más rojos.

—Lo conocimos como Sudán. Millones de cristianos viven allí sufriendo. Muchos han sido robados y llevados como esclavos al norte musulmán. Son abusados sexualmente y apaleados. Los edificios de sus iglesias son quemados completamente. El gobierno los bombardea. Las mujeres son violadas. Los niños son torturados. Ellos tratan de forzar la conversión al Islam. Es… inconcebible.

—Nunca esperé aprender de tales cosas aquí. Yo sabía que estábamos sufriendo en China, pero no comprendía cuántos otros también sufrían.

Escritor señaló otra atrocidad, después puso la pluma en el papel y comenzó a escribir con la rapidez de un relámpago. Lector habló:

—¿Creen ellos que el Rey está ciego? ¿Se imaginan que a él no le importa lo que hacen con sus hijos? Con una mano él rescatará y consolará a sus hijos; con la otra dejará caer su espada sobre sus opresores.

—¿Cuándo? —le susurró Fu Liko a Li Tong.

—Yo no sé. Pero creo que muy pronto.

———————

—Escucha Quan. El guardia cristiano me dijo que cuando el BSP se enteró de nuestras visitas estaban furiosos. Parece que el subcarcelero y tres de los guardias se han estado dividiendo el dinero, y alguien lo descubrió —Ben levantó la mano—. Yo sé que tú no querías que yo pagara, pero lo hice. De todos modos, les dije que yo me iba mañana y que nadie lo sabría si me permitían entrar para una última visita —no mencionó que había puesto tres billetes de cien dólares frente a ellos para cambiar su opinión—. Aún no me siento bien dejándote así.

—Tú tienes tu propia familia que cuidar.

—Pero yo estoy divorciado. Ellas no viven conmigo. Y en realidad no me necesitan...

—No escuches a Mogui. Ellas *sí* te necesitan, Ben Fielding. Mucho más de lo que tú comprendes. La iglesia aquí cuidará de Ming y de Shen. ¿Quién cuidará de tu familia?

—Ellas tienen suficiente. De acuerdo con tus normas, a ellas no les falta nada.

—A ellas les falta un esposo y un padre que las ame y las guíe. Si Dios te separa de ellas, como él me ha separado de Ming y de Shen, eso es para él decidir. Pero no para ti.

—Sí, he estado pensando sobre eso. Muchísimo. Quiero que las cosas sean diferentes. Pero no estoy seguro de que estoy listo, Quan. Aunque las cosas son un desastre aquí, siento la presencia de Dios. Temo que cuando me vaya pierda la perspectiva de nuevo.

—Yo recuerdo una reunión cuando estábamos en la universidad —dijo Quan—. No era lejos del patio de Harvard. El evangelista le pidió a todo el mundo inclinar la cabeza, cerrar los ojos y después levantar las manos si querían seguir a Cristo. Lo que yo recuerdo es cómo él le aseguró a la gente que "nadie verá si usted levanta su mano; esta es una decisión entre usted y Dios solamente". Al momento yo no pensé nada sobre eso. Pero lo he pensado desde entonces, que aquel que verdaderamente sigue a Yesu lo debe reconocer en público. Aun en China, nos podemos reunir en secreto, pero cuando el momento es apropiado tomamos los riesgos de hacerles saber a otros que somos sus seguidores. ¿No es así en los Estados Unidos?

—No lo creo. Yo sé que hay muchos maestros cristianos, trabajadores sociales, consejeros y aun hombres de negocio que temen que se meterán en problemas si son cristianos francos. Algunas veces tienen razón. Puede que tengan que pagar un gran precio. Puedes hasta… perder tu empleo.

—¿Perder tu empleo por hablar como un cristiano? ¿En Estados Unidos? ¿Han cambiado tanto las cosas?

—Sí, han cambiado. Mejor lo confieso. Tu antiguo compañero de cuarto despidió a un cristiano por hablar demasiado en la oficina.

—Yo estoy seguro de que harás lo justo para corregir tus errores pasados —dijo Quan—. Debes aprender a tomar una postura audaz por tu Señor, sin tomar en cuenta lo que los hombres puedan pensar de ti.

—Yo he visto mucha de esa audacia aquí.

—Mientras fregaba sus pisos, discutí con dos pastores su creencia que Dios está levantando a China como la base de misiones para alcanzar a todo país del mundo. No somos solo beneficiarios de la obediencia de otras personas a la gran comisión. Planeamos llevar el evangelio de Yesu más lejos y con más dinamismo aun que los misioneros que lo trajeron a nosotros.

—Quizá lo debes llevar a Estados Unidos.

—Sí. Y quizá Ben Fielding será uno de nuestros primeros misioneros.

—Me he estado preguntando si debo renunciar de Getz. Quizá hacer algo de consultoría o comenzar mi propia empresa.

—O quizá debas hacer lo que pudiera ser más difícil: quedarte y tomar una postura firme como un seguidor de Zhu Yesu, y hacer lo que él quiere en tu negocio. Y si te despiden, esa es su elección. ¿Y no es el momento para que regreses a los estudiantes de negocio a los que enseñas en la universidad y les digas lo que está ocurriendo en China; lo bueno y lo malo?

—Quizá no me permitan regresar.

—Esa es su opción. Tu obligación es hacer lo que puedes. Dios puede cerrar las puertas sin tu ayuda. ¿Y qué de todos los chinos que van a estudiar a Estados Unidos, como tu compañero de cuarto? ¿Quién conoce su idioma y su país mejor que Ben Fielding? Tú puedes abrir tu hogar a ellos, abrir tu corazón, alcanzarlos para Zhu Yesu. Contarles de tu antiguo compañero de cuarto.

—Yo no soy digno de hacer eso, Quan, tengo mucho que crecer.

—Cierto, tú no eres digno, igual que yo no soy digno. Pero no debes descuidar tu llamado. ¿Sabías que en 1262, Kublai Kan pidió que cien eruditos cristianos fueran enviados a China? Su petición nunca fue cumplida. China pudo haber sido alcanzada por el evangelio, pero no lo fue. Ahora estudiantes chinos van a estudiar a tu país, a tu ciudad. Tú los puedes influir.

—Tú siempre has sido el erudito, no yo.

—Yo solo soy un asistente de cerrajero, el hijo de un barrendero, y ahora el fregador de pisos en la prisión.

—Pero —dijo Ben, metiendo sus dedos a través de la cerca, mientras Quan inclinaba la cabeza para que él pudiera tocarla—, todas las huestes del cielo y de la tierra pausarán para decir de Li Quan, "Aquí vivió un gran asistente de cerrajero, un gran fregador de pisos de prisión, que hizo su labor bien".

El guardia alto se acercó. Puso su mano sobre el hombro de Quan.

—¿Se ha acabado nuestro tiempo, hermano? —preguntó Quan.

—¿Podemos tener diez minutos más? —preguntó Ben.

El guardia asintió con la cabeza.

—Cuando regrese a casa, Quan, ¿qué quieres que le diga a la gente?

—Diles que si desean ayudar, que nos envíen Biblias. Y oren por nosotros. Oren que esos que son testigos de nuestro sufrimiento verán que Zhu Yesu debe ser real para poder sostenernos. Oren que la comida podrida de la prisión en realidad nos sepa bien. Él ha hecho ese milagro para mí muchas veces. Oren que los harapos que los prisioneros usamos en el invierno nos mantengan calientes. Oren que los golpes y las torturas no nos debiliten, sino que fortalezcan nuestra fe. Y que el enemigo no nos vencerá a nosotros y a nuestras familias con desesperación y desaliento. Oren que las prisiones a través de toda China se vuelvan centros de avivamiento, y que los cristianos en las iglesias registradas sean audaces, y que las iglesias caseras sean invisibles a la policía, pero visibles a todos los demás. Oren que nuestros hijos e hijas no estén avergonzados de sus padres y madres en prisión.

Ben tomó notas en su libreta.

—Has llegado a conocer a Dios en China, Ben, y has aprendido mucho. Cuando regreses, recuerda que tu Dios estadounidense es tan grande como tu Dios chino. Mientras has estado aquí te has dado cuenta que tienes muy poco poder. Las ruedas del progreso no rotan fácilmente en China. Pero cuando regreses a casa pensarás que puedes hacer las cosas por ti mismo. Serás tentado a orar menos, a pedir menos, y a confiar menos. Así que, recuerda que Dios es el mismo allá que aquí, y que debes confiar tanto en él allá como has aprendido a hacerlo aquí.

—Quan… ¿tienes miedo?

—He estado recitando un poema escrito en honor de un mártir misionero. Fue impreso ampliamente a través de mi país. Mi padre tenía una copia en su Biblia y debajo de su escritorio en caso de que se llevaran su Biblia. Yo lo memoricé hace muchos años. Lo escribí en mi pared con jabón la semana pasada. ¡Cuando eres un gran fregador de pisos tienes acceso a suficiente jabón! Fue escrito inicialmente en inglés, así que lo memoricé en inglés. ¿Te lo puedo recitar?

Ben asintió con la cabeza.

> *¿Temeroso? ¿De qué?*
> *¿Sentir la alegre liberación del espíritu?*
> *¿Pasar del dolor a la paz perfecta,*
> *que cese el conflicto y la tensión de la vida?*
> *¿Temeroso... de eso?*
> *¿Temeroso? ¿De qué?*

Li Quan se detuvo. Movió su cabeza de repente.

—¿Qué sucede? —preguntó Ben.

—Por un momento... Yo no escuchaba mi voz. Pensé... que escuchaba otra voz, quizá dos o tres voces diciendo las palabras. Lo siento, Ben. Quizá mi mente se está volviendo confusa.

—No problema. Yo cambiaría mi mente en su mejor forma por tu mente en su peor forma. Por qué no descansas por un momento y...

—Continuaré.

Pensó un momento, miró hacia arriba, después dijo:

> *¿Temeroso? ¿De qué?*
> *¿Temeroso de ver el rostro del Salvador*
> *Escuchar su bienvenida, y localizar*
> *el rayo de gloria de sus heridas de gracia?*
> *¿Temeroso... de eso?*
> *¿Temeroso? ¿De qué?*
> *Un destello, un estruendo, un corazón atravesado;*
> *tinieblas, luz, ¡o arte del Cielo!*
> *¡Equivalente a una herida de él!*
> *¿Temeroso... ¿de eso?*

¿Temeroso? ¿De qué?
hacer por la muerte lo que la vida no podía…
¿Bautizar con sangre un campo empedrado,
Hasta que almas florezcan del lugar?
¿Temeroso... ¿de qué?

—Me parece que piensas que vas a morir —dijo Ben.

—Por supuesto que voy a morir, Ben Fielding. Al igual que tú. La única pregunta es: "¿Es *este* el día en que muero?" Si lo es, ambos debemos estar listos, ¿no es así?

—Sí.

—Por favor llévale un mensaje a Ming y Shen. Diles que los amo y que los veré de nuevo. Dales este versículo de Gálatas: "No nos cansemos de hacer el bien, porque a su debido tiempo cosecharemos si no nos damos por vencido". Diles que las palabras más importantes son *dao le shihou*: "cuando llegue el momento".

Un momento Li Quan parecía solemne, y el siguiente, aparecía una sonrisa en su rostro.

—¿Recuerdas como siempre deseaba escribir un libro?

—Desde luego. Tú ibas a ser el Profesor Quan, autor de muchos libros.

—Un asistente de cerrajero no se vuelve un escritor. Sin embargo, estoy escribiendo un libro en las paredes de mi celda. Después que trabajo todo el día limpiando las otras celdas, utilizo un pequeño pedazo de jabón para escribir mi boceto en mi pared. Cuando estoy satisfecho, lo memorizo antes de dormirme. Después lo recito en la mañana y comienzo a escribir de nuevo. Desde luego, no hay nadie que realmente lee mi libro. ¡Yo no espero que sea publicado! Sin embargo, esta es quizá otra broma de la providencia. *Dao le shihou*; ¡el momento ha llegado para que Li Quan escriba un libro!

47

$\mathcal{E}$L NIÑO SE AFERRABA a su madre mientras estaban acostados en su cama.

—¿Qué le sucede a mi Li Shen? —preguntó su madre con dulzura. Ella enjugó sus lágrimas.

—¿Qué le están haciendo a baba?

—Yo no sé. Pero sé que Yesu está con él.

—No quiero que le hagan daño.

—Yo tampoco.

—Quiero que mi baba regrese a casa.

—Pronto él estará en casa, a salvo en casa —dijo Ming—. Yo lo siento. Pero hasta entonces, él desea que Ming y Shen reciban su fortaleza de Yesu.

Shen se acercó a ella y lloró sobre el cuello de su madre. Sus lágrimas caían a gotas, mezclándose unas con otras.

Observaron al Rey, rodeado por una gran multitud de ángeles. Aunque pocos eran permitidos tan cerca de su trono, estos tenían acceso especial; no por quiénes eran sino a quiénes representaban.

Manchu, Wen y Tong se acercaron. El Rey los trajo a la superficie de su vasta mente, para que pudieran ver lo que él veía: niños abandonados y viviendo en las calles, secuestrados, golpeados, abusados, cortados en pedazos por hombres vestidos de blanco, exterminados por pesticidas humanos.

A salvo en casa

Entonces él observó a un hombre y a una mujer que sacaban a niños de las calles, llevándolos a un edificio, dándoles una comida caliente, una cama y un refugio seguro, y hablándoles acerca de su Maestro. Al otro lado del planeta, en África, observó a su pueblo cuidando a niños nacidos con SIDA, muchos de ellos huérfanos.

El Rey movió su cabeza en aprobación.

—El que recibe en mi nombre a uno de estos niños, me recibe a mí.

Observó a su pueblo darles a estos niños un baño cálido, leerles historias, abrazarlos y reír con ellos. Él sonrió ampliamente.

—Gracias —susurró el Rey— por hacerme esto para mí.

Vio ahora a hombres que planeaban, acechaban y tomaban fotos de niños, haciéndoles lo inconcebible. Vio a hombres reuniendo a pequeñas niñas aterrorizadas y vendiéndoselas a extranjeros. Miró a los hombres vestidos de blanco, conduciendo autos preciosos comprados por la sangre de niños. Miró a aquellos que infligían el sufrimiento. Sus ojos hervían.

—Más le valdría que le ataran al cuello una piedra de molino y lo arrojaran al mar —miró ahora a otros que volteaban la cabeza en dirección opuesta a los niños, demasiado ocupados para compartir una comida, una frazada, o un salario—. A aquellos de ustedes que voltean la cabeza en dirección opuesta, diciendo que mis hijos no son su problema. ¡Arrepiéntanse! Porque es a mí a quien han volteado la cabeza. Yo no lo olvidaré.

Él miró fijamente a otro grupo de personas, a los que cuidan, alcanzan y ayudan a los niños. Él solo dijo:

—Bien hecho. Tendrán una gran recompensa.

—Muchos en la tierra voltean la cabeza en dirección opuesta a los niños —dijo Li Tong a Fu Liko—. Pero los ojos del cielo nunca miran en dirección opuesta a ellos. Nunca.

El domingo por la mañana Quan recitó Shengjing y lo escribió en la pared con un pedazo de jabón, levantó ambas manos mientras escribía, ya que sus muñecas estaban esposadas. Escribió lo que sabía eran las palabras de Pablo escritas antes de ser decapitado por Nerón: «El Señor estuvo a mi lado y me dio fuerzas para que por medio de mí se llevara a cabo la predicación del mensaje... Y fui librado de la boca del león. El Señor me librará de todo mal y me preservará para su reino celestial. A él sea la gloria por los siglos de los siglos. Amén».

Quan leyó las palabras, las recitó, las oró. También oró por la iglesia casera; por la suya y por las decenas de miles de otras esparcidas a través de su gran país.

Escuchó la llave dar vuelta en la cerradura. Él esperaba comida, pero lo que vio fue a Tai Hong. Quan retrocedió.

—Usted distribuyó Biblias ilegales. Otros lo ayudaron. Yo quiero nombres de usted. Nombres de chinos y nombres de extranjeros. Si me da esos nombres, lo sacaré de la prisión. Si no lo hace, le haré daño.

—Yo no puedo traicionar a mis hermanos.

—Entonces niegue al Cristo en el cual usted profesa creer. Si hace eso lo trataré bien.

—Yo no puedo negar a mi Señor.

—¡La lealtad de un ciudadano chino es al estado!

—Mi lealtad es a Yesu, Señor del Cielo, Señor de China.

Tai Hong le dio una bofetada a Quan con la mano abierta y gritó del dolor de su propio golpe. Enojado, sacó una linterna de su cinturón. Le pegó en la cabeza a Quan con ella, rompiendo la dura cubierta de plástico.

Quan se arrastró de pie. Hong levantó la linterna en el aire, listo para pegarle. Entonces la arrojó contra la pared. Sacó una pistola grande y le apuntó a Quan, con el dedo en el gatillo.

Después la volteó en su mano, la levantó en alto y con la culata de la pistola golpeó a Quan en la cabeza. Pegó con un crujir. El cráneo de Quan se hundió.

———————————

—Este es el día —dijo un padre.
—Muere bien, mi hijo —dijo el Otro.

48

El REY miró a la tierra y señaló con el dedo.

—¿Por qué me persiguen? —su grito se escuchó hasta el final del universo. Solo en la tierra algunos no escucharon.

Corriendo desde afuera del templo hacia el sonido, Miguel detuvo sus pasos. Observó con sus ojos bien abiertos mientras que el Rey movía su mano derecha hacia la espada que descansaba junto a su trono. Él agarró la empuñadura de la espada y la elevó casi un metro del suelo. Miguel contuvo la respiración.

—¡El mundo no es merecedor de ellos! —gritó el Rey. La espada tembló en su mano. Entonces lentamente la bajó de nuevo al suelo.

Miguel gritó hacia el trono:

—¿Hasta cuándo se burlará el enemigo de ti, poderoso Rey? ¿Injuriarán tu nombre por siempre tus enemigos? ¿Por qué detienes tu mano derecha? ¡Sácala de los pliegues de tus vestiduras y destrúyelos ahora!

El Rey ni siquiera miró a Miguel, un ser que merecía la atención de toda criatura. El Rey miró en su lugar a un hombre en una prisión muy lejos, sin embargo, no tan lejos que él no pudiera alcanzarlo. Abrió hacia él su mano derecha herida y sin espada.

—Yo te espero, fiel siervo. Te llenaré de alegría en mi presencia, y de dicha eterna a mi derecha. Yo soy la alegría por la que has tenido hambre, el placer por el que has tenido sed, la paz que has buscado en largas noches oscuras. Las tinieblas están por terminar. Sé fiel hasta la muerte, y yo te daré la corona de la vida.

Era una mañana oscura de domingo, pero el cielo tenebroso se estaba aclarando de manera constante. El dolor se había eliminado por completo, aunque él esperaba que regresara. Pero algo estaba ocurriendo, algo emocionante, diferente a cualquier experiencia que jamás había tenido, aun en un sueño.

Él se sentía como un hombre con una garganta seca, vencido por la sed, ahora en sus manos y sus rodillas comenzaba a beber de la fuente del Arroyo que había pensado era un espejismo. Pero era *real*, y ahora estaba bebiendo ansiosamente de él.

Mientras Quan yacía en el polvo sintió una mano fuerte agarrándolo. Él anticipaba la lucha para ponerse de pie, pero no hubo lucha. Se puso de pie sin esfuerzo. Vio a Tai Hong caminar hacia él y se preparó.

Tai caminó a través de él. Quan se dio vuelta y vio su espalda.

Imposible.

Miró al suelo y vio un cuerpo arrugado, las muñecas sujetas con esposas grises sucias. La camisa azul, remangada hasta los codos, estaba sucia, ensangrentada, rota. El rostro tenía heridas abiertas en el lado. Se dio cuenta que se estaba mirando a sí mismo. O lo que quedaba de él. O más bien… lo que él había dejado.

En un momento de increíble claridad, Li Quan se dio cuenta que había salido de su cuerpo con la facilidad que un hombre se puede quitar sus zapatos.

Quan sintió la mano en su brazo de nuevo y solo ahora se dedicó a examinar a su acompañante. Era un hombre poderoso, de oscuro cabello largo, vestido de blanco. Tenía la fortaleza y el tamaño de un gran guerrero. Sus facciones duras como la roca hicieron que Quan temblara involuntariamente. Desvió sus ojos del guerrero hacia sí mismo. Él parecía estar usando sus propios pantalones marrones en jirones y zapatos, los mismos que el hombre sin vida en su celda. Era como si hubiera dos hombres idénticos, uno en el suelo y uno de pie, como si hubiera una superposición temporal entre la muerte y la vida futura.

—¿Ese soy yo realmente? ¿Estoy muerto?

—No, tú estás vivo. El cuerpo en el suelo está muerto. Tu naturaleza debe pasar a través de la puerta de la muerte para entrar a la vida.

—Entonces este es el día —dijo Quan, pensando en las implicaciones—. ¿Pero quién eres tú?

—Yo soy Jadorel. He estado contigo desde el día en que tu padre murió. Estaba cerca de ti aun antes, cuando eras muy joven.

—Li Tong murió hace más de veinticinco años. Yo nunca te he visto.

—Hay mucho que nunca has visto.

—Sin embargo, pareces conocido.

—Quizá me has visto, pero no lo sabías.

Su rostro como el mármol mostraba una pequeñísima contracción en la comisura de sus labios. Él extendió su mano y tocó el cráneo de Quan, donde recibió el golpe con la pistola.

Quan hizo una mueca instintiva, anticipando el dolor. Pero sintió solo un toque suave.

—Nunca sentirás dolor de nuevo —dijo Jadorel y miró el rostro perplejo de Quan—. Tienes muchas preguntas. Hay muchas respuestas. Es tiempo para tu éxodo, Li Quan. Otros te esperan en el gran país, el mundo para el cual fuiste hecho.

—Jadorel —dijo Quan, al encenderse una luz interior—. Eras tú todo el tiempo, ¿no es así?

—Sí —dijo él—. A veces tú sentías el Espíritu de Elyon mismo dentro de ti. Otras veces, fuera de ti pero cerca, como en tu celda, tú sentías una presencia haciendo guardia. Ese era yo, Jadorel, soldado del Rey Yesu. Fui enviado por Miguel mismo.

Jadorel tomó la mano de Quan y lo guió hacia la pared de la celda. Quan puso su mano derecha hacia delante, preparándose para el impacto. Pero como Jadorel lo había hecho, continuó caminando y pasó a través de la pared, viendo piedra gris a todo su alrededor, después la oficina exterior de la prisión, otra pared, la maleza más allá de los edificios, después la cerca de alambre, a través de la cual caminaron. Ahora parecían estar caminando en el aire y, aunque su paso no había aumentado, giraron en una esquina en el espacio y de repente aparecieron en la casa de Zhou Jin. A través de las paredes Quan vio a una mujer adentro.

—¡Minghua! Debo ir a ella.

—Ella no te puede escuchar, al igual que tú no me podías escuchar hasta ahora.

—Sin embargo, de alguna manera yo sabía que estabas ahí. ¿Puede ella sentirme?

—Quizá.

Quan caminó a través de la pared y extendió su mano para tocarle la frente a su esposa. Pasó a través de su cabeza, sin esfuerzo, naturalmente, como un pez nadando a través del agua.

Minghua sonrió. Entonces su rostro cambió. De repente cayó de rodillas.

«Acompaña a Quan, Yesu. Protégelo. Consuélalo».

«Estoy aquí, Ming, mi amada. ¡Estoy bien!»

Un niño con rostro adormecido se levantó de su cama.

—Ven a orar conmigo, Shen. Ora por tu padre.

—¿Anda algo mal, mamá? —preguntó él, bostezando.

—Tranquilo. No despiertes a Zhou Jin. Creo que algo le está sucediendo a tu padre. Ora por él.

Shen se inclinó frente a la silla vacía, ahora en la esquina de la casa de Zhou Jin, descansando su cabeza en el asiento de fieltro.

—*Ganxie ni* por mi baba, Li Quan. Estoy muy orgulloso de él.

—¿Él está *orgulloso* de mí? —dijo Quan.

—Él debe estarlo —dijo Jadorel—. Otros también están orgullosos.

Quan extendió la mano para darle una palmadita en la cabeza a Shen y, al igual que antes, su mano pasó a través de él. Al hacerlo él sintió los pensamientos del niño, una caldera de ansiedad, sin embargo, de alguna manera sobre unos cimientos de paz.

—Él está preocupado.

—Sí. Pero él cree lo que sus padres le enseñaron. Él cree que la mano del Rey alcanza cada esquina de ese mundo. Ninguna preocupación se puede interponer frente a esa creencia.

—¿Estoy muerto? ¿Estás seguro? Es casi como… estar vivo. ¡Pero mucho mejor!

—Has salido de las tierras de las tinieblas como un hombre sale de una habitación. Estás ahora en el universo de al lado, lo que llamamos "el mundo real". Las tierras de las tinieblas son reales, sí, pero son muy pálidas, grises y vagas, desconectadas de la vida pulsante del resto del universo de Elyon. Aquellos encerrados ahí no pueden sentir lo que hay más allá. Sin embargo lo que hay más allá es casi todo.

—Yo quiero quedarme con ellos.

—No, tú no quieres, porque sabes que no es el deseo del Rey para ti o para ellos.

—Sí. ¿Pero puedo decir adiós?

Jadorel asintió con la cabeza. Quan se arrodilló junto a Ming. Como no podía descansar sus manos sobre su cabeza, las mantuvo dentro de su cabeza, maravillándose de que podía hacer eso.

«Adiós, Minghua. Gracias, amada, por sostener tu mitad del cielo… y mucho del mío también. Ven pronto». Caminó hacia Shen, pasando su mano a través de su piel y poniéndola sobre el corazón del niño.

«Adiós, Shen. Cuida de tu madre. Tu padre, Li Quan, también está orgulloso de ti. Tú estabas dispuesto a morir por Zhu Yesu. Ahora vive para él. Eso puede resultar más difícil. Oraré por ti, mi único hijo».

Quan miró a Jadorel.

—Aún puedo orar por él, ¿no es así?

—Desde luego —dijo Jadorel—. Tú le hablaste al Rey en la tierra. Cuando tú estés en su país hablarás con él... no menos sino más. Pero te estás demorando mucho tiempo en el camino entre los mundos. Es hora que Li Quan venga a casa, al lugar que nunca ha estado, pero siempre ha ansiado estar.

Quan retrocedió de Ming y Shen, después dio la vuelta y siguió a Jadorel. Ahora estaban caminando hacia arriba, como en una escalera invisible. Su cabeza comenzó a dar vueltas. Se tambaleó, no estaba acostumbrado a caminar en el aire. Al momento, Jadorel lo levantó en sus poderosos brazos cargándolo sin esfuerzo, como si él no pesara nada.

—Lo siento que no puedo caminar mejor —dijo Quan.

—No te disculpes —dijo Jadorel—. Esta es la primera vez que mueres.

Pasaron a través del mundo intermedio y llegaron a lo que parecía un portal, con rostros mirándolos a ellos. Quan escuchó voces, algunas en chino, otras en inglés, y al menos una docena de otros idiomas que de alguna manera él podía comprender.

—Él viene —gritó alguien al otro lado—. ¡Li Quan viene, y Jadorel lo carga!

Continuaron caminando a través de una capa transparente, como si estuvieran rompiendo a través de una bolsa amniótica y saliendo en otro mundo. Li Quan se sentía como que toda su vida había estado en los dolores de parto y ahora finalmente estaba naciendo.

El lunes por la mañana, Ben estaba acostado en la cama medio dormido en su hotel en Pushan, el Zuanshi. El sonido del teléfono lo desconcertó. Lo buscó con torpeza.

—¿Ben?

—¿Johnny? ¿Así que es tu turno de despertarme? ¿No sabes que el hijo pródigo de Getz regresa a casa en pocos días?

—Acabo de recibir una llamada de nuestro contacto en Shanghai; el que obtiene información de su fuente en la prisión.

—¿Sí?

—No sé cómo decirte esto, Ben, y espero que la información esté equivocada. No podemos estar seguros.

—¿Seguros de qué?

—Es Li Quan. Dicen que… está muerto.

49

LA LUZ BRILLANTE PERO acogedora mostró rostros diferentes. Li Quan vio a su primo Li Qiang, con el cual jugaba a menudo hasta que Qiang murió misteriosamente cuando ellos tenían diez años de edad. Qiang agarró su mano. Se sentía tan cálida, tan carnosa, tan humana. De alguna manera Quan había esperado que el cielo estuviera lleno de espíritus sin cuerpos, flotando en las nubes. Él sonrió ampliamente. ¡Esto era muchísimo mejor!

Movió la cabeza y contempló a una mujer con la sonrisa más grande que él jamás había visto, una sonrisa que hacía unos hoyuelos en las mejillas que era un deleite contagioso. Se congeló al verla. Escuchó su risa, después observó lágrimas de deleite salir de sus oscuros ojos almendrados.

—¡Honorable madre!

—¡Amado hijo!

Se abrazaron. Aunque su madre lo había abrazado a menudo, a Quan le pareció que su abrazo ahora era más largo que cualquier otro que hubieran compartido en la tierra. ¿O era que él sentía dentro de ella una reserva tan profunda de recuerdos amorosos y oraciones, que él no podía imaginar que se podía intercambiar tanto en un corto abrazo?

—¡Tengo tanto que decirte, mi hijo! Y que enseñarte —ella sonrió ampliamente, con dientes perfectos—. ¡He elegido lugares especiales que yo sé que a mi hijo le encantarán!

Moviéndose a través de la multitud de saludadores y campechanos, Quan disfrutó muchas reuniones sorpresa. Pero cuando vio frente a él a tres hombres de pie juntos, se detuvo por completo. El primero, el más alto, él no lo reconoció pero sentía que debía reconocerlo. El hombre se movió adelante, estrechó su mano y la puso en la cabeza de Quan. Al momento que el hombre lo tocó, él supo.

—¿Li Manchu? Mi venerado bisabuelo.

—No me veneres. Pero por favor, ¡abrázame!

Después que se abrazaron, el segundo hombre, que Quan no había visto desde que era niño, se movió adelante y también tocó su cabeza.

—Li Wen. Estoy honrado de verte de nuevo, abuelo —ellos también se abrazaron.

No había confusión con el tercer hombre. Sus ojos eran aun más brillantes que en la tierra, ojos que Quan había visto por última vez detrás de una máscara de muerte. Los ojos vivos y fogosos de su padre.

—Li Quan —dijo él, sus ojos humedecidos—. Bienvenido a casa, mi hijo —se abrazaron y lloraron, los dos juntos, pecho con pecho.

—Estoy muy avergonzado, padre —susurró Quan—. Durante tanto tiempo he deseado decirte que lo siento.

—Te he escuchado decirlo muchas veces. Una vez hubiera sido suficiente. Yo te he observado, Li Quan. Tu padre está muy orgulloso de ti. Tenemos mucho de qué hablar —dijo Li Tong—. Tengo mucho que enseñarte. Pero primero, a nosotros tres se nos ha otorgado el honor de llevarte ante la Audiencia de Uno, el Rey de todo La Gracia.

Li Tong señaló un gran palacio. Los cuatro hombres caminaron juntos hacia él.

—Ante ti está el camino que lleva al trono. Te llevaremos al área exterior. Entonces solo tú y Jadorel irán más adelante. Te veremos en la celebración —Quan observó a su padre, su abuelo y su bisabuelo, los tres, inclinar la cabeza juntos.

Junto a Jadorel, Quan caminó hacia el gran palacio por el camino de mármol. Quan se volvió hacia él de repente.

—Fuiste tú en el terremoto, ¿no es así? El hombre que me ayudó, que pagó mi matrícula. Fuiste tú.

Las comisuras de los labios de Jadorel se movieron hacia arriba, torpemente, como si no estuviera acostumbrado a sonreír.

—Hablaremos más tarde de esos tiempos —dijo él—. Yo también tengo historias que contarte, cosas que recordarás con asombro.

Las puertas de madera del palacio debían tener nueve metros de altura. Un enorme portero, más alto que Jadorel, miró a Quan e hizo un gesto con la cabeza. Él se movió a un lado, y las enormes puertas se abrieron. En ese momento Quan vio a Uno sentado en un trono al final. Li Quan cayó de rodillas. Jadorel lo siguió.

—¡Entren, fieles siervos! —la voz sonaba con poder y deleite.

Jadorel empujó a Li Quan enfrente de él.

—Tú debes guiar el camino. Yo te seguiré detrás y a tu izquierda.

Quan miró boquiabierto la larga alfombra roja como la sangre, de más de un metro de ancho con líneas de oro en cada lado. Más o menos cada seis metros una corona de espinas dorada decoraba la alfombra. Quan se movió adelante, Jadorel copiando sus movimientos como una reflexión, detrás de él y a la izquierda, sus pies sin tocar la alfombra nunca.

Mientras caminaba, Quan se dio cuenta por primera vez que las esposas aún estaban cerradas en su mano derecha. Tiró de ella con timidez, después vio su camisa azul, los pantalones manchados y sus zapatos sucios. Se sintió fuera de lugar.

A medida que se acercaba al trono, veía que era bello pero no tan grande y real como él se lo había imaginado. Era una silla, obviamente hecha por manos de un gran carpintero. Es más, le

recordaba muchísimo la silla de respaldo alto que su abuelo
había hecho, que permaneció vacía en la mesa todos esos años y
ahora permanecía vacía en la casa de Zhou Jin.

Mientras caminaba por la alfombra, personas se acumulaban
a los lados. Muchos eran chinos, pero había rostros de todos
colores. Él reconoció a algunos de ellos. Como a veinte metros
del trono podía ver que debajo de las losas marrones transparen-
tes estaban los continentes de la tierra, esparcidos en un plano,
para que se pudiera observar todo acontecimiento.

Cuando llegó a diez metros de distancia, Aquel que estaba en
el trono saltó de pie como un gran león y bajó los peldaños
corriendo hacia Li Quan. Conmovido de emoción, Quan cayó
de rodillas ante el León. Él sintió las esposas caer de su muñeca a
los pies del Rey. Vio que al momento que las cadenas tocaron el
suelo se transformaron en oro brillante.

Li Quan respiró profundo, inhalando una fragancia maravi-
llosa, sintió la gruesa barba del Rey, y recostó su cabeza en ella
como si fuera la melena de un león. Cuando el Rey acercó sus
manos a su rostro, Quan vio las cicatrices. El Rey pasó su mano
sobre las antiguas cicatrices en la oreja y el cuello de Quan. Al
momento que las cicatrices del Rey tocaron las suyas, él las sintió desaparecer. De alguna manera sus cicatrices parecían ser
atraídas, absorbidas dentro de las del Rey. Como resultado, las
cicatrices del Rey parecían un poquito más grandes.

Entonces el Rey tocó el enmarañado cabello con sangre seca
en el lado de la cabeza de Quan. Él sintió algo entrar en su cráneo, como un líquido seco. Aunque cuando Jadorel lo tocó él
no sintió dolor, solo ahora sentía que había sido totalmente
sanado. Esto era más que una simple ausencia de dolor. Esto era
la presencia de una vitalidad intensa.

Después de abrazarlo fuertemente de nuevo, el Rey puso
algo en las manos de Quan. Era pesada. Él la miró fijamente.
¿Una corona? Sin duda no para Li Quan, que había deshonrado

a su padre. Sin duda no para Li Quan, cuya vergüenza había sido susurrada en el silencio oscuro de tantas noches.

Él levantó la corona hacia el Rey.

—Yo no soy digno de usar tu corona —susurró.

—Lo que dices es media verdad. Pero aquellos que se dan cuenta de su indignidad y confían en mi dignidad, yo los considero dignos. Es mi potestad decirlo, ¿no es así? ¡Y yo digo que Li Quan usará la corona que yo he hecho para él!

El Rey puso la corona sobre él. Quan la dejó descansar, llorando con un regocijo incontenible.

De repente el Rey lo levantó del suelo, lo detuvo con sus brazos extendidos, y gritó:

—¡Hiciste bien, siervo bueno y fiel!

Su voz rugió como la de un león y su respiración cálida y dulce sopló sobre el rostro de Quan.

—Tú fuiste una vez Li Quan de Hangzhou. Ahora eres Li Quan de La Gracia, la gran ciudad, capital del país eterno sin linderos. En lo poco has sido fiel. Te pondré a cargo de mucho más. ¡Ven a compartir la felicidad de tu Señor!

Mientras Li Quan trataba de asimilar las palabras del Rey, truenos de aplausos explotaron. Tomó un momento para él darse cuenta que eran aplausos. Vio ahora a muchos que entraban a través de las puertas laterales del palacio. Los guardias se movieron a un lado, permitiéndoles esta irregularidad, esta violación del protocolo del palacio, ya que eran los mismos hijos del Rey. Se precipitaron hacia Quan, y corrieron a través de la alfombra roja que los ángeles no se atrevían a tocar.

Quan vio a su bisabuelo, a su abuelo y a su padre detenerse juntos a aplaudirle, como aquellos en la primera fila de una nube de testigos, que podían atestiguar de una vida bien vivida. Él vio a Jadorel, de pie a la derecha del Rey, también aplaudiendo lenta y deliberadamente, haciendo un fuerte sonido.

Y entonces vio algo extraordinario, algo que nunca se imaginó. Li Quan vio las manos del Rey aplaudiendo. El sonido era tan grande que lo empujaba hacia atrás. Era el sonido por encima de todos los sonidos, el sonido para el cual sus oídos habían sido hechos y a los que su oído ahora estaba afinado. Nunca hasta este momento Li Quan de Hangzhou, el humilde asistente de cerrajero, había escuchado el aplauso del cielo.

———————

Ben sujetó a Ming hasta que ella cayó de rodillas, llorando. Él se sentó en la cama de Shen junto al niño, que había estado despierto por menos de dos minutos. Cuando escuchó las palabras de Ben Fielding acerca de su padre, la expresión de Li Shen cambió de confusión a incredulidad a un intento de estoicismo. Ahora una lenta agonía inminente abatió su rostro como una ola invade la nueva arena. Él tembló, su rostro gordinflón se estremeció, después lentamente su voz aguda dejó salir un gran gemido.

50

Ben estaba de pie en la casa de Zhou Jin, despidiendo a los últimos invitados. Había sido un funeral desgarrador pero triunfante.

Después que el último invitado se retiró, Ben caminó afuera con Minghua.

—Mi vuelo sale en la mañana. Necesito empacar y dormir unas horas antes de conducir a Shanghai.

—¿Regresarás a nosotros, Ben Fielding?

—Estoy seguro que sí.

—¿Quizá traer esposa o hijas?

—Veremos. Eso espero.

Ming lo miró fijamente.

—Muy amable de Ben Fielding cuidar de la esposa e hijo de su amigo.

—Eres tú quien me ha cuidado a mí —Ben la miró a los ojos, buscando las palabras—. Continúa sosteniendo el cielo, Minghua.

—Hay solo Uno que sostiene el cielo. Y él todavía no lo ha dejado caer —se elevó en la punta de sus pies y besó a Ben en la mejilla.

—Gracias, Ben Fielding, por darme jade. Por favor dale cálido abrazo a Pam Fielding, Kim y Melissa de Chan Minghua, esposa de Li Quan.

———————

Quan y Jadorel salieron de la celebración de bienvenida uno junto al otro.

—Debo despedirme —le dijo Jadorel a Quan—. Tu trabajo en las tierras de las tinieblas ha terminado. El mío no.

—¿Otra misión tan pronto?

—Sí. Un joven me necesita ahora. Su nombre es Li Shen.

—¿Shen? ¿Vas a ir a Shen?

—Lo serviré fielmente como serví a su padre Quan, a su abuelo Tong, a su bisabuelo Wen y a su tatarabuelo Manchu.

—¿Tú eras sus guardianes también?

—Sí.

—¿Pero no tiene él ya un guardián?

—Quizá él es especial. Quizá es por eso que el Rey cree que él necesita otro.

—Yo… no sé cómo agradecerte.

—Tu fidelidad a Elyon es mi gratitud. Es cuando los hijos del polvo no le sirven a Él que la labor del guardián es ingrata.

Él levantó su espada en el aire, gritó algo en un idioma que Quan no pudo comprender, y desapareció. Unos momentos más tarde, mirando a través del portal, Li Quan vio a Jadorel aparecer junto a Li Shen. El niño estaba sentado solo en una esquina, la Biblia de su padre abierta frente a él. Él estaba copiando el libro de Apocalipsis en una libreta. Quan podía ver claramente lo que él escribió.

Porque ha sido expulsado el acusador de nuestros hermanos, el que los acusaba día y noche delante de nuestro Dios. Ellos lo han vencido por medio de la sangre del Cordero y por el mensaje del cual dieron testimonio; no valoraron su vida como para evitar la muerte. Por eso, ¡alégrense cielos, y ustedes que los habitan! Pero ¡ay de la tierra y del mar! El diablo lleno de furor, ha descendido a ustedes, porque sabe que le queda poco tiempo.

———————

Quan sintió la mano de Li Tong sobre su hombro.

—Nosotros lo observaremos, al igual que te observamos a ti. Y oraremos que el Rey sea glorificado en la vida de otro Li. La nuestra es una herencia orgullosa, mi hijo. Nosotros no somos dignos. Pero el Rey Yesu sí lo es.

Li Quan notó algo como a tres metros de Shen. Sostuvo su respiración, porque él no lo había visto hasta ahora. Había alguien más observando a Shen, alguien sentado en una vieja silla de madera. Alguien con manos con cicatrices. Aquel que solo él puede estar en dos mundos al mismo tiempo.

Li Tong guió a Quan lejos del portal.

—Los mártires se reúnen cuando uno nuevo llega a casa. La bienvenida ha sido preparada. Conocerás a hombres, mujeres y niños de muchas naciones. Es el honor más grande.

Quan miró de nuevo a Li Shen, que ahora caminaba a otro árbol de ginkgo, linterna en mano, Jadorel junto a él. Shen rompió una pequeña rama del árbol y dibujó en la arena, brillando su luz sobre la imagen.

—Dibujó el pescado —dijo Li Quan.

—Quizá será él —dijo su padre—. Siempre nos hemos preguntado.

—¿Cuál quieres decir?

—El último mártir. Aquel cuya muerte marcará la invasión del Rey al mundo oscuro. Aquel cuyo éxodo de las tierras de las tinieblas finalmente hará llegar el reino eterno de la luz.

51

—Así que esa es mi historia —le dijo Ben a Doug, que lo miraba fijamente desde el sofá de su sala de estar, aún anonadado que Ben haya venido a visitarlo, y aun más por lo que él tenía que decir.

—¡Estupendo!

—¿Eso es todo lo que puedes decir?

—Eso lo dice todo —dijo Doug—. ¡Estupendo!

—Cuando tú hablaste como lo hiciste, me hizo sentir culpable por alejarme de Cristo. Sentía resentimiento contra ti. Por favor, perdóname.

—Dios me perdonó a mí, Ben, y lo que yo le he hecho a él es mucho peor que cualquier cosa que tú me has hecho a mí. ¿Quién sería yo para negar perdón?

—Bueno, esa es la primera razón de venirte a ver. La segunda es que quiero contratarte de nuevo.

—Estás bromeando.

—Con pago completo por el tiempo que has estado fuera; como cuatro meses, creo, porque yo he estado fuera casi todo ese tiempo.

—¿El señor Getz está de acuerdo?

—Él me dio total potestad. Estábamos equivocados. No, *yo* estaba equivocado. Yo me estaba sirviendo a mí mismo cuando debería estar sirviendo a Dios. Un antiguo amigo me recordó de eso.

—Bueno, yo he estado trabajando media jornada, no he encontrado aún el lugar apropiado —dijo Doug—. Lo consideraré seriamente. Mientras tanto, quiero invitarte a la iglesia. Pam siempre está allí, sabes. También Kim. No he visto a Melissa por algún tiempo. Pero de todos modos, ¿por qué no vienes conmigo el domingo?

Los padres de Li Quan, los tres, le presentaron a hermanos y hermanas de Indonesia, Libia, Vietnam e Irán.

—Yo soy Mehdi Dibaj. Bienvenido.

Un hombre con piel negra oscura y una enorme sonrisa lo saludó.

—Benjamini Youhanna. Una vez embajador en Sudán, ¡ahora en misión en casa!

Tres hombres de piel clara se le acercaron.

—Yo soy Graham Staines. Estos son mis hijos Philip y Timothy. Tu padre nos contó acerca de ti.

Otro se acercó.

—Yo soy Juan Coy. Una vez de Colombia. ¡Ahora de La Gracia!

Quan quería hablar por largo tiempo con cada mártir que conocía pero Li Tong tomó con ansiedad su brazo.

—Ahora es el momento de conocer a muchos que puedes buscar después. Deseo presentarte a cinco que se han vuelto mis buenos amigos; ellos llegaron a La Gracia no mucho antes que yo.

—Quan miró a los cinco hombres, uno de los cuales le recordaba a Ben.

—Estos son mis hermanos —dijo Li Tong—. Nate, Pete, Ed, Roger y Jim.

—Es un honor para nosotros conocer a Li Quan —dijo uno de ellos—. Tú has dado lo que no podías guardar para ganar lo que no puedes perder.

Los hombres abrazaron a Quan, intercambiaron historias y rieron juntos. Entonces Li Tong llevó a Quan a un hombre pequeño con un rostro radiante.

—Este es mi único hijo, Li Quan. Y este es nuestro hermano Esteban.

—¿Tú contrataste a Doug de nuevo? —dijo Martin—. Bien. No me importa, Ben. Lo que me importa es hacer negocio con China.

—Yo no estoy sugiriendo que dejemos de hacer negocio. En lo absoluto. Simplemente estoy sugiriendo que utilicemos nuestra presencia allá para hacerles saber con claridad que no vamos a pasar por alto asuntos de derechos humanos. Tengo un plan para asegurarnos que no hay prisioneros políticos y religiosos en ninguna fábrica nuestra o con las cuales tenemos contratos.

—Anda con cuidado, Ben. Tú estás en una burbuja. El tiempo que estuviste en China te hizo daño. No estoy seguro que jamás te recobrarás. Has perdido alguna credibilidad. La junta directiva está haciendo muchas preguntas. Travis y otros están solo esperando a que falles de nuevo. Jeffrey está en Shanghai limpiando los problemas que creaste con Won Chi y arreglando las cosas con las autoridades. Algunos en la junta directiva piensan que Jeffrey es la elección sabia para director general; ellos dicen que yo lo debía estar preparando a él, que no podemos contar contigo como antes. Tenemos que pensar en la compañía. Tenemos que saber en quién podemos confiar que actúe en los mejores intereses de Getz Internacional.

—Yo pienso que hacer lo bueno es finalmente en los mejores intereses de todos.

—Una teoría interesante. ¿Pero quién decide lo que es bueno o malo? Mira, Ben, aún estoy molesto por lo que le sucedió a tu amigo. Pero tienes que seguir adelante, dejarlo atrás. Si no lo haces, puedes olvidarte de ser director general.

Ben suspiró.

—Quizá otras cosas son más importantes que yo ser director general.

Martin lo miró como si no pudiera creer lo que él estaba diciendo.

—¿Es esta una de esas cosas de secuestros de cuerpos? ¿Qué has hecho con el verdadero Ben Fielding?

Ben se rió.

—Creo que al escucharme decirlo, yo estoy tan sorprendido como tú. Pero lo digo en serio.

—Siento tener que decirlo, Ben, pero todos te estamos observando.

—Ustedes no son mi único público —dijo Ben—. Dios me está observando. Y él lo ve todo, incluyendo mucho que tú no ves.

—¿Sí? Bueno, nosotros somos los que pagamos tu sueldo.

—El oro verdadero no le teme al fuego —dijo Ben.

—¿Qué?

—Es algo que Li Quan acostumbraba a decir.

Ben salió de la oficina de Martin y fue a la suya. Tomó la silla de respaldo alto de atrás de su escritorio y la movió junto al sofá de visitas. Fue al almacén y encontró una silla vieja, más pequeña, entonces la movió detrás del escritorio.

Regresó al sofá, mirando fijamente a la silla de respaldo alto en la que se había sentado por los últimos cinco años. Se puso de rodillas y le habló al ocupante de la silla vacía.

—El Rey Elyon ha tomado control de él —dijo Li Tong.

—Sí —dijo Li Quan—. Sí.

—Quizá un día él hará más por Yesu que ninguno de nosotros —dijo Li Wen.

—Esperemos que así sea —dijo Li Manchu.

Quan percibió otra presencia detrás de él. Sintió la mano inconfundible, el apretón fuerte, tranquilizador, en su cuello.

—Tengo grandes planes para Ben Fielding. Observa y sé testigo.

———————————

Cuando se pusieron de pie para cantar, Ben pensó haber escuchado un grito ahogado detrás de él. Miró hacia atrás una fila, al otro lado del pasillo. Sus ojos se encontraron con los de Kim. Entonces vio a Pam junto a ella. Mientras que el rostro de Kim estaba cambiando de asombro a deleite, Pam aún estaba pasmada por el asombro.

Muy pronto Kim se estaba riendo; después Pam también se le unió. Ben notó las sonrisas de varios otros alrededor de ellos a causa de la risa, al igual que la mirada fría de una mujer que desaprobaba.

Terminó el canto, y el pastor se puso de pie para predicar.

—El título de mi mensaje es "Adorando a un Dios que no hace lo que queremos que haga". Por favor busquen en sus Biblias el libro de Habacuc.

Ben miró la Biblia en inglés de Quan. Ming había insistido que él se la llevara. Él lo hizo, con la condición de que buscase la manera de enviarle tantas Biblias en mandarín como le fuera posible.

Tan pronto terminó el servicio, Kim se movió a través de la multitud hasta donde estaba su padre. Puso sus brazos alrededor de él.

—¡Papá! ¿Cuánto tiempo hace que regresaste?

—Solo unos días.

—Me alegra que hayas venido a la iglesia.

—A mí también, Kimmy. A mí también.

Pam se acercó, cautelosamente, uniéndose a ellos. Hablaron por unos minutos, después Ben le dijo a Pam y a Kim:

—¿Las puedo invitar a almorzar?

—Bueno, Sandy me está esperando en su casa y… —dijo Pam.

—Por supuesto que almorzará contigo, papá. Yo llamaré a Sandy y le explicaré. Me estoy reuniendo con Melissa en Taco Bell. ¡Más tarde! —Kim lo miró sonriendo y le dijo—: Yo también aceptaré tu invitación, más tarde. ¿O que te parece cenar el martes?

—Ah, seguro. El martes en la noche está bien.

—¿No tienes que verificar tu horario? —susurró Pam.

—No —le dijo a Kim—. Te llamaré y te haré saber cuándo te recojo el martes.

Ella se despidió enérgicamente con la mano y desapareció en la multitud.

Ben y Pam fueron al auto de ella y se detuvieron junto a él, hablando por media hora.

—Quiero conocer a esta Ming —dijo Pam.

—Ella te encantará. Y tú le encantarás a ella. Ambas son… bueno, se parecen mucho.

—Gracias.

—Ella me pidió que te diera un abrazo de parte de ella.

—Bueno, ¿qué estás esperando?

Él puso sus brazos con torpeza alrededor de ella, pero cuando sintió el abrazo de ella la apretó y no quería que terminara. Él se forzó a moverse hacia atrás.

—¿Qué te sucedió allá, Ben?

—Vi cosas. Por primera vez. Cosas que no puedo explicar. Cosas que son mucho más grandes que yo.

—¿Más grandes que *tú*? ¡Vaya!

—Bien, bien —él se rió—. He cambiado, Pam. Me he convertido en un seguidor de Jesús. Realmente.

—¿Qué significa eso para ti, ser su seguidor?

—Me he estado preguntando, si Quan estaba dispuesto a dar su vida por Cristo, ¿estoy yo dispuesto a arriesgar que las personas expresen desaprobación de mí en el trabajo? ¿Dispuesto a arriesgar mi trabajo? ¿Mi popularidad? ¿Quizá alguna vez mi libertad? ¿O aun mi vida?

—Preguntas difíciles.

—Sí. Pero las respuestas correctas se me hacen más claras todo el tiempo.

Ninguno de los dos habló por diez segundos, hasta que Pam rompió el silencio.

—Yo tengo hambre. ¿Qué te parece si vamos a comer comida china?

—¿Cuánto tiempo será? — preguntó Li Quan.

Li Tong miró al Rey sentado en su trono.

—Su espada todavía está en su funda, pero aun ahora su dedo está acariciando el borde de su empuñadura.

—Y ahora tengo una promesa que cumplir —le dijo su padre a Quan.

—¿Cuál promesa?

—Li Tong le prometió una vez a Li Quan que lo llevaría a la Gran Muralla. Yo me refería a lo que llamábamos la Gran Muralla; aunque no es tan grande, porque pronto no tendrá una piedra sobre otra. A donde te llevo ahora es al muro del recuerdo y el honor, que el Rey dice que se llevará de aquí a la nueva tierra. Este muro es dedicado a los mártires. El nombre de todo mártir de todo lugar y tiempo está sobre él. Todos los que conociste en la reunión tienen su nombre grabado en él. El Rey mismo inscribe cada nombre, con la punta de un clavo. El primer nombre es Esteban. Mi nombre está en él. También está el de Li Manchu y el de Li Wen. También está el tuyo. Quizá un día estará el de Li Shen. Solo Yesu sabe.

Después de caminar y hablar por largo tiempo, llegaron a la estructura.

—Es majestuosa —dijo Quan—. Nunca he visto tal piedra, tal destreza.

Se elevaba sobre ellos, curva hacia fuera, de modo que los nombres estaban encima de ellos al igual que frente a ellos. Su padre puso su brazo alrededor de Quan, y comenzaron a ver nombre tras nombre en el muro. Cuando Li Tong tocaba un nombre, inmediatamente veían a la persona como vivía en la tierra, sirviendo a Yesu. Caminaron una gran distancia, entrando y saliendo de porciones bellamente curvas del muro que servían como un camino a través de la historia. Quan estaba asombrado de cuántos nombres había en el muro, algunos de ellos viviendo en lugares que él jamás había escuchado.

—Ninguna historia es olvidada aquí —dijo Li Tong—. Yesu ha hecho esto un monumento conmemorativo vivo. Por su decreto, las historias de fidelidad en la tierra serán contadas por siempre alrededor de las chimeneas y las mesas de comer de La Gracia. Hemos visto hoy solo una fracción de las grandes historias. Regresaremos tan a menudo como desees.

—Me gustaría eso, honorable padre. Muchísimo.

Li Tong señaló un nombre acabado de grabar: Li Quan.

—Mi nombre está en el muro del recuerdo y el honor —susurró Li Quan, su voz temblando—. El muro de los mártires.

—Sí —dijo Li Tong—, pero aquí lo llamamos por el nombre que Yesu le ha dado. El la llama "La Gran Muralla".

Epílogo

—¿Hasta cuándo, oh Señor? —gritaban las voces de millones.

—He visto la opresión que sufre mi pueblo. Los he escuchado quejarse —dijo el Rey—. Así que descenderé para librarlos.

El Rey estaba de pie delante de su trono. Sus ojos, y los de todos los otros a través de los cielos, estaban fijos ahora en un joven cerrajero de Pushan, que se pudría en prisión, muriendo de tuberculosis, tosiendo sangre. A medida que la vida de Li Shen se consumía, el Rey apretaba la empuñadura de su espada, después la sacó de su funda. La levantó y extendió su brazo. Le silbó a un semental blanco, una criatura como ninguna otra. Voló a él, danzando y relinchando, levantándose sobre sus patas traseras, ansioso por correr a la batalla. El Rey, resplandeciendo con la brillantez de mil estrellas, montó su gran corcel.

Todo el cielo observó al hombre joven dar su último suspiro a los pies de sus atormentadores. En ese momento el Rey-Guerrero, sus ojos húmedos y ardiendo de furia, gritó con una voz que estremeció el cielo y la tierra:

—¡No más!

Miguel echó su brazo hacia delante, las huestes celestiales gritaron y millones de caballos se reunieron, montados por guerreros de toda tribu, nación y lengua. Las puertas de la eternidad se abrieron en sus bisagras. De un reino a otro marchó un ejército como nunca se había visto.

—El tiempo ha llegado —rugió el Rey—. ¡Rescaten a mi pueblo! ¡Destruyan a mis enemigos!

La Estrella de la Mañana, que había venido una vez como un Cordero, ahora regresaba como un León, con diez mil galaxias formando la cola de su manto imperial.

Un ejército poderoso apareció de los distantes límites del universo, avanzando a través de miles de millones de estrellas y planetas. Inmensas multitudes de guerreros pasaron por la nebulosa de Orión en una explosión de colores. El ejército avanzaba hacia la tierra a un ritmo retumbante. Sin montura ni brida, montaban grandes caballos blancos de pura sangre, orgullosos sementales que parecían conocer su misión tan bien como la conocían sus jinetes. Algunos de los caballos tiraban carros de fuego, volando como meteoritos a través del cielo.

Una legión de ángeles se unió en formación detrás y a los lados del Comandante. No mucho más atrás estaban doce hombres y, siguiéndolos a ellos, una gran compañía de mártires, guerreros cuyas manos se movieron a las empuñaduras de sus espadas, el fuego de la justicia explotando como infiernos en sus ojos.

Entre ellos cabalgaba un hombre brillante y de ardiente intensidad, montado erguido y orgulloso sobre un gran caballo. El nombre del guerrero era Li Quan. Cuatro hombres más llamados Li le seguían el paso, dos a cada lado de él, incluyendo uno que se había unido a ellos solo momentos antes. El recién llegado, cabalgando con los ojos bien abiertos y tratando de asimilar lo que le había sucedido, comenzó a comprender que él había sido transportado de una cárcel asquerosa en Pushan al lomo de un gran semental junto a su padre muerto, que de hecho parecía más vivo que lo que él jamás lo había conocido.

Ríos de roca derretida al rojo vivo eran arrojados de las montañas a través del planeta destrozado. Un brillante río rojo de calor y luz quemaba a través de árboles y piedras, consumiéndolo todo en su camino. Terremotos y maremotos e inundaciones atacaban las ciudades. Una tierra atormentada tomaba venganza sobre los mayordomos caídos que habían causado su ruina. El mundo se agitaba y gemía en destrucción; ¿o era un renacimiento?

—¡Libérennos! —gritaban bandas dispersas de fugitivos, forasteros y peregrinos, aquellos cuyo hogar nunca había sido en la tierra, aquellos de los cuales el mundo no era digno.

En el oscuro planeta, reinos de los hombres se disolvían a la ruina. Como una guadaña abriendo un camino, terremotos derrumbaban hileras de rascacielos. Los mercados bursátiles se derrumbaban. Los negocios se quemaban. Todos aquellos cuya esperanza y refugio era la tierra… en un instante se quedaron sin hogar.

Luego vi el cielo abierto, y apareció un caballo blanco. Su jinete se llama Fiel y Verdadero. Con justicia dicta sentencia y hace la guerra. Sus ojos resplandecen como llamas de fuego, y muchas diademas ciñen su cabeza. Lleva escrito un nombre que nadie conoce sino solo él. Está vestido de un manto teñido en sangre, y su nombre es «el Verbo de Dios». Lo siguen los ejércitos del cielo, montados en caballos blancos y vestidos de lino fino, blanco y limpio. De su boca sale una espada afilada, con la que herirá a las naciones. «Las gobernará con puño de hierro». Él mismo exprime uvas en el lagar del furor del castigo que viene de Dios Todopoderoso. En su manto y sobre el muslo lleva escrito este nombre: REY DE REYES Y SEÑOR DE SEÑORES.

El sol se oscureció como si se hubiera vestido de luto, la luna entera se tornó roja como la sangre y las estrellas del firmamento cayeron sobre la tierra, como caen los higos verdes de la higuera sacudida por el vendaval. El firmamento desapareció como cuando se enrolla un pergamino, y todas las montañas y las islas fueron removidas de su lugar. Los reyes de la tierra, los magnates, los jefes militares, los ricos, los poderosos y todos los demás, esclavos y libres, se escondieron en las cuevas y entre las peñas de las montañas. Todos gritaban a las montañas y a las peñas:

«¡Caigan sobre nosotros y escóndannos de la mirada del que está sentado en el trono y de la ira del Cordero».

Miguel señaló hacia la tierra, al dios de las riquezas y a su consorte, Babilonia, y gritó: «Sus pecados se han amontonado hasta el cielo, y de sus injusticias se ha acordado Dios. Páguenle con la misma moneda; denle el doble de lo que ha cometido, y en la misma copa en que ella preparó bebida mézclenle una doble porción. En la medida en que ella se entregó a la vanagloria y al arrogante lujo denle tormento y aflicción; porque en su corazón se jacta: "Estoy sentada como reina; no soy viuda ni sufriré jamás." Por eso, en un solo día le sobrevendrán sus plagas: pestilencia, aflicción y hambre. Será consumida por el fuego, porque poderoso es el Señor Dios que la juzga.»

Cuando los reyes de la tierra que cometieron adulterio con ella y compartieron su lujo vean el humo del fuego que la consume, llorarán de dolor por ella. Aterrorizados al ver semejante castigo, se mantendrán a distancia y gritarán: «¡Ay! ¡Ay de ti, la gran ciudad, Babilonia, ciudad poderosa, porque en una sola hora ha llegado tu juicio!»

Los comerciantes de la tierra llorarán y harán duelo por ella… porque ellos se habían vuelto inseparables de los dioses que adoraban.

Ahora solo a treinta metros sobre la tierra quemada, Lector, montado en un gran caballo detrás de Miguel, gritó: «En tus ciudades se halló sangre de profetas y de santos, jóvenes y viejos, pequeños y grandes. Elyon ha contemplado la sangre de todos los que han sido asesinados en la tierra.» Se viró hacia la multitud de jinetes detrás de él y dijo: «¡Alégrate, oh cielo, por lo que le ha sucedido! ¡Alégrense también ustedes, santos, apóstoles y profetas!, porque Dios al juzgarla, les ha hecho justicia a ustedes.»

Aun mientras Lector hablaba, vio a la bestia y a los reyes de la tierra con sus ejércitos, reunidos para hacer guerra contra el jinete de aquel caballo y contra su ejército. Todos los ojos que podían soportar mirarlo se fijaron en el Hombre en el gran caballo blanco, el Hombre con el rostro de león, sus cejas chamuscadas por el calor intenso de su enojo. Pero sus ojos no podían permanecer sobre él, porque él causaba que sus corazones se derritieran como el hielo en el sol del mediodía.

El grito de batalla de cien millones de guerreros explotó de un extremo al otro de los cielos. Había guerra en ese pequeño istmo entre el cielo y el infierno, un planeta llamado Tierra. El aire estaba lleno del estruendo del combate; los gemidos de opresores siendo destruidos y las gozosas celebraciones de los oprimidos, regocijándose que al fin sus libertadores habían llegado.

Algunos de los guerreros cantaban mientras mataban, blandiendo espadas con un brazo para cortar a los opresores y, con la otra, subiendo a las víctimas a sus caballos.

El largo brazo del Rey se movió con rapidez y poder. La esperanza de recompensa que mantenía a las víctimas cuerdas fue finalmente vindicada. Ningún hijo del cielo fue tocado por la espada en este día, porque el universo no podía tolerar que se vertiera una gota más de sangre justa.

El cielo descargó su furia. La tierra sangró temor. Era la última noche del viejo mundo. A la señal del León, Miguel levantó su poderosa espada y la dejó caer sobre el gran dragón. Con sus músculos hinchados por el esfuerzo, Miguel levantó a su gemelo malvado y echó la bestia retorciéndose a un gran abismo. El que maltrataba a los hombres, el cazador de las mujeres, el depredador de los niños, el perseguidor de los justos chilló de terror. El vasto ejército de los guerreros del cielo vitoreó.

Los batallones de La Gracia miraron fijamente al rostro destruido de la tierra, el suelo quemado del viejo mundo. Nada había sobrevivido los fuegos de este holocausto de cosas. Nada sino la Palabra del Rey, su pueblo, y las acciones de oro y plata y piedras preciosas que ellos habían hecho por él durante la larga noche desde el crepúsculo del Edén.

Los soldados dejaron caer sus armas, los minusválidos arrojaron sus muletas y corrieron, los ciegos abrieron sus ojos y vieron. Ellos señalaban, gritaban y danzaban, abrazándose unos a otros, porque cada uno sabía que todos los que quedaban en la tierra estaban bajo la sangre del Rey y se podía confiar en ellos totalmente. El Rey juntaba a niños en su regazo. Él enjugaba sus lágrimas.

Después habló la voz poderosa de Lector: «¡Alaben ustedes a nuestro Dios, todos sus siervos, grandes y pequeños, que con reverente temor le sirven!»

Después oí voces como el rumor de una inmensa multitud, como el estruendo de una catarata y como el retumbar de potentes truenos, que exclamaban: «¡Aleluya! Ya ha comenzado a reinar el Señor, nuestro Dios Todopoderoso. ¡Alegrémonos y regocijémonos y démosle gloria! Ya ha llegado el día de las bodas del Cordero. Su novia se ha preparado, y se le ha concedido vestirse de lino fino, limpio y resplandeciente». (Las acciones justas de los santos.)

Miguel limpió la sangre de su espada y cuidadosamente la puso de nuevo en su funda. Él llamó a Escritor con una voz de trueno, que se escuchaba por encima de las multitudes regocijantes: «Escribe: "¡Dichosos los que han sido convidados a la cena de las bodas del Cordero!"»

Todos miraron hacia el Rey. El universo entero guardó silencio, anticipando sus palabras.

«Yo convertiré la tierra baldía en un jardín», anunció el Rey. «Yo traeré aquí el hogar que he preparado para ti, mi novia. Habrá un nuevo mundo, un mundo azul-verde lleno de vida, más grande que todo lo que jamás ha sido. Las tierras de las tinieblas son mías de nuevo, y yo las transformaré. Mi reino ha llegado. Mi voluntad será hecha. Se terminó el invierno. ¡La primavera está finalmente aquí!»

Randy Alcorn

Un gran rugido surgió de la vasta multitud. El Rey elevó sus manos. Al ver esas cicatrices, la alegre multitud recordó el costo inconcebible de esta gran celebración.

Los guerreros se daban palmadas en la espalda unos a otros. Los liberados abrazaron a sus libertadores, disfrutando una gran reunión con aquellos que una vez habían partido de ellos. En la arremolinada multitud dos hombres se encontraron frente a frente. Sus ojos se fijaron uno en el otro. Li Quan y Ben Fielding se abrazaron.

Las innumerables multitudes comenzaron a cantar el canto para el cual habían sido creados, un canto que rebotaba de millones de millones de planetas y reverberaba en una infinidad de lugares en toda esquina y lugar de la extensión de la creación. El público, la orquesta y el coro todos se mezclaron en una gran sinfonía, una gran cantata de melodías rapsódicas de poderosas armonías sostenidas. Todos eran participantes. Solo uno era el público, el público de Uno. La sonrisa de la aprobación del Rey se movió a través del coro como el fuego se mueve a través de campos de trigo seco.

Cuando terminó el cántico, el público de Uno se puso de pie y levantó sus poderosos brazos, después aplaudió estruendosamente con sus manos con cicatrices, sacudiendo la tierra y el cielo, estremeciendo toda esquina del universo. Su aplauso continuó y continuó, sin detenerse e incontenible.

Entre las grandes multitudes de adoradores de Yesu, de pie unos junto a otros, estaban las familias de Li Quan y de Ben Fielding, mujeres y niños viéndose por primera vez, pero no por última.

Cada uno de ellos se dio cuenta de algo en ese instante con una claridad absoluta. Se preguntaban por qué no lo habían visto desde el principio. Lo que sabían en ese momento, con cada fibra de su ser, es que esta Persona y este Lugar era todo lo que jamás ellos habían anhelado... o jamás pudieran anhelar.

Nota a los lectores

El AUTOR y el artista de la cubierta han designado todas las regalías de este libro para la iglesia perseguida. Los fondos llevarán alivio, ayuda y aliento a las familias de los mártires y a los cristianos que están sufriendo. Ellos también extenderán el amor de Cristo diseminando el evangelio y proporcionando Biblias a países donde los cristianos son perseguidos.

Randy Alcorn, Ron DiCianni, y Tyndale House Publishers alientan a los lectores a aprender más acerca de la iglesia perseguida alrededor del mundo. Podemos ministrar a nuestros hermanos y hermanas en Cristo a través de nuestras oraciones, apoyo económico y de otras maneras tangibles. Para información actualizada, incluyendo una lista de valiosas organizaciones que están sirviendo a la iglesia perseguida, vea www.epm.org/safelyhome. Este sitio lo conectará a varios ministerios y solicitudes de oración recientes para los creyentes que están sufriendo, al igual que al Día Nacional de Oración para la iglesia perseguida. También contiene muchas Escrituras sobre la persecución y el martirio.

Si usted no tiene acceso a Internet pero desea esta información, con mucho gusto le enviaremos una copia si llama o nos escribe a Eternal Perspective Ministries, 2229 East Burnside #23, Gresham, OR 97030; ralcorn@epm.org; (503) 663-6481.

El Rey les responderá: «Les aseguro que todo lo que hicieron por uno de mis hermanos, aun por el más pequeño, lo hicieron por mí.»

(MATEO 25:40)

Nota del artista

Cuando Randy y yo nos propusimos hacer una declaración acerca de la iglesia perseguida, yo no tenía idea que este sería el resultado. Lo que comenzó como un intento de educar, retar y motivar a aquellos que conocían poco acerca de la grave situación de los perseguidos, se ha convertido en una obra maestra literaria que no puede ser pasada por alto, y por la gracia de Dios no lo será.

Este es un libro importante, porque la Palabra de Dios nos ordena «Acuérdense de los presos … y también de los que son maltratados, como si fueran ustedes mismos los que sufren.»

Lo que Randy ha escrito es ficción, pero no es fantasía. Por mi trabajo con Voice of the Martyrs [Voces de los Mártires], para los cuales Safely Home [A salvo en casa] fue pintado, yo escuché directamente de aquellos que sufren. Conocí a Richard Wurmbrand, que pasó catorce años en una prisión en Rumania. Conozco a Tom White, que pasó dos años en una prisión cubana, hasta que la Madre Teresa le pidió a Fidel Castro que lo soltara. He escuchado a personas contar de sus seres queridos siendo torturados por su fe. Su respuesta: ¡es el costo del discipulado! Yo no pretendo comprender cómo ellos pueden tomar ese punto de vista, pero no es importante que yo comprenda. Es más importante que los apoye a través de ello.

Cuando Cristo regrese, quiero poder verlo a los ojos y saber que hice el esfuerzo por hacer lo que me fuera posible para apoyar a sus siervos perseguidos, dondequiera que estén. Que esta novela sea usada poderosamente para ese fin.

Ron DiCianni

ACERCA DEL AUTOR

RANDY ALCORN es el fundador y director de Eternal
Perspective Ministries [Ministerios Perspectiva Eterna]
(EPM), una organización no lucrativa dedicada a fomen-
tar un punto de vista eterno y a dirigir la atención hacia
personas con una necesidad especial de defensa y ayuda,
incluyendo a los pobres, a los perseguidos y a los que están
todavía en el vientre de la madre.

Un pastor por catorce años antes de fundar EPM, Randy
es un maestro y orador popular. Él ha hablado en muchos países y ha sido entrevistado en más de trescientos cincuenta pro-
gramas de radio y televisión. Ha enseñado a tiempo parcial en la
facultad de Western Baptist Seminary y Multnomah Bible Colle-
ge. Randy vive en Gresham, Oregón, con su esposa Nancy.
Ellos tienen dos hijas mayores, Karina y Angela.

Randy produce la revista trimestral gratuita Eternal Perspec-
tives que trata temas del momento. Él es el autor de varios
libros, entre ellos *El principio del tesoro, El principio de la pureza*
y *Cartas secretas.*

El énfasis de Randy en su vida es: (1) comunicar la importancia estratégica de utilizar nuestro tiempo, dinero, posesiones
y oportunidades terrenales para invertir en ministerios que satis-
facen necesidades que valdrán por toda la eternidad; y (2) anali-
zar, enseñar, y aplicar las implicaciones morales, sociales y rela-
cionales de la verdad cristiana hoy en día.

Comentarios sobre libros y preguntas acerca de publicaciones y otros asuntos pueden ser dirigidos a Eternal Perspective

Ministries (EPM), 2229 East Burnside #23, Gresham, OR
97030; (503) 663-6481. EPM también puede ser contactado a
través de ralcorn@epm.org. Para información acerca de EPM o
de Randy Alcorn, o para recursos sobre misiones, la iglesia perseguida, asuntos a favor de la vida [contra el aborto], y asuntos
de una perspectiva eterna, vea www.epm.org.